राजकमल गौरवग्रंथ

WORLD CLASSICS

D1832099

कारेल चापेक
09 जनवरी, 1890
25 दिसम्बर, 1938

टिकट-संग्रह

कहानी-संग्रह

टिकट-संग्रह

कारेल चापेक

चेक से अनुवाद

निर्मल वर्मा

राजकमल गौरवग्रंथ

मूल चेक से अनूदित
पहली बार 1966 में 'कारेल चापेक की कहानियाँ' शीर्षक से प्रकाशित

राजकमल गौरवग्रंथ माला में पहला पेपरबैक संस्करण : सितम्बर, 2024

हिन्दी अनुवाद © गगन गिल

राजकमल गौरवग्रंथ माला : कालजयी साहित्य की विशिष्ट प्रस्तुति

राजकमल प्रकाशन प्रा. लि.
1-बी, नेताजी सुभाष मार्ग, दरियागंज
नई दिल्ली-110 002
द्वारा प्रकाशित

शाखाएँ : अशोक राजपथ, साइंस कॉलेज के सामने, पटना-800 006
पहली मंजिल, दरबारी बिल्डिंग, महात्मा गांधी मार्ग, प्रयागराज-211 001
1, अनमोल सोराबजी सन्तुक लेन, धोबी तलाव, मरीन लाइंस, मुम्बई-400 002

वेबसाइट : www.rajkamalprakashan.com
ई-मेल : info@rajkamalprakashan.com

विकास कंप्यूटर एंड प्रिंटर्स
ट्रॉनिका सिटी-201 102
द्वारा मुद्रित

मूल्य : ₹225

TICKET-SANGRAH
Stories by Karel Čapek
Translated by Nirmal Verma

ISBN : 978-93-6086-359-3

टिकट-संग्रह

क्रम

प्रथम संस्करण की भूमिका

दुर्भाग्यवश केन्द्रीय और पूर्वी यूरोप के देशों के साहित्य से हमारा परिचय बहुत सीमित रहा है। थोड़ी-बहुत जानकारी जो कभी-कभार मिलती रही है, वह केवल अंग्रेज़ी के माध्यम से—और वह भी बहुत असन्तोषजनक और असन्तुलित रूप में। यदि हम एक क्षण के लिए काफ़्का, मान, रिल्के इत्यादि कुछ लेखकों को छोड़ दें, तो स्वयं अंग्रेज़ी में हमें अनेक महत्त्वपूर्ण कृतियों के अनुवाद आसानी से उपलब्ध न हो सकेंगे। यों भी पिछले अनेक वर्षों से ऐंग्लो-अमेरिकी साहित्य का प्रभाव हम पर इस क़द्र हावी रहा है कि हम केवल उसकी खिड़की से ही यूरोप की कलात्मक गतिविधियों का अवलोकन करते रहे हैं। कहना न होगा—यह खिड़की—एक बहुत एकांगी और कुछ हद तक पूर्वग्रहपूर्ण दृश्य प्रस्तुत करती रही है। यही कारण है कि हम आज तक मुसिल, हाशेक, अतिला जोसेफ़, चापेक या कार्ल क्रॉस की क्लासिक कृतियों की अपेक्षा दूसरे या तीसरे दर्जे के अंग्रेज़ी-अमेरिकी लेखकों से कहीं अधिक परिचित हैं।

कारेल चापेक हमारे लिए नितान्त अपरिचित लेखक नहीं हैं—यद्यपि हिन्दी में उनकी रचनाओं का अनुवाद नहीं के बराबर ही हुआ है।

चेकोस्लोवाकिया का नाम सुनते ही जिन चन्द इने-गिने लेखकों का बरबस ध्यान हो आता है—'भला सिपाही श्वायक' के लेखक हाशेक, फ्यूचिक, तज़वल—उनमें चापेक का स्थान शायद सबसे विशिष्ट है। मेरे लिए चापेक की स्मृति कुछ ऐसी पुस्तकों से जुड़ी हुई है, जिन्हें हम बचपन में पढ़ते हैं—और बरसों बाद जब उनकी तरफ़ दोबारा लौटते हैं, तो वही गहरा और संवेदनपूर्ण प्रभाव आता है, जो पहली बार पढ़ने पर हुआ था। अपने देश में वह शायद आज भी सबसे लोकप्रिय लेखक हैं। पहली बार जब प्राग की किसी दुकान में मुझे चापेक की कोई पुस्तक नहीं मिली, तो मुझे काफ़ी आश्चर्य हुआ था। चापेक के देश में ही चापेक की कोई किताब नहीं, मुझे यह एक अविश्वसनीय-सी बात लगी थी। बाद में एक दिन किसी पुस्तक की दुकान के सामने लोगों की एक लम्बी क्यू दिखाई दी। पूछने पर पता चला कि उस दिन चापेक के किसी उपन्यास का नया संस्करण प्रकाशित हुआ था। दोपहर होते-होते शहर की कोई ऐसी दुकान नहीं बची थी, जिसमें उपन्यास की एक प्रति भी मिल सके!

कारेल चापेक का जन्म 1890 में एक छोटे-से औद्योगिक नगर ऊपीत्से में हुआ था। उनका बचपन सचमुच बहुत छोटा था—शायद यही कारण था कि बड़े होने पर भी वह हर चीज़ और व्यक्ति को बच्चे की जिज्ञासा से देखा करते थे और बच्चे की ही तरह उनका हर चीज़ में सहज विश्वास था। वह सर्वतोमुखी प्रतिभा के लेखक थे—उपन्यासकार, कहानी-लेखक और नाट्यकार होने के अलावा उन्होंने 'पर्सनल' निबन्ध और यात्रा-संस्मरण-जैसी विधाओं में भी अनेक नये और दिलचस्प प्रयोग किये थे। बहुत कम लोगों को मालूम है कि फ्रेंच प्रतीकवादी और सुर्रियलिस्ट कविताओं के उनके अनुवादों ने चेक कवियों की एक समूची पीढ़ी को प्रभावित किया था। आधुनिक चेक साहित्य को यूरोपीय साहित्य के समकक्ष लाने और उसे बीसवीं शताब्दी के जीवन्त सन्दर्भ में जोड़ने का श्रेय जितना चापेक को जाता है, उतना शायद किसी और अन्य लेखक को नहीं। उनकी लगभग सब महत्त्वपूर्ण रचनाएँ दो युद्धों के बीच लिखी गई थीं—वह एक ऐसी दुनिया थी,

जो आज हमें काफ़ी दूर और परायी जान पड़ती है, लेकिन जिसमें पहली बार बीसवीं शती की समस्याओं ने जन्म लिया था।

कारेल चापेक सम्पूर्ण रूप से बीसवीं शताब्दी के व्यक्ति थे—अत्यन्त संवेदनशील, असाधारण अन्तर्दृष्टि के मालिक, दो आँखों में हज़ार आँखें लिये हुए, अपने संस्पर्श से हर अँधेरी चीज़ को उजागर करनेवाले, असली मायनों में एक सुसंस्कृत लेखक। उनका व्यक्तित्व बरबस हमें रोलाँ या रवीन्द्रनाथ जैसी 'सम्पूर्ण आत्माओं' का स्मरण करा देता है। चापेक ने अपने साहित्य में हर व्यक्ति के 'निजी सत्य' को खोजने का संघर्ष किया था—एक भेद और रहस्य और मर्म, जो 'साधारण ज़िन्दगी' की औसत और क्षुद्र घटनाओं के नीचे दबा रहता है। 'खोज' की यह उत्कट आकांक्षा आपको इन कहानियों में भी मिलेगी।

अपनी एक कहानी 'टिकट-संग्रह' में वह कहते हैं : "किसी चीज़ को खोजना और पाना—मेरे ख़याल में ज़िन्दगी में इससे बड़ा सुख और रोमांच कोई दूसरा नहीं। हर आदमी को कोई-न-कोई चीज़ खोजनी चाहिए। अगर टिकट नहीं तो सत्य या पंख या नुकीले विलक्षण पत्थर।"

यह खोज एक क़िस्म का प्रायश्चित्त भी है, जिसके द्वारा मनुष्य अपनी 'अपूर्णता' के पाप से मुक्ति पा लेता है। चापेक 'धार्मिक' लेखक नहीं थे—कम-से-कम उस अर्थ में नहीं, जिसमें हम इस शब्द को प्राय: समझते हैं—किन्तु उनमें एक क़िस्म का 'पवित्रता-बोध' (sence of religiousity) अवश्य मौजूद था, जो 'प्रायश्चित्त' या 'मुक्ति' जैसे शब्दों को एक गहरा मानवीय सन्दर्भ प्रदान करता है।

टॉमस मान ने एक बार अपने बारे में कहा था : "मुझे आस्था में विश्वास नहीं है। उससे कहीं अधिक मुझे मानवीय अच्छाई में विश्वास है, जो आस्था के बिना भी जीवित रहती है—जो सम्भवत: संशय से उत्पन्न होती है।"

संशय और आस्था की दोनों सीमाएँ चापेक के नाटकों 'लाइफ़ ऑफ़ इंसेक्ट्स' और 'आर. यू. आर.' में लक्षित होती है, जिनमें उन्होंने पहली बार

औद्योगिक संस्कृति और फ़ासिज़्म की भयावह मानव-विरोधी और संहारात्मक विकृतियों की ओर संकेत किया था।

यह एक निर्मम व्यंग्य की स्थिति थी कि जिस उदारवादी परम्परा के मूल्यों में चापेक का इतना गहरा विश्वास था, वे उनके समय में ही मुरझाने लगे थे। स्वयं चापेक ने कभी अपने घोर दु:स्वप्नों में कल्पना नहीं की थी कि युद्ध, फ़ासिज़्म और घृणा के तत्त्व उस परम्परा में विद्यमान हैं, जो मौक़ा पाकर किसी भी समय विस्फोटक हो सकते हैं। यातना और विकट अन्तर्द्वन्द्व के इन वर्षों में उन्होंने अपनी कुछ सर्वश्रेष्ठ कृतियों की रचना की थी : 'सैलामेंडर्ज़ के साथ युद्ध' (उपन्यास), 'सफ़ेद बीमारी' (नाटक), 'माँ' (नाटक) तथा अपने अन्तिम दिनों में लिखी हुई प्रतीकात्मक कथाएँ और व्यंग्यात्मक सूक्तियाँ उनके इस 'मोह-भंग' की अन्त:पीड़ा को व्यक्त करती हैं। जब ब्रिटेन और फ्रांस ने—अपने सब वायदों को छोड़कर—चापेक का देश हिटलर के हवाले कर दिया, तो उनके दिल पर गहरी ठेस पहुँची थी। जीवन-भर उन्होंने जिन प्रजातांत्रिक देशों के आदर्शों में विश्वास किया था, वह एकाएक डगमगा गया था। अपनी नोटबुक में उन्होंने केवल कुछ शब्दों में अपनी प्रतिक्रिया व्यक्त की थी : "वे बुरे नहीं हैं। उन्होंने हमें बेचा नहीं,... सिर्फ़ मुफ़्त में दे दिया।"

युद्ध आरम्भ होने के कुछ दिन पहले 1938 में क्रिसमस के दिन चापेक की मृत्यु हुई। डॉक्टर उनकी बीमारी का कोई लातिनी नाम नहीं बता सके। मृत्यु का कारण पूछने पर उन्होंने केवल इतना ही कहा : "उनकी आत्मा अधिक बर्दाश्त नहीं कर सकती थी।"

प्रस्तुत संग्रह की पहली तीन कहानियाँ उनके अलग-अलग संग्रहों से चुनी गई हैं, शेष कहानियाँ उनके दो सुप्रसिद्ध संकलनों 'पहली जेब की कहानियाँ' और 'दूसरी जेब की कहानियाँ' की कुछ चुनी हुई कहानियों का अनुवाद हैं। एक दृष्टि से इन्हें 'दार्शनिक कहानियाँ' कहा जा सकता है—रूखे, सैद्धान्तिक स्तर पर नहीं बल्कि ऐसा 'दर्शन', जो मनुष्य के साधारणतम अनुभवों से निचुड़कर बाहर आता है।

गोर्की के बारे में एक बार टॉल्स्टॉय ने कहा था : "वह नास्तिक है, लेकिन उसमें एक चीज़ है, जो अधिकांश लेखकों में नहीं होती—'विस्डम ऑफ़ दि हार्ट'।"

चापेक की कहानियों का अनुवाद करते समय मुझे बराबर ये तीन शब्द याद आते हैं—'विस्डम ऑफ़ दि हार्ट'। इससे बेहतर मुझे चापेक और उनकी कहानियों के लिए कोई दूसरे शब्द नहीं सूझते।

—निर्मल वर्मा

दूसरी ज़िन्दगी

वोयतोख गहरी नींद में सो रहा था (वह नवम्बर की रात थी, जब गुदगुदे बिस्तर-जैसी आरामदेह जगह कोई नहीं), अचानक किसी ने बाहर खिड़की पर लकड़ी से खटखटाहट की। सोए हुए व्यक्ति को अपना स्वप्न पूरा करने में कुछ देर लगी—मानो खिड़की पर होती खटखटाहट उस सपने का ही एक अस्पष्ट किन्तु अत्यन्त महत्त्वपूर्ण भाग हो! वह हड़बड़ाकर जाग गया। 'खट-खट-खट!' उसने अपना लिहाफ़ कानों तक खींच लिया ताकि वह इस खटखटाहट को अपने से दूर ठेल सके। लेकिन खिड़की पर लकड़ी की खटखटाहट अनवरत—और पहले से अधिक ऊँचे स्वर में बजने लगी। वोयतोख बिस्तर से उछलकर खड़ा हो गया, खिड़की खोली और नीचे झाँककर देखा। नीचे सड़क पर एक आदमी गले में कॉलर चढ़ाए खड़ा था।

"क्या चाहते हो?" उसने चिल्लाकर पूछा। उसके स्वर में ग़ुस्से और आक्रोश का भाव छिपा न रह सका।

"ज़रा एक प्याला चाय मेरे लिए बना दो," नीचे खड़े व्यक्ति ने तनिक रुँधे स्वर में कहा।

यह उसके भाई की आवाज़ थी, वोयतोख को पहचानने में देर नहीं लगी। वह अब अच्छी तरह जाग गया था। रात की कड़कड़ाती सरदी उसकी छाती में घुसने लगी।

"एक मिनट ठहरो," उसने बत्ती जलाई और जल्दी-जल्दी कपड़े पहनने लगा।

तब उस क्षण उसे पहली बार इस बात का अहसास हुआ कि पिछले दो वर्षों से अपने भाई से उसकी बोलचाल बन्द है। एक वसीयत को लेकर उनके बीच अनबन हो गई थी। भाई के इस अप्रत्याशित आगमन पर उसे कुछ ऐसा आश्चर्य हो रहा था कि वह अपने जूते पहनना भी भूल गया। जूता हाथ में पकड़कर वह विस्मय से सिर हिलाने लगा। वह क्यों आया है? ज़ाहिर है, कोई दुर्घटना घटी है, उसने सोचा और जल्दी से कपड़े पहनकर वह खिड़की के सामने चला आया।

उसका भाई अब वहाँ नहीं था। वह गली के नुक्कड़ पर पहुँच गया था। शायद उसे इतनी देर प्रतीक्षा करना अखर गया था। वोयतोख भागता हुआ दहलीज़ में चला आया और दरवाज़ा खोलकर अपने भाई के पीछे-पीछे भागने लगा।

उसका भाई बिना दाएँ-बाएँ देखे तेज़ क़दमों से आगे बढ़ जा रहा था। "कारेल," वोयतोख ने भागते हुए पुकारा। उसे मालूम था कि उसके भाई ने उसकी आवाज़ सुन ली है, किन्तु इसके बावजूद न वह ठहरा, न ही उसकी चाल धीमी हुई। वह तेज़ी से उसके पीछे भागते हुए चीख़ने लगा, "कारेल—क्या बात है? सुनो...ज़रा एक मिनट ठहरो!"

लेकिन कारेल की चाल में कोई अन्तर नहीं आया। सरदी में काँपता हुआ वोयतोख हक्का-बक्का-सा सड़क पर ठिठक गया। उसे तब ध्यान आया कि वह बारिश में खड़ा है। कारेल सहसा सीधा चलता हुआ पीछे मुड़ गया और तेज़ी से अपने भाई के सामने आकर खड़ा हो गया। पिछले दो वर्षों से उनकी बोलचाल बन्द थी। वह काफ़ी ढीठ और ज़िद्दी स्वभाव का शख़्स था। अब वह वोयतोख के सामने खड़ा था—अपने होंठ चबाता हुआ। उसकी आँखें अँधेरे में चमक रही थीं।

"तुम मुझे चाय का एक प्याला भी नहीं दे सकते...क्यों?" कारेल ने बुड़बुड़ाते हुए कहा। उसके स्वर में हल्की-सी नाराज़गी और आहत अभिमान भरा था।

"क्यों नहीं...मुझे बड़ी ख़ुशी होगी..." वोयतोख ने एक साँस में कहा। उसे अब हल्का-सा महसूस हो रहा था। "झटपट मेरे साथ चले आओ...मैं अभी चाय बना देता हूँ।"

"बहुत मेहरबानी!" कारेल ने तनिक कटु स्वर में कहा।

"इसमें मेहरबानी की क्या बात है?" वोयतोख ने कातर-भाव से उसे बीच में ही टोक दिया, "तुम पहले क्यों नहीं चले आए...आधा मिनट भी नहीं लगेगा...शौक़ से जो लेना चाहो, लो...कुछ खाओगे? तुम्हारे कहने की देर है...सच, मुझे बहुत ख़ुशी होगी!"

"शुक्रिया...सिर्फ़ एक कप चाय!"

"मेरे पास मोराविया का कुछ बेकन (सुअर का गोश्त) रखा है...तुम चाहो तो...या अंडे...पता नहीं, क्या बजा होगा! कारेल, तुमसे मिले मुद्दत गुज़र गई...कुछ शराब लोगे?"

"नहीं।"

"अच्छा...जैसी तुम्हारी ख़ुशी...देखो, ज़रा ध्यान से...यहाँ सीढ़ियाँ हैं।"

"मुझे मालूम है।"

आख़िर वोयतोख उसे अपने साथ घर ले आया। वह काफ़ी देर तक अपने भाई से हँसता-बोलता रहा, उसके सामने खाने-पीने की चीज़ों का ढेर लगा दिया। बीच-बीच में तनिक ख़ेद प्रकट करते हुए वह कह देता, "कुँआरे आदमियों का घर ऐसा ही होता है।" उसने झटपट एक-दो कुर्सियाँ साफ़ कीं और धूम्रपान का सामान मेज़ पर रख दिया।

एक क्षण के लिए भी उसे इस बात का आभास नहीं हुआ कि वह सारी बातचीत ख़ुद कर रहा है। किन्तु इस दौरान रह-रहकर एक सतर्क, अधीर जिज्ञासा उसके मन को कचोटती रहती—उसके भाई के साथ ज़रूर कोई दुर्घटना हुई है!

सामने कारेल बैठा था—ग़मगीन। अपने ख़यालों में डूबा हुआ। कमरे में बोझिल-सा सन्नाटा घिर आया था।

आख़िर वोयतोख से चुप नहीं रहा गया। "कारेल, तुम्हारे साथ कुछ हुआ है?" उसने पूछा।

"नहीं।"

वोयतोख किंकर्तव्यविमूढ़-सा होकर सिर हिलाने लगा। उसे लगा, जैसे वह अपने भाई को ठीक से पहचान नहीं पा रहा। उसके कपड़ों से औरतों और शराब की गन्ध आ रही थी। वह एक विवाहित व्यक्ति था। घर में एक छोटी-सी ख़ूबसूरत बीवी थी—गऊ की तरह सीधी और नेक। बरसों से उसका भाई एक घरेलू व्यक्ति रहा है—घरबार के मामलों में निपुण और दक्ष। अपने रहन-सहन में वह काफ़ी संयमी, नियमित और सादगीपसन्द था। अपने बारे में उसकी राय काफ़ी ऊँची थी। सिर्फ़ एक बार वह बीमार पड़ा था, किन्तु उसके बाद उसने अपनी ज़िन्दगी स्वास्थ्य और संयम के साथ कड़े नियमों द्वारा इस तरह अनुशासित कर ली थी, मानो ज़िन्दगी अपने में ही एक 'मूल्य' हो जिसे प्रतिदिन आत्मनियंत्रण और नियमित आदतों द्वारा ही ख़रीदा जा सकता है। किन्तु अब वही कारेल उसके सामने गम्भीर-मुद्रा में गुमसुम बैठा था मानो पिछली रात के भोग-विलास के बाद वह सहसा जाग गया हो! उसके माथे की त्योरियाँ चढ़ी थीं, चेहरे पर एक अजीब, अनिर्वचनीय तनाव-सा आ सिमटा था मानो वह अपने भीतर उमड़ती गालियों को बड़ी कठिनाई से दबाने की कोशिश कर रहा हो! लगता था, जैसे कोई भयानक चीज़ उसे भीतर-ही-भीतर साल रही हो।

सुबह के तीन घंटे बजे। वोयतोख ने सहसा माथा पीट लिया, "अरे—चाय तो भूल ही गया!" उसने स्त्रियों की तरह चिन्तित होकर कहा और फिर तेज़ क़दमों से रसोई में जा घुसा।

रसोई की ठंडक उसे चुभने लगी। एक सिकुड़ी-मुकड़ी बुढ़िया की तरह उसने अपनी देह को शॉल से लपेट लिया और स्पिरिट-लैम्प की नीली लपट पर चाय का पानी गरम करने रख दिया। इस तरह यंत्रवत् काम करते हुए

उसे हल्की-सी ख़ुशी हुई। उसने तश्तरियाँ, प्याले और चीनी बाहर निकालकर रख लिए। बर्तनों की आत्मीय खनखनाहट सुनकर उसका मन आश्वस्त-सा हो गया। कभी-कभी वह दरवाज़े की दरार से दूसरे कमरे में अपने भाई को देख लेता था। वह खुली खिड़की के सामने चुपचाप खड़ा था, मानो कान लगाकर वल्तावा की गड़गड़ाहट को सुन रहा हो! अँधेरे में चारों ओर फैला हुआ एक अनवरत स्वर, जिसने एक पर्दे की तरह बारिश की ठंडी रिमझिम को छिपा-सा लिया था।

"तुम्हें जाड़ा तो नहीं लग रहा?" वोयतोख ने चिन्तित स्वर में पूछा।

"नहीं।"

वोयतोख दरवाज़े पर आ खड़ा हुआ—कुंठित, उदास। यह एक किनारा है, उसने सोचा। किनारे के इस तरफ़ उसका शान्त, अँधेरा छोटा-सा कोटर है, जिसमें लैम्प की प्रीतिकर सरसराहट सुनाई दे रही है। एक छोटा-सा आरामदेह कोटर...अपने घर में रहने का सुख, गरमाई, अतिथि-सत्कार करने का आनन्द...यहाँ सब कुछ है। लेकिन किनारे के दूसरी तरफ़ एक खुली हुई खिड़की है, नदी और अँधेरे के गम्भीर दहाड़ते स्वर से भरी हुई—मानो स्वयं रात वल्तावा की सतह पर दौड़ रही हो। खिड़की के सामने एक लम्बा व्यक्ति सीधा, तनकर खड़ा है—अजीब-सा, उत्तेजित और अपरिचित—उसका अपना भाई, जिसे वह नहीं पहचानता। वोयतोख को लगा, जैसे वह कमरे की देहरी पर नहीं, बल्कि दो दुनियाओं की सीमा पर खड़ा है—उसकी अपनी आत्मीय दुनिया और उसके भाई की अपरिचित, अजानी दुनिया, जो उस क्षण अजीब-सी विराट् और भयावह जान पड़ रही थी। उसे मालूम था कि कुछ ही देर में एक विचित्र रहस्योद्घाटन होनेवाला है, उसका भाई उसे कोई अत्यन्त महत्त्वपूर्ण ख़बर देने आया है...। उस क्षण लैम्प की सरसराहट और नदी के फुसफुसाहट स्वर को सुनते हुए सहसा वोयतोख का हृदय भय से सिहर गया।

वोयतोख ने भाप से गरम चाय की केतली मेज़ पर रख दी और फिर भ्रातृभाव से पूछा, "कुछ खाओगे नहीं?" एक मिनट बाद ही वह बिस्कुट

और बेकन रसोई से ले आया और बार-बार कारेल से खाने के लिए आग्रह करने लगा।

उस समय उसके भीतर एक विचित्र-सी नारी-सुलभ कोमलता उमड़ आई थी और वह एक स्नेहशील बुआ की तरह अपने भाई को प्रसन्न करने की कोशिश कर रहा था।

कारेल ने चाय का एक घूँट लिया और फिर वह अपनी प्यास भूल गया। "सुनो..." उसने कहा और फिर सहसा रुक गया।

वह हाथों-तले अपना चेहरा छिपाकर बैठा था। उसे अब अपनी बात को पूरा करने में कोई दिलचस्पी नहीं रह गई थी।

अचानक वह मुँह सीधा करके बैठ गया, "वोयतोख, सुनो...मैं सिर्फ़ यह कहना चाहता था कि हमने एक-दूसरे से झगड़ा करके काफ़ी बेवक़ूफ़ी की। कृपया यह मत सोचो कि मैं रुपये का ग़ुलाम हूँ। अगर तुम ऐसा सोचते भी हो, तो भी कोई फ़र्क़ नहीं पड़ता...हालाँकि यह सच नहीं है। मैं रुपये के पीछे नहीं हूँ..." उसने उत्तेजित भाव से उँगलियाँ चटखाते हुए कहा, "कम-से-कम उतना नहीं हूँ, जितना तुम समझते हो। रुपया हो—या कोई दूसरी चीज़—मेरा अब किसी से लगाव नहीं रहा। मैं बिना किसी चीज़ के सहारे मज़े से ज़िन्दगी चला सकता हूँ।"

वोयतोख का दिल बिलकुल पसीज गया। विह्वल-भाव से वह बार-बार अपने भाई को आश्वासन देने लगा कि एक लम्बे अर्से से उसे कभी झगड़े का ख़याल भी नहीं आया है...शायद इसमें दोनों का ही दोष था...लेकिन कारेल उसकी बात नहीं सुन रहा था, "अच्छा...अब बन्द करो।" कुछ देर बाद उसने कहा, "मैं अब उसके बारे में नहीं सोच रहा। मैं सिर्फ़ तुमसे यह कहने आया था कि..." उसके शब्द झिझकते-से बाहर निकल रहे थे, "क्या तुम एक काम कर सकते हो...? मैं चाहता हूँ कि तुम मेरी पत्नी को यह ख़बर पहुँचा दो कि मैंने दफ़्तर छोड़ दिया है।"

"लेकिन क्यों...?" वोयतोख ने आश्चर्य से चीख़ते हुए कहा, "तुम क्या घर वापस नहीं जाओगे?"

"फ़िलहाल नहीं...समझे? और शायद कभी नहीं...लेकिन यह अहम बात नहीं है। अगर वह अकेलापन महसूस करेगी, तो अपने मायके जा सकती है। मैं सिर्फ़ यह चाहता हूँ कि मेरी ज़िन्दगी में कोई विघ्न-बाधा न डाले। सुनो—मैं एक शुरुआत चाहता हूँ...मैंने एक योजना भी बनाई है, फ़िलहाल उसकी तफ़सील में जाना बेकार है। मुख्य बात यह है कि मैं अपने को पाना चाहता हूँ...समझे?"

"नहीं...मैं कुछ भी नहीं समझा। आख़िर दफ़्तर ने तुम्हारा क्या बिगाड़ा है?"

"कुछ नहीं...बेकार की बातें और कुछ नहीं। दफ़्तर भाड़ में जाए। वहाँ क्या होगा—मुझे इससे कुछ लेना-देना नहीं। क्या तुम समझते हो कि मैं दफ़्तर के कारण परेशान हो रहा हूँ?"

"फिर कौन-सी चीज़ तुम्हें परेशान कर रही है?"

"कुछ भी नहीं। वह फ़ालतू बात है। मैं अब उसके बारे में सोचता भी नहीं। इसके विपरीत मैं अब ख़ुश हूँ...काफ़ी ख़ुश हूँ। वोयतो—सुनो, उसने सहसा वोयतोख की ओर गोपनीय दृष्टि से देखा, "क्या तुम सचमुच सोचते हो कि मैं अफ़सरी करने के लिए बना हूँ? सच बताओ?"

"मुझे...मुझे नहीं मालूम।" वोयतोख ने हकलाते हुए कहा।

"मेरा मतलब है...तुम मुझे बचपन से जानते हो...क्या तुम यह समझते हो कि इस तरह की ज़िन्दगी मेरे योग्य है? क्या मैं इससे सन्तुष्ट हो सकता हूँ? क्या मुझे यह हक़ नहीं है या...क्या यह मेरे लिए ज़रूरी नहीं है कि मैं बिलकुल अलग ढंग की ज़िन्दगी अपने लिए चुन सकूँ? तुम ऐसा नहीं सोचते?"

"नहीं...मैं ऐसा नहीं सोचता।" वोयतोख ने तनिक अनमने और ढिलमिल भाव से कहा।

उस क्षण उसके सामने अपने भाई की नियमित और साफ़-सुथरी सन्तुलन से भरी ज़िन्दगी घूम गई—एक ऐसी ज़िन्दगी जिसे देखकर उसे कभी-कभी ईर्ष्या होती थी, लेकिन जिसमें उसकी गहरी दिलचस्पी कभी नहीं रही।

'शायद ऊपर से ऐसा ही दीखता था,' कारेल ने कुछ सोचते हुए कहा, "या शायद वह दूसरी ज़िन्दगी मेरे भीतर सो रही थी। वोयतो—ज़रा सोचो—मैं ख़ुद अपने को आज तक नहीं जान सका। लेकिन अब मैं जानता हूँ।"

"क्या मतलब?"

"आह—छोड़ो भी।" कारेल ने उपेक्षा-भाव से कहा और फिर अपने ख़याल में डूब गया।

वोयतोख ने एक क्षण प्रतीक्षा की फिर धीरे से कहा, "कारेल, ज़रा इधर देखो। मुझे लगता है, तुम्हारे साथ कुछ हुआ है। किसी ने तुम्हारे दिल को ठेस पहुँचाई है और अब तुम नाराज़ हो, वरना तुम ख़ामख़ाह इस तरह की उड़ी-उड़ी बातें न करते। जो कुछ हुआ है, मुझे साफ़-साफ़ बता दो। शायद कोई रास्ता निकल सके। मुझे इसका पूरा यक़ीन है। जहाँ तक तुम्हारे दफ़्तर न जाने या पत्नी के पास वापस न लौटने की बातें हैं, मैं इन्हें निरी बकवास मानता हूँ। मुझे उम्मीद है, तुम स्वयं इनके बारे में गम्भीर नहीं हो...क्या तुम सुन रहे हो?"

कारेल खड़ा हो गया और हँसने लगा, "बस, इतना काफ़ी है।" उसने कहा और कमरे में चहलक़दमी करने लगा।

पहली बार उसने ध्यान से चारों ओर देखा—दीवार पर लगी तसवीरों और कमरे में रखी दूसरी चीज़ों पर उसकी निगाहें दौड़ने लगीं। "आह प्यारे वोयतो!" उसने अपने भाई को तनिक चिढ़ाते हुए कहा, "तो यह है तुम्हारे रहने की जगह? और यहाँ तुम बिलकुल अकेले रहते हो? यहाँ इतनी जगह है कि तुम अपनी सारी ज़िन्दगी यहाँ काट सकते हो? ज़रा सोचो—अगर तुम शादीशुदा होते—मेरी तरह। तुम्हारी एक प्यारी, नन्ही-सी बीवी होती जो तुम्हारा एक बच्चे की तरह ख़याल रखती। एक बच्चे की तरह—क्योंकि प्रसव-पीड़ा से उसे डर लगता है और उसके अपने बच्चे नहीं हैं। ज़रा सोचो—तुम्हारे बिस्तर पर तकियों का घोंसला सजा हो...मेरे बिस्तर की तरह! मेरे भाई, तुम्हें क्या मालूम—सुख क्या बला है।"

"तुम अपनी पत्नी के प्रति अन्याय कर रहे हो।" वोयतोख ने धीमे स्वर में विरोध किया।

"बेशक मैं अन्याय कर रहा हूँ," कारेल ने तीखे स्वर में कहा। "और इसके अलावा...मैं उससे ऊब गया हूँ, और अब उसके साथ रहना मुझे दूभर लगता है। तुम उससे यह सब कह देना—यह भी कह देना, मुझे मालूम है कि मैं उसके साथ अन्याय कर रहा हूँ। वह एक आदर्श पत्नी है—जैसा कि अफ़सरों की पत्नियों को होना चाहिए। हे ईश्वर...मैं कितना बड़ा गुनहगार हूँ! ज़रा सोचो—वह सारी शाम मेरी राह देखती रही होगी...कमरे में आग जलाई होगी—फिर मेज़ पर खाना सजाया होगा, उसकी आँखें दरवाज़े पर जमी होंगी हर घड़ी मेरी प्रतीक्षा करती हुई। ज़रा सोचो—अभी तक उसके दिल में कोई सन्देह नहीं आया होगा। उसे खटका ज़रूर लगा होगा—बेचैन-सी होकर वह बिस्तर पर बैठी होगी—कुछ भी समझ पाने में असमर्थ। लेकिन उसे सुबह सब पता चल जाएगा, जब तुम उसके सामने जाकर कहोगे, 'श्रीमती जी, आपका पति लापता हो गया है'।"

"मैं उससे यह सब नहीं कहूँगा!"

"तुम कहोगे : वह सब कुछ छोड़कर चला गया है क्योंकि वह अपने से आजिज़ आ गया था। वह जो कुछ अपने बारे में जानता था, उससे वह बेतरह ऊब गया था। ज़रा सोचो—उसने अपने भीतर एक आत्मा को खोज निकाला है, जिससे वह आज तक अपरिचित था...वह आत्मा कोई ज़्यादा अच्छी नहीं है—वह काफ़ी अजीब और हिंसात्मक है—लेकिन उसे लेकर वह अपनी ज़िन्दगी नये सिरे से शुरू करना चाहता है। वह अब आपके साथ नहीं सो सकता क्योंकि आपका पति एक दूसरा व्यक्ति था...घरेलू जानवर, जो गरम बियर पिया करता था और जिसे आप प्यार करती थीं। वोयतो, तुम उससे यह ज़रूर कहना—समझे? उससे कहना—श्रीमती जी, उसे गरम बियर से नफ़रत है, उसे आपसे भी नफ़रत है। कल उसने बर्फ़ में लगी हुई धधकती शराब पी थी और बाद में—आपके प्रति ग़ैर-वफ़ादार रहा था। उसने अपने लिए एक दूसरी औरत खोज निकाली है और भविष्य में वह उसके पास जाया करेगा। आह—काश, तुम उसे देख पाते!" कारेल का ऊँचा नाटकीय स्वर अब एक उत्सुक फुसफुसाहट में बदल गया था।

"काश, तुम उस बदनसीब लड़की की जर्जरित हालत देख पाते! आह, जीज़स! कैसी ज़िन्दगी थी! उसके पैर बर्फ़ की तरह ठंडे थे—किसी भी तरह उन्हें गर्म कर सकना असम्भव था। शायद उसकी यह ग़रीबी मुझे दोबारा उसके पास ले जाएगी। काश, तुम देख पाते, वह कैसे रहती है! सिर्फ़ रुपये देने से उसकी मदद नहीं की जा सकती। सारा रुपया वह शराब में फूँक डालेगी—लेकिन अगर उसके साथ कोई रह सके..."

"कारेल!" वोयतोख ने रुँधे स्वर में कहा।

"ज़रा ठहरो—मुझे बीच में मत टोको!" कारेल ने अपने को बचाते हुए कहा, "सिर्फ़ यही बात नहीं है। मेरा मतलब है, यह मुख्य बात नहीं है। शुरू में मैंने औरतों के बारे में नहीं सोचा था। लेकिन सच बताओ वोयतो—लोगों की इतनी दुर्दशा देखने के बाद क्या तुम अपने तकियों और गद्दों की ओर लौट सकते हो? तुमने मेरा घर देखा है—शर्म और घृणा से मेरा दम घुटने लगता है। ज़ाहिर है, मेरी बीवी यह सब कुछ नहीं समझ सकेगी। हाँ-हाँ...मैं मानता हूँ कि वह बहुत भली और मृदु स्वभाववाली औरत है—तुम्हें यह सब कहने की ज़रूरत नहीं है। वैसे भी मैं इसे लेकर बात शुरू नहीं करना चाहता था। यह सिर्फ़ एक तफ़सील है और असली घटना इसके बाद शुरू हुई थी।"

"किसके बाद?"

"मेरे फ़ैसला लेने के बाद। ज़रा ठहरो—तुम अभी उसके बारे में कुछ नहीं जानते। वह घटना बिलकुल अलग तरह से शुरू हुई थी। वह उस समय शुरू हुई थी...जब मैं दफ़्तर में था। संक्षेप में...अगर दो लफ़्ज़ों में कहूँ...तो बात झगड़े से शुरू हुई थी। मेरा झगड़ा हो गया था...दफ़्तर में...और मैं सही था।" कारेल ने तैश में आकर मेज़ पर घूँसा मारते हुए कहा, "हाँ, मैं सही था। बस, बात ख़त्म होती है!"

"झगड़ा किस बारे में हुआ था?" वोयतोख ने गहरी जिज्ञासा से पूछा।

"ओह—छोड़ो! बेकार की बातें! कहने लायक़ कोई बात भी हो! मैं पहले से ही तंग आ चुका था। लोग तुम्हें अपने पैरों के नीचे कुचलकर चले जाते हैं और तुम हो कि अपने को बचा नहीं सकते—जैसे तुम एक चिथड़ा हो!

मैंने दफ़्तर में बैठकर सब दस्तावेज़ों और किताबों को दोबारा देखा और मुझे पता चला कि मैं बिलकुल सही था। किसी और ने ग़लती की थी—लेकिन किसने? यह अजीब है कि अब मुझे कोई फ़र्क़ नहीं पड़ता लेकिन उस क्षण... उस क्षण मैं एक कीड़े की तरह तिलमिलाने लगा था और मैंने आत्महत्या करने का संकल्प कर लिया था।"

"कारेल!" वोयतोख ने चीख़ते हुए कहा।

"तुम...तुम चुप रहो," कारेल ने मदहोश लहज़े में अपनी काँपती हुई अँगुली उसकी ओर उठाकर कहा, "तुम भी मेरे जैसे ही हो। सारी शाम मैं शहर की गलियों में घूमता रहा। घर जाने की इच्छा मर गई थी। मैं मनमाने सड़कों पर भटकने लगा। जब मैं थककर चूर हो गया तब पीने की इच्छा हुई। पास ही एक पब था—पब क्या था, एक गया-गुज़रा दरिद्र तहख़ाना। मैंने आज तक कभी ऐसी लुटी-पिटी जगह नहीं देखी थी—संगीत और औरतें और गन्दगी...वह भयानक जगह थी। मुझे अब याद नहीं, वहाँ मेरे संग और कौन लोग बैठे थे। एक लड़की थी, जिसकी अँगुलियाँ बुरी तरह सूजी हुई थीं और नाख़ून झरने लगे थे। तुम क्या सोचते हो...क्या यह कोई बीमारी है?"

"क्या करोगे जानकर?" वोयतोख ने कहा।

"क्योंकि वह बराबर मेरे गिलास से शराब पी रही थी...मैं उसे मना नहीं कर सका। लेकिन अब कोई अन्तर नहीं पड़ता। एक दूसरा आदमी था जिससे मैं सारी शाम बातें करता रहा। पता नहीं, वह कौन था! मुझे सहसा विचार आया कि वे सब लोग—औरतें, मेहमान...वहाँ उसी तरह आए हैं जिस तरह मैं आया था। शायद मेरी तरह उन सबके भीतर अपने को मार डालने की इच्छा छिपी थी...वे सब काफ़ी दुखी थे और शायद इसीलिए वे सब वहाँ इकट्ठा हुए थे। मुझे लगा, जैसे मुझमें और उन लोगों में कहीं कोई समानता है—उससे अलग और कहीं ज़्यादा गहरी जो मेरे और दफ़्तर के सहयोगियों के बीच थी। मुझे लगा, जैसे मुझे भी उस आदमी की तरह माचिसें बेचकर जीना चाहिए...मानो उसका बुढ़ापा और गन्दगी मेरे लिए ज़्यादा सही है...या मेरे नाख़ून भी उतनी ही पीड़ा से झरने चाहिए और मुझे

भी वेश्या या चोर बनना चाहिए—जैसे वे लोग थे। वोयतो, ज़रा सोचो! मुझे लगा कि जब मैं वहाँ बैठा हूँ—बाहर दुनिया का अन्त हो रहा है और सिवाय उस शराबघर और उसमें बैठे लोगों के—कहीं भी कोई चीज़ साबूत नहीं बची है। रंडियाँ, सितार बजाती हुई औरतें, चोर, शराबी और बीमार लोग... यह अब समूची मानव-जाति थी। वहाँ गिरजे और महल, दर्शन और कला, राज्य और गौरव—सब मिट गए थे...सिर्फ़ इन बहिष्कृत लोगों का झुंड—और कुछ नहीं! क्या तुम इसकी कल्पना कर सकते हो?"

"फिर क्या हुआ?"

"नहीं—और नहीं। मैं सोचने लगा, मुझे इन परिस्थितियों में क्या करना चाहिए? मेरे दस्तावेज़, ख़िताब, मेरी व्यावहारिक सूझ-बूझ—इन सबका मेरे लिए क्या मूल्य है? इन सबके बावजूद क्या मैं इन लोगों में से एक भी व्यक्ति को दिलासा दे सकता हूँ या उन्हें मानवीय गौरव या अधोपतन की सही-सही तसवीर दिखा सकता हूँ? यह असम्भव है। मैं उनके सामने कोई भी मिसाल या तसवीर पेश नहीं कर सकता। गिटार बजाना या सिर्फ़ रोना—यह उससे सौगुना बेहतर होगा। क्या तुम मेरी बात समझ सके हो?"

"हाँ।"

"जानते हो वोयतो—मैं इसीलिए तुम्हारे पास आया था क्योंकि मुझे विश्वास था कि तुम मेरी बात ज़रूर समझ लोगे। इस घटना ने मेरी सारी ज़िन्दगी पर रोशनी डाली थी। मुझे लगा, जैसे वह ज़िन्दगी—जो मैं आज तक जी रहा था—किसी काम की नहीं थी। दूसरों की बात अलग रही, ख़ुद मेरे लिए उसका कोई महत्त्व नहीं था। शायद राज्य को मेरी ज़िन्दगी से कुछ फ़ायदा पहुँचा हो लेकिन राज्य एक औपचारिक चीज़ है...मिसाल के तौर पर राज्य का मतलब है—शराब पर ड्यूटी—लेकिन वह ख़ुद शराब नहीं है, या शराबख़ाना नहीं है या चिथड़ों में लिपटा शराबी नहीं है या शराब ढालनेवाली बीमार नौकरानी नहीं है। ये तथ्य हैं—समझते हो? आदमी को तथ्यों का सामना करना चाहिए—महज़ नियम और क़ानून बनाना काफ़ी नहीं है। कुछ भी हो...मैं इन सबसे आजिज़ आ गया हूँ। ...वोयतो, जानते हो, एक अफ़सर

वह आदमी है जो ख़ुद नियम मानता है और दूसरों से मनवाता है...बस, इससे ज़्यादा वह कुछ नहीं है। और मेरे जैसे ऊँचे अफ़सर बिलकुल नहीं जानते कि आम लोग कैसे होते हैं...उनकी दुर्दशा और बीमारी के प्रति बिलकुल बेख़बर! जब तक तुम अपनी आँखों से बीमारी, पीड़ा और गन्दगी नहीं देखोगे, तब तक उसके बारे में कुछ भी नहीं जान सकोगे। एक बार उन्हें आँखें खोलकर ध्यान से देख लेने से ही तुम मानवीयता की सेवा कर सकते हो—चाहे तुम ख़ुद उसके बारे में कुछ न कर सको। एक बार देख लेने के बाद तुम कभी चैन से नहीं बैठ सकोगे...तुम्हारा मन हमेशा भटका-भटका-सा रहेगा। तुम्हें लगेगा कि तुम धीरे-धीरे पागल हो रहे हो। मेरे ख़याल में यह स्थिति कमरे के गद्दों के बीच दबी स्वस्थ और सुखी ज़िन्दगी से कहीं ज़्यादा बेहतर है।"

"यह हक़ीक़त है।"

वोयतोख को उस क्षण ये बातें काफ़ी प्रीतिकर और दिलचस्प जान पड़ रही थीं। घुटनों पर ठुड्डी टिकाकर आराम से कम्बल में लिपटा हुआ एक बच्चे की तरह वह मंत्रमुग्ध भाव से अपने भाव के शब्दों को सुन रहा था। वे शब्द उसके लिए उतने ही आकर्षक थे जितने उसके संकेत और स्वर।

"बोलते जाओ...फिर आगे क्या हुआ?" उसने पूछा।

"आगे," कारेल ने ध्यानावस्थित भाव से कहा, "आगे और क्या है? सुनो...मुझे अपने इस निर्णय से काफ़ी तसल्ली मिली है कि अब मैं दोबारा अपने दफ़्तर नहीं जाऊँगा। मुझे लगा कि अब मुझमें अपने को मार डालने की इच्छा नहीं रह गई है। इसके विपरीत मुझे लगा, जैसे मैं अभी-अभी अपने को शुरू कर रहा हूँ...जैसे मैं एक नई ज़िन्दगी की ड्योढ़ी पर खड़ा हूँ। ...वोयतो, सच मानो—यह एक विराट अनुभव था। मैंने अपनी ज़िन्दगी में पहली बार इतनी विस्मयकारी अनुभूति का परिचय पाया था। मैं दोबारा शहर की गलियों में घूमने लगा—बिना किसी लक्ष्य के—हर जगह, चारों ओर; और मुझे लगा, जैसे घरों की दीवारों के पीछे भी कुछ ऐसा है जो नितान्त नया है। मुझे सहसा निश्चय हो गया कि यह विस्मयकारी अनुभूति मुझे एक ऐसे बिन्दु पर ले आई है—जहाँ प्रकाश है और सत्य है।

...वोयतो, तुम जानते हो कि प्रेरणा सबसे बड़ा सुख है। यह एक ऐसी चीज़ है जिसे शब्दों में व्यक्त नहीं किया जा सकता—लगता है, मानो हम ईश्वर से वार्तालाप कर रहे हों—या कुछ ऐसा महसूस होता है, जैसे सारी दुनिया—धरती, तारे और समूची मानवीयता जिसमें पुरानी पीढ़ियाँ भी शामिल हैं—तुम्हारे विचारों के साथ जुड़ी हैं। यह एक अजीब तरह का सुख है।... फिर मेरी मुलाक़ात उस लड़की से हुई...मैं पता चलाना चाहता था कि क्या इतना अद्भुत, अपार्थिव सौन्दर्य किस तरह ऐसी भयानक स्थिति में जीवित रह सकता है। ...वोयतो, क्या तुम विश्वास करोगे कि मुझे उस क्षण लगा, जैसे मैं धीरे-धीरे मुक्त होता जा रहा हूँ। जब मैंने उसकी दरिद्रता देखी, मुझे लगा, जैसे मेरे पंख लग गए हों! अब यदि मुझे सारी दुनिया का भयानक कष्ट और ग़रीबी देखने को मिले, तो मुझे सुख ही होगा और मैं पहले से अधिक अपने को सुदृढ़ पा सकूँगा। मुझे अभी बहुत कुछ देखना-सीखना है...क्योंकि मुक्त होने का सिर्फ़ यही एक रास्ता है। क्या तुम सो रहे हो?"

"नहीं...मैं सो नहीं रहा।"

"आदमी जितनी अधिक पीड़ा देखता है, उतना ही वह अपने को बाक़ी दुनिया के अधिक निकट पाता है। मैंने पहली बार भाईचारे के रहस्य को पहचाना है। वह सहानुभूति नहीं है—बल्कि वह एक तरह का जागरण और आनन्द है। वह दया नहीं है बल्कि उत्साह है। तुम स्वयं..." वह बाँहें फैलाकर ऊँचे स्वर में बोलने लगा। उसका नशा—जो पहले उत्तेजना के नीचे दब गया था—अब पूरी शिद्दत से उस पर छाने लगा था। "तुम स्वयं हर पीड़ा को देखते हो और स्वयं भयानक ग़रीबी और बीमारी को खोजते हो और तब तुम्हें अचानक लगता है, जैसे यह पीड़ा तुम्हारी है और तुम अपने में उसे महसूस करने लगते हो। तुम ख़ुद ग़रीब और लुटे-पिटे व्यक्ति हो—चोर, वेश्या और शराबी...एक ऐसे प्राणी, जिसके लिए कोई आशा नहीं रह गई है। तुम वही हो जो तुम देखते हो। तुम्हारे भीतर एक अदम्य आकांक्षा जाग जाती है—हर कष्ट और बीमारी और दुर्दशा को झेलने की, उन्हें अपने ऊपर ओढ़ने की—और तुम किसी भी तरह इस आकांक्षा को पूरा करने के लिए आतुर हो जाते हो।

तुम ग़रीबों को दान नहीं दोगे क्योंकि ऐसा करने में अन्याय से छुटकारा नहीं मिल सकता। उसकी जगह तुम ख़ुद ग़रीब बन जाओगे, उतने ही ग़रीब जितने वे लोग हैं। सिर्फ़ ग़रीब ही नहीं—बल्कि बीमार, शराबी, भयग्रस्त, अपमानित, सारी दुनिया द्वारा बहिष्कृत कीचड़ और गन्दगी में लदे-फँदे प्राणी। तुम्हें अन्तिम बिन्दु तक पहुँचना होगा। तुम्हें बिलकुल अन्तिम बिन्दु तक पहुँचना होगा। तुम जानते हो और काफ़ी कुछ समझते हो। सब भूल जाओ। सीखने की घड़ी अब शुरू होती है। लेकिन वोयतो," उसका स्वर सहसा असाधारण रूप से मृदु हो गया, "तुम अब सोना चाहोगे?"

"नहीं, बिलकुल नहीं।" वोयतोख ने जल्दी से आश्वासन देने की कोशिश की।

"जाओ—अब लेट जाओ। मुझे कुछ लिखना है। हाँ...हाँ...अब तुम सो जाओ वरना तुम मुझे नाहक परेशान करोगे।"

"नहीं कारेल," वोयतोख ने अभ्यर्थना-भरे स्वर में कहा। "मैं सोने नहीं जाऊँगा। तुम आराम से लिख सकते हो। मैं सिर्फ़ बिस्तर पर लेट जाता हूँ ताकि तुम्हारे काम में कोई बाधा न पड़े। लेकिन बाद में मैं तुमसे कुछ कहना चाहूँगा।"

"अच्छा...लेकिन अब सो जाओ।" कारेल मेज़ के सामने अपना सिर बाँहों पर टिकाकर बैठ गया था।

बिस्तर पर लेटकर वोयतोख चुपचाप सोचने लगा कि उसे अपने भाई से क्या कहना चाहिए। उसका मन दुविधा और दया से भरा था।

वह उन कुछ ऐसे स्नेहपूर्ण शब्दों को टटोलने की चेष्टा करने लगा जिनके द्वारा वह अपने भाई को दिलासा दे सके—कुछ ऐसे शब्द, जो हम अक्सर बीमार आदमियों को धीरज बँधाने के लिए कहते हैं। वह चाहता था कि किसी तरह कारेल उसके शब्दों को सुनकर आश्वस्त और शान्त हो सके।

अधमुँदी आँखों से वह अपने भाई को देखने लगा। वह मेज़ के सामने सिर झुकाए बैठा था मानो कुछ पढ़ रहा हो! उसे याद आया कि उसका भाई कोई भी चीज़ काफ़ी कठिन और श्रमसाध्य तरीक़े से ही सीख पाता था।

उसके भीतर तरह-तरह की ज्वलन्त आकांक्षाएँ उठा करती थीं जिन्हें वह अध्ययन द्वारा दमित कर पाता था। वह काफ़ी निडर और महत्त्वाकांक्षी था। शुरू से ही पीने का व्यसन था लेकिन एक दिन ज़िद में आकर शराब छोड़ने का प्रण कर लिया और फिर उसे हाथ नहीं लगाया। या कभी-कभी वह झोंक में आकर सुबह पाँच बजे उठने का निर्णय कर लेता था। वह तड़के ही उठकर पढ़ने में जुट जाता जबकि वोयतोख अपने गर्म बिस्तर पर बिल्ली की तरह आराम से लेटा खर्राटे भरता रहता। 'वोयतो-वोयतो...जल्दी उठो...सात बज रहे हैं।' लेकिन वोयतोख को दीन-दुनिया की ख़बर नहीं...मानो उसने कुछ सुना ही नहीं। किन्तु हर क्षण वह काग़ज़ पर कलम चलाने की कोमल खरखराहट सुनता रहता...उसे हल्की-सी सान्त्वना मिलती कि कोई जीवित प्राणी उसके बिस्तर के पास बैठा है। किन्तु वह किसी भी मूल्य पर आँखें खोलने के लिए तैयार न होता। वह चाहता कि किसी तरह पहले अपना स्वप्न पूरा कर ले। किन्तु सचमुच में यह स्वप्न नहीं है (वोयतोख अपने पर मुस्कराने लगता)। 'यह घटना सचमुच हुई थी जब मैं चौथी क्लास में पढ़ता था। सातवीं कक्षा के कुछ लड़के—कारेल के सहपाठी—मुझे एक शराबघर में ले गए थे,' हाँ, उसे याद है, वहाँ किसलिंगर और दोस्तालेक भी थे (दोस्तालेक की मुत्यु हो गई)...तब उसने पहली बार एक स्त्री को गिटार पर गाते सुना था, 'हाँ...मैं एसमेराल्ड हूँ...दक्षिण की वफ़ादार कन्या...एसमेराल्डा एसमेराल्डा...' वह मंत्र-मुग्ध होकर सुन रहा है किन्तु उसे बराबर यह डर खाए जा रहा है कि कहीं वे उसे शराबघर से बाहर न निकाल दें। वह अपने को छोटा, इतना छोटा बना देना चाहता है ताकि कोई उसे देख न सके। वह अपने को मेज़ के पीछे छिपा लेता है और सिर्फ़ उस लड़की को देखता रहता है जो प्यालों में शराब ढाल रही है। अपनी बाँह उठाकर वह बालों को सँवारती है और फिर गाने लगती है। कुछ देर बाद वह अपना चेहरा झुकाकर किसी मेहमान से बातचीत करने लगती है—उसने अपना घुटना एक कुर्सी पर टिका लिया है। वोयतोख की समझ में नहीं आता कि वह किस ओर अपनी आँख फेर ले। वह शर्म से नीचे धँसा जा रहा है। उसे ईर्ष्या भी हो रही है और वह देख रहा है—और अब?

'हे ईश्वर...वह मुझे देख रही है।' वह धीरे-धीरे झूमती हुई उसके पास आती है और मेज़ पर सीधी उसकी ओर झुक गई है। उसने अपनी अजीब, चमकती आँखें वोयतोख पर गड़ा दी हैं और वह मुहब्बत का कोई गीत धीमे स्वंर में गुनगुनाने लगती है—फिर वह अचानक बहुत ही चुपचाप प्यारे ढंग से हँसने लगी। उसकी गर्म साँस वोयतोख के होंठों को छू रही थी और तब उसे लगा, जैसे शर्म और प्यार के कारण वह फूट-फूटकर रोने लगेगा। वह बोलना चाहता है लेकिन उसे समझ में नहीं आता कि वह क्या कहे। लड़की को भी कोई शब्द नहीं मिलते और वह कोमल, धीमे स्वर में प्यार का गीत गुनगुनाने लगती है और अपनी तीक्ष्ण, उज्ज्वल निगाहों से उसकी आँखों को देखने लगी। 'उस क्षण वह मुझसे क्या चाहती थी? वह मुझसे बोली क्यों नहीं? मेरे दोस्त कहाँ हैं?' लेकिन कारेल अब भी उसके पास बैठा है। वह कॉपी पर कुछ लिख रहा है और बार-बार उसकी ओर देखकर कहता है, "तुम्हें पढ़ना चाहिए।"

लेकिन वोयतोख कुछ भी न सुनने का बहाना किये बिस्तर पर लेटा रहता है। 'तुम चाहो जितना पढ़ो,' वह सोचता है, 'लेकिन ईश्वर के लिए मुझे सोने दो।'

जब वोयतोख की आँख खुली, दिन चढ़ने लगा था।

उसे यह देखकर हल्का-सा आश्चर्य हुआ कि वह अस्त-व्यस्त अवस्था में ही सो गया था। फिर उसे कुछ याद आया और उसने कारेल की ओर देखा। कारेल सोफ़ा पर लेटा सो रहा था। उसका चेहरा अजीब-सा मलिन और क्लान्त दीख रहा था...लगता था, जैसे वह एक रात में ही बूढ़ा हो गया है। वोयतोख चुपचाप धीरे से उठा ताकि कारेल की नींद में बाधा न पड़े और उन काग़ज़ों को टटोलने लगा जिन पर पिछली रात कारेल ने कुछ लिखा था।

मेज़ पर एक मुहरबन्द लिफ़ाफ़ा पड़ा था। उसने उसे खोला और पत्र बाहर निकालकर पढ़ने लगा :

श्रीमान्,

बीमार होने के कारण मैं नौकरी से इस्तीफ़ा दे रहा हूँ। आपसे मेरी प्रार्थना है कि मुझे—बिना किसी पेंशन के—नौकरी से मुक्त किया जाए।

एन.एन., भूतपूर्व काउंसलर

वोयतोख ने सिर हिलाया और दूसरे काग़ज़ों को टटोलने लगा। रद्दी काग़ज़ों की टोकरी में कुछ तुड़े-मुड़े लिखे हुए पन्ने पड़े थे, जिन्हें कई बार ठीक किया गया था। उसने उन्हें टोकरी से बाहर निकालकर क़रीने से लगाया और पढ़ने लगा :

प्रिय महोदय,

कल मुझसे जो दस्तावेज़ लिया गया था, यदि आप उसे फ़ाइल सं. एम-23 में (Supplement) ब-3 और उपर्युक्त फ़ाइल में दिये गए मंत्री महोदय के आलेख को 17 सितम्बर के पत्र की प्रतिलिपि से मिलाने का कष्ट करें, तब आपको स्पष्ट रूप से पता चल जाएगा कि ग़लत निर्णय की ज़िम्मेवारी मुझ पर न होकर उन ग़लत तथ्यों पर आधारित है जो मुझे प्रोटोकोल से प्राप्त हुए थे। मुझे आशा है कि अपनी जवानी के बावजूद आप ख़ुद समझ गए होंगे कि मेरे प्रति मंत्री महोदय का व्यवहार सर्वथा अनुचित था।

इस पत्र को उसके भाई ने काफ़ी ग़ुस्से-से तोड़-मरोड़कर फाड़ दिया था।

एक दूसरे पन्ने पर सिर्फ़ अधूरा वाक्य लिखा था जो किसी निबन्ध का आरम्भ जान पड़ता था :

'अगर तुम दार्शनिक बनना चाहते हो तो यह ज़रूरी है कि...'

किन्तु इस पन्ने को भी तोड़-मरोड़कर फेंक दिया गया था—शायद अनेक लम्बी घड़ियों तक जागे रहने के बाद।

वोयतोख का हृदय करुण-पीड़ा से भर उठा। उसने इन दयनीय बिखरे काग़ज़ों को बड़ी सावधानी से समेट लिया और फिर अपने सोते हुए भाई की ओर देखा। उसके कनपटियों के बाल सफ़ेद हो चले थे, आँखों के नीचे सूजन उभर आई थी और वह बीमार-सा दिखाई देता था। वोयतोख देर तक ध्यान से उसकी ओर देखता रहा फिर उसने चुपचाप कपड़े पहने, दरवाज़ा बन्द किया और तेज़ क़दमों से अपने भाई के दफ़्तर की ओर चल पड़ा।

दफ़्तर में अनेक जान-पहचान के लोग थे, पिछले दिन की घटना का पता चलाने में उसे देर नहीं लगी। दोपहर के समय मंत्री महोदय ग़ुस्से में लाल-पीले होते हुए धमाधम उसके भाई के डिपार्टमेंट में आए थे, 'कितने शर्म की बात है' वह देहरी पर खड़े-खड़े ही ज़ोर से चिल्लाए, 'एक मूर्ख या बिलकुल ग़ैर-ज़िम्मेदार आदमी ही ऐसा काम कर सकता है।' यह सच है कि मंत्री ने हू-ब-हू यही शब्द नहीं कहे थे किन्तु अब उनका अर्थ और भी अधिक बुरा निकलता था। 'किसका काम है यह?' मंत्री ने हवा में ड्राफ़्ट हिलाते हुए पूछा था।

डर के मारे सारे कर्मचारी थरथर काँपने लगे। फिर कारेल ने उठकर कहा, 'यह मेरा ड्राफ़्ट है,' और अपने पक्ष में कुछ कहने की कोशिश की।

'मेहरबानी करके चुप रहिए!' मंत्री ज़ोर से चिल्लाए और फिर ड्राफ़्ट को फाड़कर डिपार्टमेंट के सबसे छोटे और अपने प्रिय क्लर्क की डेस्क पर फेंकते हुए बोले, 'जनाब, आप इसे ठीक करके मुझे दें।' फिर वह फटाक से दरवाज़ा बन्द करके बाहर चले गए।

सब क्लर्क हतबुद्धि-से होकर बैठे रहे। कारेल का चेहरा पीला पड़ गया था...वह यंत्रचालित-सा अपनी कुर्सी से उठा, डेस्क बन्द किया और बिना एक शब्द कहे बाहर चला आया। पाँच बजे वह वापस अपने डिपार्टमेंट में आया और सब लोगों के जाने के बाद अपने काम में जुट गया। सब जानते थे कि ग़लती उसकी नहीं है किन्तु कारेल ने किसी से कोई बात नहीं की।

सारी बात सुन लेने के बाद वोयतोख ज़ोर-ज़बरदस्ती मंत्री के कमरे में घुस गया। मंत्री महोदय भयानक व्यक्ति थे—ज़रा-ज़रा-सी बात पर गरजनेवाले। आध घंटे बाद वोयतोख बाहर आया—चेहरे पर थकान और श्रम के चिह्न दिखाई दे रहे थे किन्तु उसकी आँखें विजयोल्लास से चमक रही थीं। ख़ुद मंत्री महोदय उसे बाहर तक छोड़ने आए थे और विदा लेते समय उन्होंने वोयतोख से हाथ मिलाया था। वोयतोख तेज़ क़दमों से घर की ओर भागता गया। कारेल चुपचाप सोफ़ा पर बैठा था—हताश, क्लान्त और अपने ख़यालों में डूबा हुआ।

"कारेल!" उसे देखते ही वोयतोख गर्व से चिल्ला उठा, "मंत्री महोदय ने तुम्हें बुलाया है।"

"मैं नहीं जाऊँगा," कारेल ने खोए-से स्वर में कहा।

"नहीं...तुम्हें जाना ही होगा क्योंकि...क्योंकि वह तुमसे क्षमा माँगना चाहते हैं। सुनो—जो कुछ हुआ है, उसका उन्हें गहरा ख़ेद है और वह तुम्हारे प्रति अपना विश्वास—और सद्भावना—व्यक्त करना चाहते हैं।" वोयतोख जल्दी-जल्दी उन शब्दों को दोहराने लगा जो उसने पहले से ही याद कर रखे थे।

"तुम वहाँ गए क्यों?" कारेल ने बोझिल स्वर में कहा। "इससे कुछ बनेगा नहीं...मैं चाहता भी नहीं...वोयतो, मेहरबानी करके मुझे अपने पर छोड़ दो...मेरे लिए यही बेहतर है। मेरे पास वक़्त नहीं है...अभी मुझे अनेक महत्त्वपूर्ण चीज़ों के बारे में सोचना है।"

कमरे में एक निष्प्रभ-सा सन्नाटा घिर आया। वोयतोख निराश भाव से अपने नाख़ून चबाने लगा। "आख़िर कुछ कहो भी...तुम करना क्या चाहते हो?" उसने हताश होकर अपने भाई की ओर देखा।

"मैं अभी कुछ नहीं जानता," कारेल ने अनमने भाव से कहा और कमरे में चहलक़दमी करने लगा।

किसी ने घंटी बजाई। बाहर शोफर खड़ा था, "मंत्री महोदय ने काउंसलर साहब के लिए अपनी कार भेजी है," उसने दहलीज़ से आवाज़ लगाई।

कारेल सहसा चौंक उठा। उसने सन्दिग्ध-भाव से अपने भाई की ओर देखा कि यह कहीं उसकी चाल तो नहीं है। किन्तु वोयतोख के चेहरे पर एक अबोध-से विस्मय के अलावा कुछ भी तो न था।

तब उस क्षण कारेल के हृदय में एक बेमानी-सी भावना उमड़ने लगी—एक अजीब-सी अनुभूति जो सहसा उस व्यक्ति को घेर लेती है जिसके प्रति एक छोटा-सा दयापूर्ण-संकेत कर दिया जाए। उसकी आँखों में आँसू उमड़ने लगे...फिर उसका चेहरा सुर्ख़ हो उठा और वह खिड़की की ओर देखने लगा। खिड़की के सामने ही चमचम करती आलीशान कार खड़ी थी।

"अच्छा," उसने हिचकते हुए कहा, "मैं चलता हूँ।"

वह अचानक बहुत जल्दी-जल्दी तैयार होने लगा...वोयतोख भी इस हड़बड़ाहट में यथासम्भव उसकी मदद करने लगा और इस भगदड़ में वे दोनों एक-दूसरे से अच्छी तरह विदा भी न ले सके।

जब वोयतोख खिड़की के सामने आया, सड़क ख़ाली और सुनसान पड़ी थी। एक हल्की-सी वीरानगी और शून्यता उसे अपने में घेरने लगी। वह कारेल के घर की ओर चल पड़ा ताकि उसकी पत्नी को यह सूचना दे सके कि उसका पति वापस घर आ रहा है।

क़मीज़ें

उस दिन वह अनेक महत्त्वपूर्ण विषयों के बारे में सोचना चाहता था किन्तु न जाने क्यों उसका ख़याल बार-बार एक अप्रीतिकर चीज़ पर अटक जाता था... उसकी नौकरानी उसे लूट रही है। वह इतने बरसों से उसके घर की देखभाल कर रही थी कि अब वह प्राय: यह भूल गया था कि उसकी चीज़ें, कपड़े-लत्ते इत्यादि कहाँ और कैसे रखे जाते हैं। कपड़ों की एक अलमारी थी, जिसे वह हर सुबह खोलता था और वस्त्रों के ढेर से एक साफ़-सुथरी क़मीज़ निकाल लेता था। समय-समय पर—अनियमित अन्तराल के बाद—श्रीमती जोहान्का उसे एक फटी-पुरानी क़मीज़ दिखाकर कहती थीं कि मालिक की सब क़मीज़ें ख़राब हो गई हैं और उन्हें जल्दी ही क़मीज़ें ख़रीदनी चाहिए। 'अच्छा—ठीक है।' मालिक बाहर जाकर पहली दुकान से आधा दर्जन क़मीज़ें ख़रीद लाते—हालाँकि एक धुँधला-सा संशय उनके मन में ज़रूर चला आता कि उन्होंने ऐसी ही कुछ ख़रीदफ़रोख़्त हाल में ही की थी। यही हाल दूसरी चीज़ों के साथ भी होता—कॉलर, टाइयाँ, सूट, जूते, साबुन—तथा अन्य सैकड़ों चीज़ें जिनकी ज़रूरत हर व्यक्ति को पड़ती रहती है, चाहे वह विधुर ही क्यों न हो।

हमेशा ही किसी न किसी चीज़ को बदलने की बारी आ जाती किन्तु बूढ़े आदमी पर शायद सब चीज़ें शीघ्र ही पुरानी और गन्दी हो जाती हैं वरना इतनी जल्दी उन्हें बदलने की ज़रूरत क्यों पड़ती। वह हमेशा ही कोई-न-कोई नई चीज़ ख़रीदता रहता किन्तु जब कभी अलमारी खोलता, उसे सिवाय फटे-मैले चिथड़ों के ढेर के अलावा कुछ भी दिखाई न देता। किन्तु इन छोटी-छोटी बातों के बारे में परेशान होने की ज़रूरत उसे कभी महसूस नहीं हुई। श्रीमती जोहान्का सारे घर की देखभाल अच्छी तरह कर लेती थीं।

किन्तु उस दिन—इतने वर्षों बाद—उसे पहली बार इस बात का अहसास हुआ कि उसे बराबर, नियमित रूप से लूटा जा रहा है। बात यों शुरू हुई : उस दिन सुबह उसे किसी सभा-सोसाइटी के भोज में शामिल होने का निमंत्रण मिला था। बरसों से वह कहीं नहीं गया था। उसके मित्रों का दायरा काफ़ी छोटा और सीमित था कि—इसलिए जब उसे अचानक यह निमंत्रण-पत्र मिला, वह काफ़ी परेशान-सा हो गया। यह सही है कि निमंत्रण पाकर उसे असीम सुख हुआ था किन्तु उसने उसे थोड़ा-सा भयभीत भी कर दिया था। सबसे पहले वह अलमारी के पास गया और कपड़ों के ढेर में कोई साफ़-सुथरी क़मीज़ ढूँढ़ने लगा। किन्तु उसे कोई ऐसी क़मीज़ नहीं मिली जिसकी आस्तीनें या कॉलर फटे हुए न हों। उसने जोहान्का को बुलाकर पूछा कि क्या वह उसे पहनने लायक़ कोई क़मीज़ नहीं दे सकती?

श्रीमती जोहान्का एक क्षण चुप रहीं फिर थूक निगलकर वह तीखे स्वर में बोलीं कि मालिक को नई क़मीज़ें ख़रीदनी चाहिए—आख़िर वह कब तक पुराने-फटे चिथड़ों को दुरुस्त करती रहेगी। जोहान्का की झिड़की सुनकर उसे धुँधला-सा याद आया कि अभी कुछ अर्सा पहले ही उसने नई क़मीज़ें ख़रीदी थीं। किन्तु वह इस बारे में निश्चित नहीं था। वह चुपचाप कोट पहनने लगा ताकि बाहर जाकर कुछ नई क़मीज़ें ख़रीद सके। उसने कोट की जेब से कुछ पुराने काग़ज़ निकाले—यह देखने के लिए कि वह उन्हें फेंक दे, या रखे रहे। इन्हीं काग़ज़ों में उसकी निगाह क़मीज़ों के बिल पर पड़ गई जो उसने आख़िरी बार चुकाया था। सात सप्ताह पहले की तिथि उस पर पड़ी थी।

सिर्फ़ सात सप्ताह पहले उसने आधी दर्जन क़मीज़ें ख़रीदी थीं। सारा रहस्योद्घाटन यहीं से शुरू हुआ था।

बाहर जाकर नई क़मीज़ें ख़रीदने के बजाय वह अपने कमरे में चहलक़दमी करने लगा। वह अपने जीवन के उन वर्षों के बारे में सोचने लगा जो उसने निपट अकेलेपन में गुज़ार डाले थे। पत्नी की मृत्यु के बाद उसने घर-गृहस्थी का सारा काम जोहान्का को सौंप दिया था—शायद ही ऐसा कोई क्षण आया हो जब उसने जोहान्का पर सन्देह या अविश्वास किया हो। किन्तु अब उसे यह विचार तंग करने लगा कि विगत वर्षों में उसे बराबर लूटा-खसोटा जा रहा था। उसने कमरे के इर्द-गिर्द निगाहें दौड़ाईं। कोई चीज़ वहाँ से उठाई गई हो, वह याद नहीं कर सका किन्तु उसे अपना घर सहसा बहुत वीरान और ख़ाली-ख़ाली-सा जान पड़ा। उसने याद करने की कोशिश की—पहले यहाँ काफ़ी चीज़ें हुआ करती थीं, घर भरा-भरा-सा लगता था, हर कोने से आत्मीयता की गन्ध आती थी...और अब? गहरी निराशा से उसने अलमारी की वह दराज़ खोली, जिसमें उसने अपनी पत्नी के कुछ स्मृति-चिह्न जमा कर रखे थे—कपड़े इत्यादि। कुछ लुटी-पिटी पुरानी चीज़ें वहाँ पड़ी थीं—किन्तु अतीत की गरमाई और आत्मीयता उनमें नहीं थी। 'हे भगवान!' उसने एक गहरी साँस ली। 'मेरी पत्नी इतनी ढेर सी चीज़ें छोड़ गई थी—उन सबका क्या हुआ?'

दराज़ बन्द करके वह दूसरी चीज़ों के बारे में सोचने की कोशिश करने लगा...शाम की पार्टी के बारे में। किन्तु बीते हुए वर्ष रह-रहकर उसकी आँखों के सामने मँडराने लगे। वे अब उसे बहुत सूने, कटु और दुखद जान पड़ने लगे—उससे कहीं अधिक सूने और कटु—जब वह सचमुच उन्हें जी रहा था। उसे लगा, जैसे किसी ने अचानक तहस-नहस कर दिया हो और अब उनमें महज़ एक उजड़ी-सी वीरानगी के अलावा कुछ भी शेष नहीं रह गया है। बेशक इन वर्षों के दौरान अनेक बार उसे भ्रम हुआ था कि वह अपने जीवन से सन्तुष्ट है—मानो किसी ने उसे थपथपाकर सुला दिया हो। किन्तु अब वह सहसा उस एकाकी व्यक्ति की नींद को देखकर भयाक्रान्त-सा हो उठा था

जिसके सिरहाने से पराये लोग तकिया चुराने में भी संकोच नहीं करते। एक अजीब-सा ख़ालीपन उसे अपने में घेरने लगा—एक दुर्दमनीय पीड़ा, जो उस पीड़ा से भी अधिक भयंकर थी जब वह अपनी पत्नी को क़ब्र में दफ़नाकर वापस लौटा था। उसे लगा, जैसे अचानक वह बहुत बूढ़ा हो गया है—एक थका-माँदा व्यक्ति जिसके प्रति ज़िन्दगी काफ़ी निर्मम और क्रूर साबित हुई है।

किन्तु एक चीज़ वह अब भी ठीक-ठीक नहीं समझ सका था—आख़िर वह मेरी चीज़ें चुराकर करेगी क्या? आह—अब समझा! उसे अचानक कुछ याद आया। श्रीमती जोहान्का का एक भतीजा था—पता नहीं, वह कहाँ रहता था। बुआ अपने लाड़ले भतीजे पर जान देती थी। न जाने कितनी बार जोहान्का ने अपने फूल-जैसे भतीजे का उसके सामने गुणगान किया था! अभी कुछ दिन पहले ही तो उसने मुझे उसका फ़ोटो दिखलाया था—उसे सहसा ध्यान आया। घुँघराले बाल, चपटी नाक और घमंड में उठी हुई मूँछें। फ़ोटो दिखलाते समय जोहान्का की आँखें गर्व और स्नेह से भर आई थीं। 'अच्छा—तो मेरी सारी चीज़ें उस लाड़ले भतीजे के हवाले कर दी गई हैं,' उसने अपने से कहा। इस ख़याल से ही उसका चेहरा ग़ुस्से में तमतमा उठा। वह भागता हुआ रसोई के पास आया और दरवाज़े पर खड़े-खड़े ज़ोर से चिल्लाया, 'खूसट बुढ़िया!' फिर जल्दी से अपने कमरे में लौटकर उसने अपने दरवाज़े की साँकल चढ़ा दी। रसोई में बैठी जोहान्का एक भेड़ की तरह अपनी भयभीत आँसू-भरी आँखें घुमाती रहीं।

वह दिन-भर उनसे नहीं बोला। श्रीमती जोहान्का रसोई में बैठी-बैठी लम्बी साँसें भरती रहीं—मानो उन्हें किसी ने बुरी तरह अपमानित कर दिया हो! जो भी बर्तन हाथ में आता, वह उसे ग़ुस्से में पटक देतीं। वह अभी तक मालिक की नाराज़गी का कारण नहीं समझ पाई थीं।

दोपहर के समय वह सारी अलमारियों और दरवाज़ों को खोल रहा था...यह भयानक दृश्य था। उसे बार-बार कभी यह चीज़, कभी वह चीज़ याद हो आती जो पहले किसी समय उसके पास थी और अब जिसका कहीं अता-पता भी न था। उसे एक-एक करके वे सब चीज़ें याद आने लगीं जो उसे

बाप-दादा से विरासत में मिली थीं और जो अब उसे ख़ास तौर से बहुमूल्य जान पड़ रही थीं। किन्तु अब उनका कहीं नाम-निशान भी न बचा था—एक भी चीज़ नहीं। लगता था, जैसे सब चीज़ें आग में जलकर स्वाह हो गई हों। क्षोभ और अकेलेपन के कारण उसकी आँखों में आँसू भर आए—उसका मन हुआ कि वहीं बैठकर फूट-फूटकर रोने लगे।

वह खुली दराज़ों के बीच बैठा हाँफ रहा था। सारी देह धूल और गर्द से भर गई थी। उसके हाथ में अपने पिता का एक बटुआ था—मोतियों का एक छोटा-सा थैला—जिसके दोनों सिरों पर सूराख़ पड़े थे। एक अकेला स्मृति-चिह्न। न जाने कितने वर्षों से वह उसकी चीज़ें बराबर चुरा रही होंगी? ग़ुस्से से उसका सारा शरीर काँप उठा। अगर वह उस क्षण उसके सामने आ जाती, तो वह उसके मुँह पर थप्पड़ मार देता। 'मुझे अब क्या करना चाहिए?' उसने कातर-भाव से अपने से ही पूछा। 'क्या उससे कह दूँ कि वह अपना बोरिया-बिस्तर बाँधकर यहाँ से दफ़ा हो जाए? या उसे पुलिस के हवाले कर दूँ? लेकिन फिर कल मेरे खाने का क्या होगा? मैं किसी रेस्तराँ में जाकर खा लिया करूँगा,' उसने फ़ैसला किया। 'लेकिन आग कौन जलाएगा—और मेरे लिए पानी कौन गर्म करेगा?' उसने ज़ोर-ज़बरदस्ती इन विचारों को अपने से दूर ठेलने की कोशिश की। 'मैं कल इन सब चीज़ों को तय करूँगा,' उसने अपने को आश्वासन दिया। 'कोई-न-कोई रास्ता निकल ही आएगा। आह... मैं उस पर नहीं निर्भर रहूँगा।' फिर भी यह समस्या उसके दिल पर एक बोझ की तरह पड़ी रही—हालाँकि वह उसे स्वीकार करने के लिए तैयार नहीं था। सिर्फ़ यह विचार उसे आख़िर तक शक्ति देता रहा कि जिस कृतघ्न व्यक्ति ने उसे धोखा दिया है, उसे अपने अपराध का दंड भोगना चाहिए।

साँझ घिरने पर वह बड़ी मुश्किल से रसोई के सामने आया और लापरवाही-भरे स्वर में जोहान्का से बोला, "तुम्हें किसी काम से बाहर जाना होगा।"

और तब उसने अपनी नौकरानी को लम्बी, पेचीदा और बेमतलब की हिदायतें देना शुरू कीं जिन्हें तत्काल पूरा करना होगा। उसने बड़े परिश्रम से इन हिदायतों के बारे में पहले से ही सोच लिया था।

श्रीमती जोहान्का कुछ न बोलीं—सिर्फ़ शहादत का भाव लिये सब कुछ चुपचाप सुनती रहीं।

आख़िर जोहान्का ने अपने पीछे दरवाज़ा बन्द कर लिया, और वह घर में बिलकुल अकेला रह गया। उसका दिल तेज़ी से धड़कने लगा। वह दबे-पाँव रसोई के सामने चला आया और दरवाज़े की साँकल टटोलने लगा। उसके हाथ भय से काँपने लगे थे—वह शायद दरवाज़ा कभी नहीं खोल सकेगा। उसे लगा, जैसे वह चोरी कर रहा हो! वह सब कुछ छोड़कर वापस लौटनेवाला ही था कि साँकल खटाक से खुल गई। दरवाज़ा खोलकर वह भीतर चला आया।

साफ़-सुथरी रसोई शीशे-सी चम-चम कर रही थी। सामने ही जोहान्का की अलमारी थी—उसमें ताला लगा था किन्तु उसे चाबी कहीं दिखाई न दी। उसके मन में अलमारी खोलने की इच्छा अब पहले से भी अधिक प्रबल हो उठी थी। कुछ देर तक वह रसोई के चाक़ू से ताला खोलने की कोशिश करता रहा—किन्तु असफल रहा। चाबी की तलाश में उसने हर दराज़ खोल डाली। अपनी हर चाबी को ताले में लगाने की चेष्टा की। आध घंटे की अनथक दौड़-धूप के बाद उसे अचानक पता चला कि अलमारी पर ताला सिर्फ़ दिखाने के लिए लगा रखा है लेकिन वह बन्द नहीं है और आसानी से किसी बटन द्वारा खोला जा सकता है।

अलमारी की हर दराज़ में इस्तरी किये हुए कपड़े बड़ी सफ़ाई और क़रीने से रखे थे। बिलकुल ऊपर उसकी छह नई क़मीज़ें रखी थीं—दुकान के नीले रिबन से बँधी हुई। कार्ड बोर्ड के एक छोटे-से बक्से में उसकी पत्नी का हीरे में जड़ा कंगन और पिता की क़मीज़ों पर लगनेवाले मोतियों के बटन रखे थे। हाथी-दाँत के फ्रेम में जड़ा उसकी माँ का चित्र भी वहाँ पड़ा था—'अच्छा, तो उसे इसकी भी ज़रूरत है?' उसने आश्चर्य से सोचा। धीरे-धीरे उसने अलमारी से हर चीज़ बाहर निकाल डाली—अपनी जुराबें और कॉलर, साबुन का एक डिब्बा, दाँत साफ़ करनेवाले ब्रुश, एक पुराना रेशमी वेस्टकोट, तकियों के गिलाफ़, एक पुरानी पिस्तौल और धुएँ में अटी एक बेकार, रद्दी पाइप।

यह उसकी अपनी अलमारी की चीज़ों का एक अंश-मात्र था। स्पष्ट था कि बाक़ी चीज़ें उसने अर्सा पहले अपने घुँघराले बालोंवाले भतीजे के सुपुर्द कर दी थीं। ग़ुस्से का आवेग कम हो चला था किन्तु शिकवे से भरी पीड़ा उसके भीतर उमड़ आई थी। 'जोहान्का, जोहान्का...मुझे तुमसे यह उम्मीद नहीं थी। आख़िर क्यों? तुमने ऐसा क्यों किया?'

एक-एक करके वह इन सब चीज़ों को अपने कमरे में ले आया और अपनी बड़ी मेज़ पर उन्हें फैलाकर सजा दिया। हर प्रकार की चीज़ों की वह एक अद्वितीय प्रदर्शनी जान पड़ती थी। उनमें से जो वस्तुएँ जोहान्का की थीं, उन्हें उसने वापस रसोई की अलमारी में फेंक दिया। पहले उसने उन्हें क़रीने से लगाने की चेष्टा की थी किन्तु दो-चार बार कोशिश करने के बाद वह अवश-भाव से पीछे हट गया था। लगता था, जैसे कोई डकैती करने के बाद उसकी अलमारी का दरवाज़ा ज्यों-का-त्यों खुला छोड़कर भाग गया हो। फिर उसने भयाकुल होकर सोचा कि कुछ देर बाद जोहान्का लौटेगी और तब वह उससे गम्भीर स्वर में जवाबतलबी करेगा...लेकिन यह विचार उसे इतना घृणास्पद जान पड़ा कि वह जल्दी-जल्दी कपड़े पहनने लगा। 'कल मैं उसकी ख़बर लूँगा,' उसने मन-ही-मन तय किया। आज इतना ही काफ़ी है कि वह यह जान ले कि वह रँगे हाथों पकड़ ली गई है। उसने अपनी एक नई क़मीज़ उठाई—वह काग़ज़ की तरह कड़ी और करारी थी। बहुत कोशिशों के बावजूद वह अपना सख़्त कॉलर नहीं बाँध सका। वह घबरा-सा गया। जोहान्का किसी भी क्षण वहाँ आ टपक सकती है।

हड़बड़ाहट में उसने अपनी पुरानी क़मीज़ पहन ली—बिना यह सोचे कि वह फटी हुई है। कपड़े पहनने के बाद वह चोरों की तरह तेज़ क़दमों से घर से बाहर निकल आया। जब तक पार्टी शुरू होने का समय क़रीब न आ गया, वह एक घंटे तक बाहर सड़कों पर बारिश में घूमता रहा। पार्टी में भी उसे अकेलापन महसूस होता रहा। वहाँ बहुत-से जाने-पहचाने लोग आए थे। उसने कई बार उनके साथ अन्तरंग बातचीत करने की कोशिश की किन्तु न जाने क्यों, उसे हमेशा यह लगता रहा, मानो अतीत के बहुत से वर्ष उसके

और दूसरे लोगों के बीच जमा हो गए हैं! अजीब बात है, हम एक-दूसरे को समझ भी नहीं सकते। किन्तु उसे किसी के ख़िलाफ़ कोई शिकायत नहीं थी। वह सबसे अलग हटकर चुपचाप मुस्कराता रहा। शोर और हलचल और रोशनियों के तीखे आलोक ने उसे चकाचौंध-सा कर दिया था। फिर अचानक किसी अज्ञात कारण से उसका दिल दहल उठा—'ज़रा अपनी शक्ल-सूरत तो देखो! मेरी क़मीज़ से धागे बाहर निकल रहे हैं, कोट पर धब्बे और जूते... तौबा!' उसकी इच्छा हुई कि धरती फट जाए और वह उसमें समा जाए। उसने चारों ओर आँखें दौड़ाईं ताकि वह अपने को कहीं छिपा सके किन्तु हर जगह रोशनियाँ जगमगा रही थीं। काश, वह कहीं चुपके-से बाहर खिसक सके! अगर वह दरवाज़े की ओर क़दम बढ़ाएगा, सब लोगों की आँखें उस पर उठ जाएँगी। शर्म और संकोच से वह पसीने में तरबतर हो उठा। उसने निश्चल मूर्तिवत् खड़े रहने का उपक्रम किया ताकि वह लोगों की आँख बचाकर धीरे-धीरे एक-एक इंच खिसकता हुआ दरवाज़े के नज़दीक जा सके। किन्तु इस बीच दुर्भाग्य से उसकी मुठभेड़ एक पुराने परिचित से हो गई। हाईस्कूल में वह उसका सहपाठी रह चुका था। उसका संकोच और भी गहरा हो गया। उसके प्रश्नों का जवाब उसने कुछ इस उलझे और उलटे-सीधे ढंग से दिये जिससे शायद उसका भूतपूर्व सहपाठी नाराज़ हो गया। उसके जाने के बाद उसने चैन की साँस ली। फिर उसने अपने और दरवाज़े के बीच रास्ता नापा और बाहर निकल आया। तेज़ क़दमों से वह घर की ओर बढ़ चला। अभी आधी रात नहीं हुई थी।

रास्ते में उसे फिर जोहान्का का ध्यान हो आया। तेज़ चलने के कारण उसका मस्तिष्क काफ़ी सक्रिय-सा हो उठा था और वह जोहान्का से बातचीत करने की योजनाएँ बनाने लगा था। लम्बे, प्रभावशाली और ओजपूर्ण वाक्य स्वतः और अनायास उसके दिमाग़ में आने लगे। तीव्र भर्त्सना से भरा लम्बा लेक्चर और अन्त में क्षमादान। हाँ—वह उस पर दया दिखाएगा और बाद में उसके अपराध को क्षमा कर देगा। वह बेचारी जोहान्का को सड़क पर नहीं फेंकेगा। जोहान्का रोएगी और उसके सामने गिड़गिड़ाते हुए प्रतिज्ञा करेगी

कि भविष्य में उसके चाल-चलन पर अँगुली उठाने का मौक़ा नहीं आएगा। वह चुपचाप गम्भीर भाव से उसकी बिलखती चीख़ों को सुनता रहेगा और बाद में संजीदा स्वर में कहेगा, 'जोहान्का, मैं तुम्हें एक आख़िरी मौक़ा दे रहा हूँ ताकि तुम अपनी कृतघ्नता के लिए पश्चात्ताप कर सको। ईमानदारी और वफ़ादारी—इन दो चीज़ों के अलावा मैं तुमसे कुछ और नहीं चाहता। मैं बूढ़ा हो चुका हूँ—तुम्हारे प्रति मैं क्रूर नहीं होना चाहता।'

इन सब ख़यालों ने उसे कुछ ऐसा उत्तेजित-सा कर दिया कि उसे यह भी पता नहीं चला कि वह कब अपने घर पहुँच गया है और दरवाज़ा खोलकर भीतर चला आया है। जोहान्का के कमरे में बत्ती जल रही थी। उसने ज़रा-सा पर्दा उठाकर रसोई के भीतर झाँका...आश्चर्य से उसकी आँखें झिपझिपाने लगीं। रोते-रोते जोहान्का का चेहरा सूज आया था। वह रसोई में इधर-उधर भागती हुई अपनी चीज़ों को इकट्ठा कर रही थी और उन्हें अपने सन्दूक़ में फेंक रही थी। इस दृश्य ने उसे बुरी तरह आतंकित कर दिया। आख़िर सन्दूक़ क्यों? वह दबे-पाँव पंजों के बल चलता हुआ अपने कमरे में चला आया। क्या जोहान्का जा रही है? परेशान, पीड़ित और किंकर्तव्यविमूढ़-सा होकर वह अपने कमरे में खड़ा रहा।

सामने मेज़ पर वे सब चीज़ें रखी थीं जिन्हें जोहान्का ने चुराया था। वह उन्हें छूने लगा किन्तु न जाने क्यों इस बार उन्हें देखकर उसे कोई विशेष ख़ुशी महसूस नहीं हुई। 'मुझे लगता है कि जोहान्का को पता चल गया है कि मैंने उसकी चोरी पकड़ ली है...' उसने मन-ही-मन में सोचा। 'उसे डर है कि घर आते ही मैं उसे तुरन्त कान पकड़कर बाहर निकाल दूँगा इसीलिए वह पहले से ही अपना बोरिया-बिस्तर बाँधने लगी है। चलो—अच्छा है। कल सुबह तक मैं उसे इसी डर में लटकाता रहूँगा। यही उसकी सज़ा है। मैं कल सुबह उससे बात करूँगा,' उसने सोचा। 'लेकिन शायद...शायद वह अभी मेरे पास आकर फूट-फूटकर रोने लगेगी...ज़मीन पर घुटने टिकाकर गिड़गिड़ाते स्वर में मुझसे क्षमा माँगने लगेगी। जोहान्का—बस, काफ़ी हुआ...मैं कहूँगा, तुम रह सकती हो। मैं तुम्हारे प्रति कठोर नहीं होना चाहता।'

वह बिना कपड़े बदले चुपचाप कमरे में बैठा रहा। आगे क्या होनेवाला है—वह इसकी प्रतीक्षा कर रहा था। सारे घर में सन्नाटा था—एक अभेद्य सन्नाटा। रसोई में जोहान्का की हर आहट उसे सुनाई दे जाती थी—उसकी पग-ध्वनि, ग़ुस्से में फटाक से सन्दूक़ बन्द करने की आवाज़—और फिर मौन। यह कैसी आवाज़ है? वह भयभीत होकर अपनी जगह से उछल खड़ा हुआ और कान लगाकर सुनने लगा : एक लम्बी, भयानक, चीख़—मानो वह किसी अमानवीय जन्तु के गले से बाहर निकली हो! फिर वह चीख़ छोटी-छोटी सुबकियों में टूट गई। फ़र्श पर घुटनों के गिरने की बोझिल आवाज़ और फिर दबी-दबी सिसकियाँ। जोहान्का रो रही थी। वह कुछ भी देखने-सुनने के लिए प्रस्तुत था—किन्तु यह बिलकुल अप्रत्याशित था। उसका दिल तेज़ी से धड़कने लगा और वह दरवाज़े के पास खड़ा होकर रसोई से आती हुई आवाज़ों को सुनने लगा। कुछ भी नहीं—सिर्फ़ रोने का स्वर। शायद अब जोहान्का प्रकृतिस्थ होकर उससे क्षमा माँगने आएगी—उसने सोचा।

वह कमरे में चहलक़दमी करने लगा ताकि वह पहले की तरह अपने निश्चय पर अटल रह सके। किन्तु जोहान्का नहीं आई। कभी-कभी वह ठहर जाता था और सुनने लगता था। जोहान्का की सुबकियाँ अब एक अनवरत, अन्तहीन चीत्कार में बदल गई थीं। उसकी भयानक पीड़ा उसके दिल को कचोटने लगी। उसने निश्चय किया कि वह उसके पास जाएगा और सिर्फ़ इतना कहेगा, 'जोहान्का, अब यह रोना-बिलखना बन्द करो। आशा है, तुम्हारे लिए यह एक अच्छा सबक़ रहेगा। मैं अब तुमसे कुछ नहीं कहूँगा लेकिन भविष्य में ईमानदारी से काम करो—बस।'

अचानक कमरे का दरवाज़ा धमाके से खुल गया। देहरी पर जोहान्का खड़ी थी—चीख़ती हुई। रोने के कारण उसका सारा चेहरा सूज आया था। वह भयानक दृश्य था।

"जोहान्का," उसने काँपते स्वर में कहा।

"मेरी क़िस्मत में...क्या यह सब देखना बदा था?" जोहान्का फूट पड़ी। "क्या मैं इस क़ाबिल थी...जैसे मैं कोई चोर हूँ...इतनी बेइज़्ज़ती!"

"लेकिन जोहान्का!" वह आतंकित-स्वर में चीख़ उठा, "ये सब चीज़ें तुमने मेरी अलमारी से उठाई थीं। ज़रा देखो, तुमने इन्हें चुराया था या नहीं?"

किन्तु जोहान्का ने कुछ नहीं सुना। "हाय...इतनी बेइज़्ज़ती! मेरी अलमारी खोलकर...छिः छिः...जैसे मैं...जैसे मैं कोई उठाईगीर जिप्सी हूँ... जनाब, आपको इस तरह मेरा अपमान नहीं करना चाहिए...आपको कोई हक़ नहीं...मेरी इज़्ज़त को ख़ाक में मिलाने का...मैं कभी नहीं भूल सकूँगी...इतना अपमान...मैं अपमान...मैं इतना मरते दम तक याद रखूँगी...मुझे आपसे... यह उम्मीद नहीं थी। क्या मैं कोई चोर हूँ...मैं...मैं चोर...बहुत ख़ूब!" वह हृदयविदारक-पीड़ा में चीख़ उठी—"क्या मैं सचमुच चोर हूँ? मैं...इतने ऊँचे परिवार की औरत! नहीं जनाब...मुझे इसकी उम्मीद नहीं थी...मेरे संग ऐसा बर्ताव किया जाएगा?"

"लेकिन जोहान्का," उसने तनिक बुझे हुए स्वर में कहा, "ज़रा होश में आओ! ये सब चीज़ें आख़िर तुम्हारी अलमारी में कैसे चली गईं? ये सब चीज़ें तुम्हारी हैं या मेरी? हाँ...मैं जानना चाहता हूँ...क्या ये तुम्हारी चीज़ें हैं?"

"मैं कुछ भी सुनना नहीं चाहती।" जोहान्का ने सिसकते हुए कहा, "लानत है मुझ पर...इतनी बेइज़्ज़ती! क्या मैं कोई जिप्सी हूँ? मेरी अलमारी की तलाशी! नहीं जनाब...बहुत हो गया!" उसने उत्तेजित स्वर में चीख़ते हुए कहा, "मैं अभी...इसी क्षण चली जाऊँगी। लानत है मुझ पर अगर मैं सुबह तक यहाँ रह सकूँ...नहीं, बस!"

"लेकिन ज़रा सुनो!" उसने तनिक भयभीत होकर विरोध किया, "मैं तुम्हें निकालना नहीं चाहता। जोहान्का, तुम यहीं टिकी रहोगी। और जो यह सब हुआ है...ख़ुदा रहम करे...इससे भी बदतर चीज़ हो सकती थी। मैंने इसके बारे में अभी तक एक शब्द मुँह से नहीं निकाला। बस, अब रोना बन्द करो।"

"नहीं...आप किसी और को रख लीजिए!" जोहान्का ने रुँधे कंठ से कहा, "मैं यहाँ कल सुबह तक नहीं रह सकती। मैं कोई कुत्ता नहीं हूँ...जो हर चीज़ को बर्दाश्त कर लूँगी...नहीं जनाब!" उसने तड़पती आवाज़ में कहा,

"आप मुझे हज़ार रुपये भी दें तो भी आपके घर में रहने के बजाय मैं बाहर सड़क पर सोना ज़्यादा पसन्द करूँगी।"

"लेकिन जोहान्का..." उसने अवश भाव से बहस करने की कोशिश की, "आख़िर हुआ क्या? क्या मैंने तुम्हारे दिल को ठेस पहुँचाई है? लेकिन तुम इससे इनकार नहीं कर सकतीं कि..."

"और किसे कहते हैं ठेस पहुँचाना," जोहान्का ने पहले से भी अधिक पीड़ित स्वर में चीख़ते हुए कहा, "मेरी अलमारी की तलाशी लेना—यह मेरा दिल दुखाना नहीं तो और क्या है?...जैसे मैं कोई चोर हूँ! क्या यह कुछ भी नहीं है...आज तक किसी ने मेरे साथ ऐसा सलूक नहीं किया...कितनी शर्म की बात है कि मैं कोई...आवारा औरत नहीं हूँ!" उसके आँसू दोबारा फूट पड़े और वह तेज़ी से दरवाज़ा बन्द करके बाहर चली गई।

वह गहरे असमंजस में खड़ा रहा। 'पश्चात्ताप की जगह यह रोना-चीख़ना। क्या मतलब है इसका? एक नम्बर की चोर है—इसमें कोई सन्देह नहीं... और चूँकि मुझे पता चल गया, इसलिए अपने को अपमानित समझ रही है। चोरी करने में इसे कोई शर्म नहीं...लेकिन चोरी का आरोप लगते ही इसकी सुकोमल भावनाओं को गहरी ठेस पहुँचती है। क्या यह औरत सठिया तो नहीं गई है?'

किन्तु धीरे-धीरे उसके मन में जोहान्का के प्रति करुणा-सी उत्पन्न होने लगी। 'हर व्यक्ति का कोई कमज़ोर पहलू होता है,' उसने सोचा। वह सब लांछनाएँ सह सकता है लेकिन उस पहलू को महज़ छू-भर देना उसके लिए असह्य हो जाता है। कितनी अजीब बात है! अपने सब दोषों के बावजूद आदमी के भीतर कहीं-न-कहीं एक असीम नैतिक संवेदनशीलता छिपी रहती है। अपने कुकृत्यों में भी वह—कितनी कोमलता और कठिनाई से उसे अपने भीतर सँभाले रखता है! ज़रा उसकी गुप्त-कमज़ोरी पर अँगुली तो रख दो—वह पीड़ा-आक्रोश से चीख़ उठेगा। क्या ऐसा तो नहीं है कि अपराधी पर निर्णय देने के बजाय हम केवल अपराध-पीड़ित व्यक्ति पर निर्णय देते हैं?'

रसोई से बराबर रोने का स्वर सुनाई दे रहा था—पंखों के बिस्तर में दबा-दबा-सा। उसने भीतर जाने की कोशिश की किन्तु जोहान्का ने दरवाज़ा बन्द कर रखा था। दरवाज़े के सामने खड़ा होकर वह उसे समझाने-बुझाने की चेष्टा करने लगा...कभी उसे हल्की-सी झिड़की देता और फिर प्यार से उसे धीरज बँधाने लगता। किन्तु उत्तर में उसे केवल और भी ऊँची और तेज़ सिसकियाँ सुनाई देने लगतीं। उसका मन असहाय करुणा से बोझिल हो उठा और वह अपने कमरे में वापस लौट आया। मेज़ पर चोरी की हुई चीज़ें ज्यों-की-त्यों पड़ी थीं—नई बढ़िया क़मीज़ें, कपड़े, उपहार—सब कुछ। वह उन्हें अपनी अँगुलियों से सहलाने लगा किन्तु उनके स्पर्श में एक अजीब-सी उदासी और शून्यता सिमट आई थी।

दो बाप

गर्मी बहुत थी। आकाश में एक भी बादल दिखाई नहीं देता था। शहर का स्क्वॉयर कड़कड़ाती धूप में झुलसाया-अलसाया-सा जान पड़ता था। मकानों की खिड़कियों के नीचे कैक्टस और जिरेनियम के फूल लहक रहे थे। सामने ही फ़ुटपाथ पर लाल रंग का एक कुत्ता बार-बार अपनी देह को खुजलाने लगता था। इस चिलचिलाती गर्मी में सिर्फ़ हवेलियों के दरवाज़े और दीवारें ही ऐसी थीं, जो शीतल और ठंडी दिखाई देती थीं। उनकी बन्द खिड़कियों के लम्बे काले शीशों से एक बहुत आरामदेह, सुखद-सा अँधेरा बाहर झाँकता-सा प्रतीत होता था। डॉक्टर के घर के सामने कुत्ता सेंट बर्नार्ड एक 'स्फिन्क्स' की तरह सो रहा था। सन्नाटा था। स्क्वॉयर में हमेशा ही सन्नाटा छाया रहता था...। बारिश के दिनों में, दोपहर की धूप में, रविवार के दिन, अन्य दिनों में—हमेशा। स्क्वॉयर के बीचोबीच गिरजा था—एक बड़े, विराट जहाज़ की तरह खड़ा हुआ। जब छोटी बच्ची जीवित थी, यहीं सैर के लिए आया करती थी।

वह मर गई। उसके पिता को शोक हुआ—उसकी मृत्यु पर—वैसा शोक उस छोटे-से शहर में पहले कभी नहीं देखा गया। पिछले कुछ दिनों से

वह बराबर उसके बिस्तर से चिपका बैठा रहा करता था। जब वह सो जाती, वह खड़ा होकर खिड़की से बाहर स्क्वॉयर को देखने लगता। जब वह ज़िन्दा थी, वे दोनों एक-दूसरे का हाथ पकड़कर धीरे-धीरे बातें करते हुए स्क्वॉयर में टहलने जाया करते थे। डॉक्टर का कुत्ता सेंट बर्नार्ड उसे देखते ही खड़ा हो जाता और अपनी मोटी पूँछ से ज़मीन बुहारने लगता। वह उसे सहलाने लगती। बूढ़ा डॉक्टर शीशे की बोतल से मुट्ठी-भर लॉजेंज़ निकालकर बच्ची के हाथों पर रख देता। बाद में बच्ची उन्हें घृणा से थूक देती। उसकी नन्ही अँगुलियाँ देर तक चिपचिपाती रहतीं।

वह अपनी बच्ची के साथ टहलता हुआ नदी की ओर निकल जाता। वह कुछ घरों को देखकर अकारण ही सहम जाती। वह कई चीज़ों से डरती थी—लोगों और शरारती कुत्तों से, कुओं पर लटकती बाल्टियों से। पुलों, भिखारियों और घोड़ों से। वह इंजन या नदी को देखकर भी डर जाती थी। भय की हर थरथराहट उठते ही वह अपने पिता का हाथ कसके पकड़ लेती...वह अपने शक्तिशाली हाथों से उसकी अँगुलियों को भींच लेता और पुचकारते हुए कहता, 'डर नहीं, मैं तेरे साथ हूँ।' कभी-कभी वह उसके साथ ऊपर पहाड़ी पर चला जाता और दोनों मिलकर चीड़ के गेले ढलान पर लुढ़काने लगते। ऐसे क्षणों में वह जानबूझकर अपने को बहुत ख़ुश दिखाने की कोशिश करता। बच्ची कभी किसी चीज़ के बारे में उससे प्रश्न नहीं पूछती थी। शहर के सब लोग उनसे परिचित थे—एक भारी झुकी हुई देहवाला एक गम्भीर पिता—जिसे अपनी लड़की के अलावा किसी चीज़ की सुध-बुध नहीं और मैले-कुचैले कपड़ों में लिपटी उजले बालों और पीले पतले चेहरेवाली एक छह वर्ष की लड़की। कौन ऐसा था जो उन दोनों को नहीं पहचानता था? पड़ोस के बच्चे अक्सर लड़की की दुबली-पतली देह को देखकर हँसने लगते और उसे 'लींगड़ी-तींगड़ी' कहकर चिढ़ाने लगते। ऐसे क्षणों में पिता का चेहरा पीड़ा से लाल हो जाता और वह बच्चों के माँ-बाप के पास जाकर उनकी शिकायत करता। हर दिन वे दोनों इसी तरह टहलने बाहर निकला करते थे।

सेंट बर्नार्ड उठकर बैठ गया और चारों ओर देखने लगा। बच्ची तीन सप्ताह बीमार रहने के बाद चल बसी। कुछ भिखारिनें शोक में डूबे घर के सामने खड़ी थीं। शव-यात्रा में भाग लेनेवाले व्यक्ति कुछ देर तक बाहर चिलचिलाती धूप में खड़े रहे और फिर घर के भीतर चले आए। बैंड-बाजेवाले लोग पहले से ही प्रतीक्षा में खड़े थे...और गिरजे में धार्मिक भजन गानेवाले लड़के भी अपनी सबीलों और लालटेनों के साथ वहाँ मौजूद थे। पिता की वर्कशॉप से काले सूट पहने चार मज़दूर कफ़न का साज़-सामान लेकर वहाँ खड़े थे। सफ़ेद पोशाकों में लिपटी छोटी-छोटी लड़कियाँ—कुछ घबराई और प्रसन्न-सी...वहाँ आई थीं। दूसरी ओर हँसती हुई लम्बी नवयुवतियों का एक गिरोह अलग-सा दिखाई देता था। उनके हाथों में फूलों के गुच्छे थे और उन्होंने हल्के-उजले रंगोंवाली फ्राकें पहन रखी थीं। धीरे-धीरे शहर के प्रमुख-प्रतिष्ठित व्यक्ति वहाँ जमा होने लगे। उनमें से हर व्यक्ति लम्बा काला कोट, रेशमी क़मीज़, भारी ऊँची हैट पहने गम्भीर मुद्रा में खड़ा था। बच्ची का पिता एक साधन-सम्पन्न, सम्मानित व्यक्ति था इसीलिए इस मौक़े पर सारा शहर वहाँ जमा था। अन्त में दो पादरियों के साथ डीन महोदय भी वहाँ आए। उन्होंने उजली-सफ़ेद धार्मिक-पोशाक पहन रखी थी जो 'स्वर्गीय उल्लास' की द्योतक थी। ऊपर बड़े ड्राइंग-रूम में छोटी बच्ची लेटी थी। उसके उजले बालों में फूलों के हार और नन्ही हथेलियों पर टूटी मोमबत्तियाँ रखी थीं।

स्क्वॉयर में सन्नाटा था। कुत्ता सेंट बर्नार्ड ख़ामोश घर की ओर मुँह उठाकर चुपचाप लेटा था। तब उस क्षण पादरी का ऊँचा स्वर खिड़की से बाहर आता सुनाई दिया, "प्रभु का नाम अमर है।"

घर के सामने खड़ी भिखारिनें ज़मीन पर घुटने टिकाकर जाने लगीं।

"बन्धुओ...ईश्वर का नाम लो...प्रभु का नाम लो।" लड़कों की भजन-मंडली एक स्वर में गाने लगी, "प्रभु का नाम सत्य है।" भिखारिनों की प्रार्थना के गड्डमड्ड स्वर धीरे-धीरे पादरी के शब्दों के साथ जुड़ने लगे।

डीन महोदय का ऊँचा स्वर स्क्वॉयर में गूँजने लगा, "प्रभु, हम पर दया करो। यीशु, हम पर दया करो। मोह-माया से मुक्त करो...कुकर्मों से मुक्त करो। परमपिता...हमें अपनी शरण दो।"

सेंट बर्नार्ड अपनी पूँछ दबाए घर की ओर चलने लगा। समूचा घर फिर एक बोझिल सन्नाटे में डूब गया था। भिखारिनें भी अब घर के सामने गुमसुम-सी खड़ी थीं। कोई आवाज़ नहीं थी...सिर्फ़ स्क्वॉयर के बीच फ़व्वारे-सी गुनगुनाहट सुनाई दे जाती थी।

बच्ची मर गई थी। वह शुरू से ही बीमार रहती थी और कुछ ज़्यादा ख़ूबसूरत भी नहीं थी। वह लम्बे-चौड़े स्क्वॉयर से डरती थी, कुत्ते से डरती थी और फ़व्वारे को देखकर उसे लगता था, जैसे पानी किसी अतल गहराई से आता है, इसलिए वह फ़व्वारे से भी डरने लगी थी। वह सारी ज़िन्दगी पिता का हाथ पकड़े घिसटती रही, बीमार पड़ी, तो भी उसकी बाँहों में और अब...ईश्वर भला करे—वह छह वर्ष पूरे होते ही चल बसी ताकि स्वर्ग की अप्सराओं में अपना स्थान ले सके।

धूप में तपते स्क्वॉयर के बीच शव-यात्रा का काला जुलूस निकल पड़ा। सलीब और लालटेनें लिये गिरजे के पुजारी, शोक-संगीत, फूलों के हार और गद्दियों पर टूटी मोमबत्तियाँ लिये छोटी-छोटी लड़कियाँ, जलती हुई मोमबत्तियाँ उठाए पादरी...और उनके पीछे छोटा-सा कफ़न—जो चौड़े रिबनों, हारों और काली पट्टियों की टीमटाम के बीच बहुत हल्का-सा दीख रहा था। पीछे-पीछे बच्ची का पिता सिर झुकाए चला आ रहा था—शोक में डूबा उसका चेहरा छिप-सा गया था। उसके साथ-साथ बच्ची की माँ चल रही थी—ठिंगना क़द और काले पर्दे के पीछे झाँकता हुआ पीला चेहरा। पीछे जुलूस के अन्य लोग आ रहे थे—काली पोशाकें, उदास चेहरे, धूप में चमकते हुए गंजे सिर, सफ़ेद रूमाल—वे एक-दूसरे से कुछ फुसफुसाते हुए मन्द गति में चल रहे थे। जुलूस के सबसे पीछे—एक अलग, द्वीप की तरह—भिखारियों का झुंड अन्तहीन प्रार्थनाओं को बुड़बुड़ाता हुआ घिसटता चला आ रहा था।

शहर से ऊपर धूप में झुलसी हुई एक छोटी पगडंडी थी—जो मानवीय-पीड़ाओं के अन्तिम पड़ाव तक जाकर ख़त्म हो जाती थी। नंगी दीवार के पीछे नई सिमिट्री थी—सफ़ेद और सूखी—मृत आत्माओं की रेतीली धरती—

जहाँ सफ़ेद सलीबों, पीतल के बने हुए फूलों और चैपल के लम्बे टॉवर के अलावा कुछ भी दिखाई नहीं देता था। हड्डियों की तरह नंगी और कठोर। सफ़ेद भरी हुई दोपहर। सफ़ेद, सुलगता हुआ पथ। छोटे-से कफ़न के पीछे शोक-जुलूस धीरे-धीरे सिमिट्री की ओर रेंगने लगा। एक छोटा-सा कफ़न, एक छोटी सी मृत देह, सफ़ेद कपड़े और टूटी हुई मोमबत्ती से ढकी हुई। और सिमिट्री का वही मैदान था—जहाँ वह अपने पिता की अँगुली पकड़कर सैर के लिए आती थी...।

बेचारा बाप—न जाने वह उसे कितना प्यार करता था! काफ़ी उम्र बीत जाने पर उसने विवाह किया था और अपने पहले बच्चे का मुँह देखने के लिए हमेशा उतावला रहा करता था। लेकिन बाद में...हाँ, बाद में उस शहर में गिरजे की भजन-मंडली का नया संगीत-संचालक आया और उसकी पत्नी उस पर लट्टू हो गई। सारा शहर इस बात को जानता था। माँ-बाप के बाल काले लेकिन उनकी बच्ची के बाल उजले थे—और इसका रहस्य भी किसी से छिपा न रह सका। बच्ची की शक्ल-सूरत भी संगीत-संचालक से मिलती-जुलती थी—हू-ब-हू उसकी प्रतिच्छाया। उसे देखते ही तत्काल पता चल जाता था कि असली बाप कौन है।

अब वह छोटा, हल्का-सा कफ़न जुलूस के आगे आ गया था। लोग ठहर गए और अर्थी को ज़मीन पर रख दिया। वह अपने पिता के साथ टहलती हुई इसी जगह पर आकर अक्सर ठहर जाती थी। वे दोनों यहाँ बैठकर नीचे सड़क पर चलते हुए सर्कस के खिलाड़ियों के कारवाँ, गाँव से आती गाड़ियों और छकड़ों को देखा करते थे और नीचे गलियों से गुज़रते हुए लोगों के बारे में तरह-तरह के अनुमान लगाया करते थे।

शहर का चप्पा-चप्पा जानता था कि बच्ची की माँ किस आदमी के साथ रंगरेलियाँ कर रही है—सिर्फ़ बाप की आँखों पर पट्टी बँधी थी। उसे अपनी उजले बालों और पीली आँखोंवाली बच्ची के अलावा किसी से कुछ लेना-देना न था। न उसे इस बात में ही दिलचस्पी थी कि उसकी पत्नी डाह के कारण दिन-रात उन औरतों से लड़ती-झगड़ती रहती है जिनके घर

संगीत-संचालक पियानो के सबक़ देने जाया करता था। आख़िर परेशान होकर संगीत-संचालक ने उससे अपना सम्बन्ध-विच्छेद कर लिया...वह उसके कारण अपनी रोटी-रोज़ी नहीं खोना चाहता था। बाद में वह उन सब लोगों को उसके ख़त दिखाया करता था, जो उन्हें देखना चाहते थे—और दूसरी औरत के ख़तों को कौन देखना नहीं चाहता।

संगीत की करुण ध्वनि फिर हवा में तिरने लगी थी। जुलूस धीमी बोझिल-गति से उस ओर बढ़ने लगा, जहाँ घंटियों का सुर सुनाई दे रहा था। पर्दे में छिपी महिला ने अपने होंठ कसकर भींच रखे थे...कभी-कभी स्कर्ट का निचला सिरा उसके पैरों में फँस जाता था और वह चलते-चलते लड़खड़ा-सी जाती थी। वह उस समय शहर के सब लोगों की निगाहों का सामना निडर-भाव से कर रही थी। उसे मालूम था कि आनेवाले दिनों में भी वह पहले की तरह अपने घर से कभी बाहर नहीं निकलेगी—कपड़ों पर अन्तहीन बेल-बूटे काढ़ते हुए खिड़की के सामने बैठी रहा करेगी और अकेलेपन और मन की दबी नफ़रत से उसका चेहरा दिन-ब-दिन पीला पड़ता जाएगा।

हाँ—ऐसा ही हुआ था। संगीत-संचालक ने जब उससे मिलना-जुलना बन्द कर दिया, वह दिन-रात अपने कमरे में अकेली बैठी रहा करती थी। बच्ची उसे एक आँख नहीं सुहाती थी और अपने पति के प्रति वह पहले से ही विरक्त हो चुकी थी। यों भी पति के पास उसके लिए समय नहीं था। वह हमेशा ही उस उदासीन, निरीह बच्ची को बहलाने-दुलराने में व्यस्त रहता था...जो उसकी अपनी नहीं थी। वह कौन-सा मूक, पागल स्नेह था जिसने इतनी दृढ़ता से उसे उस बच्ची से बाँध रखा था, इस बारे में कुछ भी समझ पाना असम्भव था। जब वह उस पीली, फटी-फटी आँखोंवाली लड़की को ऊल-जलूल कपड़े पहनाकर मकान के ठंडे कमरों से बाहर स्क्वॉयर में लाता था, तब लोग एकाएक निश्चय नहीं कर पाते थे कि उस पर हँसा जाए या रोया जाए।

सहसा घंटियों का स्वर रुक गया।

अब वह छोटी-सी अरथी चिरन्तन-लोक के मुक्ति-द्वार को खटखटा रही थी। चारों ओर निस्तब्ध ख़ामोश लोगों की भीड़ थी—बीच में खुली क़ब्र के लकड़ी के तख़्तों पर शव को लिटा दिया गया था। घने सन्नाटे में सिर्फ़ भजन-पुस्तिकाओं के पन्ने के पलटने की सरसराहट सुनाई दे जाती थी। डीन महोदय काली जिल्द में बँधी एक छोटी-सी किताब के पन्ने धीरे-धीरे उलट-पुलट रहे थे। भीड़ में कोई बच्चा ऊँचे स्वर में रिरियाने लगा। सिमिट्री की तपी-जलती धरती पर गिरजे के टॉवर की पतली छाया तिरछी होकर गिर रही थी। सिर्फ़ पिछले वर्ष से उन्होंने मुरदों को इस ज़मीन पर दफ़नाना शुरू किया था। शायद सिमिट्री बहुत बड़ी थी और शायद वह कभी पूरी न भर सकेगी। शायद वहाँ घास भी कभी नहीं उगेगी और वह हमेशा ख़ाली और वीरान दिखाई देती रहेगी। भीड़ के लोग तनिक चिन्तित होकर लम्बी-भारी साँसें खींचने लगे। यह हो क्या रहा है? वे शुरू क्यों नहीं करते? सन्नाटा पहले से भी अधिक बोझिल, यातनामय, असह्य हो उठा।

"आकाश प्रभु की स्तुति कर रहा है...सब देवदूत प्रभु की स्तुति कर रहे हैं...पुण्यात्माएँ प्रभु की स्तुति कर रही हैं...सूर्य और चन्द्रमा प्रभु की स्तुति कर रहे हैं...आलोक प्रभु की स्तुति कर रहा है...स्वर्ग लोक और नक्षत्र-मंडल प्रभु की स्तुति कर रहे हैं..."

आदमियों के समूह-गान शुरू होते ही मानो हवा चौंककर उठ गई... एक हल्का-सा झोंका भीड़ के पीले चेहरों को तर कर गया। सुगन्धित धुएँ का बादल ऊपर उठने लगा, फूलों के हार और रिबन हवा में सरसराने लगे और क़ब्र के नीचे दबी ठंडी मिट्टी हिलने लगी। पिता एकटक शव पर लिपटे कफ़न को देख रहा था—वह उस पर कुछ इस तरह झुक गया था मानो अभी गिर पड़ेगा। भीड़ के लोग पंजों के बल खड़े होकर उसका चेहरा देखने की कोशिश कर रहे थे। विदाई का क्षण धीरे-धीरे पास सरक आया था।

"प्रभु, दया करो,"..."यीशु दया करो,"..."प्रभु, दया करो।"

पादरी ने ज़ंजीर को खनखनाते हुए धीरे से कहा, "हम प्रार्थना कर रहे हैं।"

हवा में धुआँ काँप रहा था। धूप में जलता विस्तीर्ण सूना आकाश सफ़ेद सिमिट्री पर झुक आया था। उस भयानक यातनामय क्षण के असह्य तनाव में महज़ एक सेकंड की पीड़ित चिरन्तनता उभर आई थी, जिसके तले लोगों के दिल तेज़ी से धड़कने लगे थे 'चिर काल के लिए—आमीन!' बच्ची के शव पर पवित्र जल के छींटे छिड़क दिये गए। पिता घुटनों पर बैठकर फफक-फफककर रोने लगा। कफ़न में लिपटा शव धीरे-धीरे क़ब्र में जाने लगा। लड़के-लड़कियों का समूह धीमे, मधुर अवसादपूर्ण स्वर में गाने लगा, "ईश्वर ने तुझे अपने पास बुला लिया।"

पर्दे में छिपी महिला पत्थर की मूर्ति की तरह गुमसुम खड़ी थी। कोरस में संगीत-संचालक का चिकना-चुपड़ा, आत्मतुष्ट स्वर वह आसानी से पहचान गई थी। उसने उसे कितनी बार सुना था...अलग परिस्थितियों में—जब वह उसके मांसल स्पर्श तले उत्तेजित होकर पिघल-पिघल जाती थी। शहर के सब लोग सिर झुकाकर चुपचाप सुन रहे थे। कोरस में सिर्फ़ संगीत-संचालक और स्त्री-गायिकाओं की प्रधान मारिया का स्वर ही सुनाई देता था। मारिया शहर की वीनस थी—एक लम्बी सुन्दर लड़की। सुनने में आया था कि आजकल वह संगीत-संचालक का पीछा कर रही है। खुली उज्ज्वल धूप में दोनों के स्वर बड़े प्यार से एक-दूसरे में घुल-मिल गए थे। डीन महोदय स्वयं आँखें मूँदकर उन्हें सुन रहे थे। पर्दे में छिपी महिला फूट-फूटकर रोने लगी। सुगन्धित बत्तियों से उठता हुआ नीले धुएँ का बादल आकाश की ओर सिमटने लगा था। संगीत के अन्तिम सुर धीमे-धीमे अब समूची सिमिट्री पर तिरने लगे। डीन महोदय ने आँखें खोल दीं—मानो सहसा वह किसी स्वप्न से जाग गए हों! उनका सिर धरती की ओर मुड़ गया।

एक, दो, तीन; भीड़ के सब लोग खुली हुई क़ब्र की ओर एक-दूसरे को धकेलने लगे। बच्ची का पिता मिट्टी के ढेर पर झुका रो रहा था—लगता था, मानो उसकी सिसकियाँ कभी ख़त्म न होंगी। हर व्यक्ति तीन बार मिट्टी को क़ब्र में डालकर आगे बढ़ जाता था। वे जाने की जल्दी में थे और सिर्फ़ उस क्षण की प्रतीक्षा कर रहे थे जब बच्ची का पिता उठकर उनसे हाथ मिलाएगा।

पादरी अलग बेचैन हो रहे थे—उन्हें दोबारा चैपल में जाना था। क़ब्र खोदनेवाले मज़दूर ने ज़ोर से नाक सिनकी और फावड़े से सूखी तपती मिट्टी क़ब्र में डालने लगा। समूचा जनसमूह एक असह्य, असमंजस-भरे मौन में खड़ा रहा।

सहसा संगीत मंडली के सदस्य 'ही-ही' करके हँसने लगे। संगीत-संचालक की आँखें प्रसन्नता से चमक रही थीं...उसका मज़ाक़ काफ़ी कारगर साबित हुआ था। एग्नेस का पीला चेहरा सुर्ख़ हो आया था, मारिल्डा ने अपने रूमाल का छोर दाँतों से चबा डाला और मारिया हँसी में दोहरी हुई जा रही थी। संगीत-संचालक ने तुष्ट भाव से अपने बालों और मूँछों पर हाथ फेरा और झुककर मारिया के कानों में फुसफुसा दिया। मारिया ज़रा पीछे हटकर खीसें निपोरने लगी। सब लोग कौतूहल और ग़ुस्से से उनकी ओर देखने लगे।

अचानक बच्ची का पिता खड़ा हो गया और काँपते-लड़खड़ाते स्वर में बोलने की कोशिश करने लगा, "मैं आपके...आप सब लोगों के प्रति आभारी हूँ...जो यहाँ मेरी प्यारी बच्ची...मेरी इकलौती बच्ची..." किन्तु उससे आगे कुछ नहीं बोला गया। वह सिसकने लगा और बिना किसी से हाथ मिलाए स्वप्न में चलते व्यक्ति की तरह वहाँ से हट गया।

लोगों में हल्की-सी हलचल मच गई। फिर पादरियों के चैपल में घुसते ही भीड़ छँटने लगी और लोग इधर-उधर बिखरने लगे। कुछ लोगों ने अपने सगे-सम्बन्धियों की क़ब्रों के आगे जल्दी-जल्दी तीन बार छाती पर हाथ रख के 'सलीब' का चिह्न बनाया और सिमिट्री के बाहर चले आए। कुछ दूसरे लोग किसी स्मारक या मक़बरे के आगे खड़े हो गए। शायद ही कोई व्यक्ति ऐसा रहा होगा जिसने रस्म के समाप्त हो जाने तक वहाँ खड़े रहना ज़रूरी समझा हो। संगीत-संचालक मारिया और संगीत-मंडली की लड़कियों के साथ हँसी-ठिठोली करता हुआ सिमिट्री के चैपल में चला आया।

काली पोशाक पहने कुछ स्त्रियाँ क़ब्रों के आगे प्रार्थना कर रही थीं। बार-बार अपनी आँखें पोंछते हुए वे क़ब्रों पर बिखरे पुराने मुरझाए फूलों को सँवार रही थीं।

चैपल के खुले दरवाज़ों से डीन महोदय का ऊँचा स्वर बाहर तिरता हुआ चला आता था, “हे सृष्टि...प्रभु की स्तुति करो!”...“हे देवदूतो...प्रभु की स्तुति करो।”...“हे स्वर्ग लोक...प्रभु की स्तुति करो।” संगीत-संचालक का स्वर गूँज रहा था।

क़ब्र खोदनेवाला मज़दूर फावड़े-मिट्टी उठा-उठाकर दो पिताओं के बच्चे को दफ़ना रहा था।

प्रत्यक्ष प्रमाण

"यह मेरे अपने अनुभव की बात है।" मैजिस्ट्रेट मेट्स ने अपने गहरे मित्र टोनिक से कहा। "मैं फ़िज़ूल के विवरणों, बहानों और तर्कों में विश्वास नहीं रखता—न मैं अभियुक्तों और गवाहों पर विश्वास करता हूँ। इच्छा न रहते हुए भी लोग अक्सर झूठ बोलते हैं। तुम्हें ऐसे गवाह मिलेंगे जो दिल पर हाथ रखकर वचन देंगे कि उन्हें अभियुक्त के प्रति कोई दुश्मनी या वैर-भावना नहीं है—किन्तु उन्हें स्वयं नहीं मालूम कि कहीं बहुत गहरे में, उनका अवचेतन-मन घृणा और द्वेष से भरा है। अभियुक्त की सब दलीलें प्राय: मनगढ़ंत होती हैं, जिन्हें वह तोते की तरह रट लेता है। दूसरी तरफ़ गवाह की सब दलीलें अभियुक्त को हानि या लाभ पहुँचाने की चेतना या अवचेतन इच्छा से उत्पन्न होती हैं। मैं तो ख़ूब अच्छी तरह जानता हूँ। सब लोग बेईमान जानवर हैं...।

"इस हालत में टोनिक—तुम किस पर विश्वास करोगे? संयोग पर। मेरा मतलब है...उन स्वचालित, अतर्कशील या—पता नहीं, कैसे कहा जाए—उन स्वत: उठनेवाली अकुंठित भावनाओं या क्रियाओं पर, जो कभी-कभी ख़ुद-ब-ख़ुद प्रकट हो जाती हैं। हर चीज़ बनावटी और विकृत है, हर चीज़ धोखाधड़ी है

या किसी स्वयं से उत्प्रेरित होती है—सिवाय एक संयोग को छोड़कर। पलक मारते ही यह बात साफ़ समझ में आ जाती है। तहक़ीक़ात करने का मेरा यही तरीक़ा है। मैं चुपचाप बैठा हुआ लोगों की बनावटी, पहले से रटी हुई, मनगढ़ंत बकवास सुनता रहता हूँ और यह दिखाने की कोशिश करता हूँ कि मैं उनके हर शब्द पर विश्वास कर रहा हूँ। मैं चाहता हूँ कि वे खुलकर बकवास कर सकें—लेकिन इस दौरान मैं सतर्क होकर उनके किसी ऐसे शब्द को पकड़ने की टोह में रहता हूँ जो ख़ुद-ब-ख़ुद, बिना किसी इच्छा के—उनके मुँह से निकल जाता है। जानते हो—केवल मनोविज्ञान का पंडित ही यह काम कर सकता है। अधिकांश मैजिस्ट्रेट अभियुक्तों को डाँटने-धमकाने के अलावा कुछ नहीं जानते। वे अभियुक्त को बीच-बीच में टोकते रहते हैं। परिणामस्वरूप बेचारे अभियुक्त का दिमाग़ इस बुरी तरह गड्डमड्ड हो जाता है कि ज़रूरत पड़ने पर वह इस बात को भी तसलीम करने के लिए तैयार हो जाता है कि उसने महारानी एलिज़ाबेथ की हत्या की है!

"मेरा यह तरीक़ा नहीं है। मैं अपनी ज़मीन के बारे में बिलकुल निश्चित होना चाहता हूँ। यही कारण है कि मैं उस क्षण तक अविकल, धैर्य से प्रतीक्षा करता रहता हूँ, जब तक झूठ और बहानों (जिन्हें क़ानून के विशेषज्ञ 'आत्म स्वीकृति' कहते हैं) के बीच अचानक, अजाने में सत्य प्रकट नहीं हो जाता। जानते हो—इस दुनिया को 'आँसुओं का पर्दा' माना गया है और यहाँ सम्पूर्ण सत्य केवल भूल या ग़लती से ही प्रकाश में आता है—सिर्फ़ उस घड़ी में—जब किसी आदमी के मुँह से अनायास कोई बात निकल जाती है या वह ग़लती से काम कर बैठता है।

"टोनिक, तुम जानते हो, आज तक मैंने तुमसे कोई बात नहीं छिपाई है। बचपन से ही हम दोस्त रहे हैं। तुम्हें याद है, जब खिड़की का शीशा मैंने तोड़ा था, लेकिन मार तुम्हें पड़ी थी। अभी हाल ही में मेरे संग एक ऐसी घटना हुई है जिसका ख़याल आते ही मेरा सिर शर्म से झुक जाता है। मैं शायद किसी से उसके बारे में कुछ न कहता किन्तु वह एक बोझ की तरह मेरे दिल पर पड़ी है। जब तक मैं उसे बता नहीं दूँगा, मेरा दिल हल्का न होगा।

सत्य को पकड़ने का जो अपना तरीक़ा मैंने अभी तुम्हें बताया था, उसे मैंने अभी हाल ही में अपने-अपने व्यक्तिगत जीवन में आज़माया था। अपने दाम्पत्य-जीवन में। इस घटना को सुनकर तुम जो चाहो, मुझे कह सकते हो—जाहिल या जंगली—मैं सब कुछ सुन लूँगा क्योंकि मैं इसी लायक़ हूँ।

"मेरे दोस्त, मैंने अपनी पत्नी मार्था पर सन्देह किया था। हक़ीक़त यह है कि मैं पिछले कई दिनों से ईर्ष्या की आग में जल रहा था। मेरे सिर पर यह धुन सवार हो गई कि मेरी पत्नी की साँठ-गाँठ किसी अन्य युवक के साथ हो गई है। क्या नाम है उस युवक का...ख़ैर, तुम उसे ऑर्थर कह सकते हो। तुम शायद उसे नहीं जानते। मैं कोई कमीना ख़ुदगर्ज़ आदमी नहीं हूँ। अगर मैं इस बारे में निश्चित हो जाता कि वह उससे प्रेम करती है तो मैं उसे साफ़ शब्दों में कह देता—मार्था, तुम अपना रास्ता पकड़ो और मैं अपना। किन्तु सबसे बुरी बात यह थी कि मैं इसके बारे में निश्चित नहीं था। टोनिक, तुम मेरी यातना की कल्पना नहीं कर सकते। ईश्वर ही जानता है, वह पूरा साल मेरे लिए कितना भयंकर था। तुम तो जानते हो कि एक ईर्ष्यालु पति की अक्ल पर कैसे पानी फिर जाता है—वह अपनी पत्नी का पीछा करता है, हर क्षण उसे देखता रहता है, नौकरों से जवाब-तलबी करता है, ज़रा-ज़रा-सी बात पर आँखें लाल-पीली करने लगता है। लेकिन तुम्हें यह बात भी ध्यान में रखनी चाहिए कि मैं एक मैजिस्ट्रेट भी हूँ... जवाब-तलबी करने में दक्ष। मेरे दोस्त—उन दिनों मेरी ज़िन्दगी जवाब-तलबी करने का एक लम्बा सिलसिला बन गई—सुबह उठने से लेकर रात को बिस्तर पर लेटने तक।

"फ़र्क़ इतना ही था कि इस केस में अभियुक्त मेरी पत्नी मार्था थी... और वह आख़िर तक बड़े साहस से अपनी जगह अड़ी रही। वह कभी रोने लगती, कभी एकदम ख़ामोश हो जाती, कभी मुझे बड़े विस्तार से वह अपने कामधाम के बारे में बतलाने लगती—लेकिन इस बीच उसने कभी मुझे ऐसा अवसर नहीं दिया कि मैं कोई ऐसा शब्द या संकेत पकड़ सकूँ जिससे उसकी पोल-पट्टी खुल सके। बेशक, वह अक्सर झूठ बोला करती थी...

बेमतलब और सहज भाव से...लेकिन यह ज़नानी आदत है। कभी कोई औरत साफ़-साफ़ नहीं कहेगी कि वह दरज़ी की दुकान में दो घंटे गँवाकर आई है...उसकी जगह वह कहेगी कि वह दाँत के डॉक्टर के पास गई थी या सिमिट्री में अपनी माँ की क़ब्र देखकर लौट रही है। टोनिक—एक ईर्ष्यालु पति पागल कुत्ते की तरह बदहवास हो जाता है। मैं जितना ही मार्था को अपने प्रश्नों से परेशान करता था, जितना अधिक उसे डराता-धमकाता था, उतना ही मुझे अपने पैरों के नीचे धरती खिसकती जान पड़ती थी। उसके हर शब्द, हर बहाने को मैं तौलता-परखता था, उसके हर नुक़्ते पर विचार करता था, लेकिन हाथ में कुछ न आता था...सिवाय कुछ घिसे-पिटे अर्द्ध-सत्यों के—जिनके सहारे मानवीय-रिश्ते—ख़ास कर वैवाहिक-रिश्ते—क़ायम रहते हैं। मैं सिर्फ़ अपने अनुभव की बात कर रहा हूँ...बेचारी मार्था पर क्या गुज़री होगी, इसकी कल्पना करते ही मैं अपने को बुरी तरह धिक्कारने लगता हूँ।

"इस साल के शुरू में मार्था अपना इलाज करवाने फ्रांज़ेंसबाद गई थी। कुछ दिनों से उसकी तबियत गिरी-गिरी-सी रहती थी...तुम तो जानते हो, इन ज़नानी बीमारियों के बारे में! ख़ैर...तुम्हें यह बताने की ज़रूरत नहीं कि उसकी गतिविधि का पता चलाने के लिए मैंने सब इन्तज़ाम कर लिया था। एक मनहूस-से आदमी को मैंने कुछ रुपये दिये ताकि वह मार्था पर अपनी निगाहें रख सके। लेकिन वह मरदूद दिन-रात शराबघरों के चक्कर लगाया करता था। कितनी अजीब बात है—अगर ज़िन्दगी की एक छोटी तफ़सील बिगड़ जाए तो सारी ज़िन्दगी बिगड़ने लगती है। अगर तुम्हारे कपड़ों पर एक छोटा-सा धब्बा लग जाए, तब सारे कपड़े गन्दे और मैले लगने लगते हैं। अपनी चिट्ठियों में मार्था का स्वर बहुत अनिश्चित और दबा-दबा-सा होता था मानो उसे मेरा व्यवहार कुछ समझ में न आ रहा हो। मैं उसके पत्रों को बड़े ग़ौर से पढ़ा करता था और उसके हर शब्द की तह में जाने की कोशिश करता था। फिर एक दिन सहसा मुझे वह पत्र मिला...लिफ़ाफ़े पर मेरा नाम और पता लिखा था—फ्रांतिशेक मेट्स, मैजिस्ट्रेट इत्यादि।

लिफ़ाफ़ा खोलकर मैंने पत्र बाहर निकाला—मेरी निगाह पहली पंक्ति पर सहसा ठिठक गई। लिखा था :

'प्रिय आर्थर!'

"मेरे हाथ काँपने लगे। आख़िर मैंने पकड़ ही लिया। ऐसा अक्सर होता है कि जब तुम एक साथ बहुत-से पत्र लिख रहे हो—कोई-न-कोई भूल से ग़लत लिफ़ाफ़े में चला जाता है। एक छोटे-से संयोग ने मार्था को रँगे-हाथों पकड़ लिया था। इस विचार ने मुझे तनिक उदास भी कर दिया कि एक अदना-सी भूल के कारण बेचारी मार्था का सारा भेद खुल गया है।

"टोनिक, मुझे ग़लत न समझो। पहली इच्छा मेरे मन में यही उठी थी कि ऑर्थर को सम्बोधित इस पत्र को मैं बिना पढ़े मार्था के पास वापस भेज दूँ। मैं यह कर भी देता लेकिन ईर्ष्या बुरी चीज़ है—उसके फेर में पड़कर आदमी ओछे-से-ओछे काम करने को तैयार हो जाता है। आख़िर मैंने वह पत्र पढ़ ही लिया। तुम चाहो तो उसे देख सकते हो—मैं उसे हमेशा अपने पास रखता हूँ। ज़रा देखो—क्या लिखा है :

'प्रिय ऑर्थर?

तुम्हारे पत्र का उत्तर देने में देरी हुई। आशा है, तुम नाराज़ न होंगे। पिछले दिनों मैं अपने पति फ्रांसी के बारे में बहुत चिन्तित रही। अर्से से मुझे उसका कोई पत्र नहीं मिला था। मैं जानती हूँ, वह आजकल बहुत व्यस्त है—लेकिन इतनी मुद्दत से उसका हालचाल जाने बिना मेरा मन खोया-खोया-सा रहता था। तुम शायद इसे कभी नहीं समझ सकोगे। फ्रांसी अगले महीने यहाँ आ रहा है—सो तुम भी उन्हीं दिनों यहाँ आ सकते हो। उसके पत्र से मुझे पता चला कि आजकल वह एक बहुत दिलचस्प केस में फँसा है। उसने मुझे केस के बारे में कुछ नहीं लिखा किन्तु मुझे लगता है कि वह उस हत्या के बारे में है जिसमें ह्यूगो मिलर पकड़ा गया है। मैं स्वयं उस केस के बारे में सब

कुछ सुनने के लिए बहुत उत्सुक हूँ। यह ख़ेद की बात है कि आजकल तुम और फ्रांसी एक-दूसरे से ज़्यादा मिलते-जुलते नहीं—शायद फ्रांसी की अत्यधिक व्यस्तता इसका कारण हो। काश, तुम पहले की तरह उसे लोगों से मिलने-जुलने के लिए बाध्य कर सकते—या कुछ और नहीं, तो तुम दोनों मोटर में बैठकर ही कहीं सैर-सपाटे के लिए जा सकते। तुम हमारे प्रति हमेशा ही बहुत सहृदय रहे हो और हालाँकि अब पहले-जैसी स्थिति नहीं रही, फिर भी तुम हमें भूले नहीं हो। फ्रांसी बहुत घबरालू और विचित्र तबियत का आदमी है। तुमने मुझे अपनी प्रेमिका के बारे में कुछ नहीं लिखा। फ्रांसी के पत्र से पता चला कि आजकल प्राग में भयंकर गर्मी पड़ रही है। बेहतर होता, यदि वह यहाँ कुछ दिन आकर आराम कर सकता—लेकिन वह तो अपने दफ़्तर में आधी रात तक काम में जुटा रहता है। तुम समुद्र के किनारे कब जा रहे हो? आशा है, तुम अपनी प्रेमिका को भी अपने साथ ले जाओगे। औरतों की विरह-यातना को भला तुम पुरुष क्यों समझोगे!

शुभाकांक्षाओं सहित,

सस्नेह,

मार्था मातेसोवा'

"अच्छा टोनिक, अब मुझे बताओ, तुम क्या-क्या सोचते हो इस ख़त के बारे में? मैं जानता हूँ, इसमें कोई दिलचस्प या फड़कती बात नहीं लिखी है... शैली या रुचि के दृष्टिकोण से भी यह एक मामूली ख़त है। लेकिन मेरे भाई, यह ख़त मार्था पर और बेचारे ऑर्थर के प्रति मार्था का जो रुख़ रहा है, उस पर कितना गहरा प्रकाश डालता है। अगर वह स्वयं मुझे यह सब बता देती, तो शायद मैं कभी उस पर विश्वास न करता। लेकिन पत्र में वही बात कितने अनायास और सहज भाव से प्रकट हो गई है...अब तुम मेरी बात मानते हो?

सीधा-सादा और सम्पूर्ण सत्य केवल भूल या ग़लती से उद्घाटित हो जाता है। पत्र पढ़कर मेरी ख़ुशी का ठिकाना नहीं रहा। मुझे अपने पर काफ़ी लज्जा आई—ईर्ष्या ने मुझे कितना मूर्ख बना डाला था!

"उसके बाद मैंने क्या किया? हत्या-सम्बन्धी ह्यूगो मिलर के काग़ज़ात को धागे से बाँधकर मैंने मेज़ के खाने में बन्द कर दिया और अगले दिन ही मैं फ्रांज़ेंसबाद के लिए रवाना हो गया। मुझे देखते ही मार्था का चेहरा गुलाबी-सा हो आया और वह एक छोटी बच्ची की तरह हकलाने लगी। उसे देखकर कोई भी यह अनुमान लगा लेता कि उसने कोई जघन्य अपराध किया हो। मैं सीधी आँखों से उसकी ओर देखता रहा। 'फ्रांसी' मार्था ने कहा, 'क्या तुम्हें मेरा पत्र मिला था?'

" 'कैसा पत्र?' मैंने आश्चर्य-भरे स्वर में पूछा, 'गाहे-बगाहे तो तुम कभी लिखती हो।'

"मार्था ने तनिक सशंकित दृष्टि से मुझे देखा और फिर एक गहरी साँस लेकर चुप हो गई—मुझे लगा, जैसे मेरे उत्तर से उसके मन का बोझ उतर गया है। 'शायद मैं उसे पोस्ट करना भूल गई।' उसने कहा और अपने बैग को टटोलने लगी...एक तुड़ा-मुड़ा काग़ज़ उसके हाथ में आ गया। 'प्रिय फ्रांसी...' शुरू की पंक्ति पर मेरी निगाह पड़ गई। मैं भीतर-ही-भीतर हँसने लगा। मेरा अनुमान है, ऑर्थर साहब ने अगली डाक से वह पत्र वापस भेज दिया होगा, जो उनके लिए नहीं था।

"उसके बाद हमने कभी इस विषय के बारे में कोई चर्चा नहीं की। हाँ, मैंने उसे ह्यूगो मिलर के केस के बारे में ज़रूर सब कुछ विस्तार से बताया—उसे उसमें गहरी दिलचस्पी थी। मैं सोचता हूँ, आज तक उसे यह विश्वास है कि मुझे वह पत्र नहीं मिला।

"बस—यही सारी कहानी है। कम-से-कम उस दिन से हमारे घर में शान्ति रहती है। क्या तुम नहीं सोचते कि इस तरह की भयानक ईर्ष्या ने मुझे कितना बेवक़ूफ़ बना छोड़ा था? जानते हो—मार्था के प्रति मैंने जो अपराध किया, अब मैं उसे पश्चात्ताप द्वारा धो डालना चाहता हूँ। उसका पत्र पढ़ने के

पूर्व मैंने कभी कल्पना भी नहीं की थी कि वह बेचारी मेरा कितना ख़याल रखती है। यह ख़ैर—तुमसे सारी बात कहकर मैंने दिल की भड़ास निकाल ली है और मैं हल्का-सा महसूस कर रहा हूँ। ख़ुद अपने को बेवक़ूफ़ बना डालना—मेरे ख़याल में—यह पाप करने से भी अधिक लज्जास्पद चीज़ है।

"लेकिन यह घटना कम-से-कम इस चीज़ का प्रत्यक्ष उदाहरण है कि कोई भी सत्य महज़ संयोग द्वारा बिलकुल पारदर्शी स्पष्टता के साथ प्रमाणित किया जा सकता है। क्यों...ठीक है न?"

इसी समय एक दूसरे स्थान पर एक युवक—जिसे हम ऑर्थर के नाम से जानते हैं—मार्था से पूछ रहा था, "उससे कोई काम बना?"

"कैसा काम, डार्लिंग?"

"तुमने जो पत्र अपने पति को ग़लती से भेजा था?"

"हाँ...ज़रूर!" मार्था ने कहा और फिर वह अपने विचारों में खो गई। कुछ देर बाद उसने कहा, "मुझे कभी-कभी अपने पर बहुत ग्लानि होती है जब मैं देखती हूँ कि वह मुझ पर अब कितना विश्वास करने लगा है। उस दिन से उसका व्यवहार मेरे प्रति एकदम स्नेहपूर्ण हो गया है। ज़रा सोचो—वह उस पत्र को दिन-रात अपनी छाती से चिपकाए रहता है।" मार्था हल्के से काँप उठी, "यह सचमुच बहुत भयानक चीज़ है, जिस तरह...जिस तरह मैं उसे धोखा दे रही हूँ। तुम ऐसा नहीं सोचते?"

लेकिन मि. ऑर्थर ऐसा नहीं सोचते...। कम-से-कम उन्होंने कहा यही था कि वह बिलकुल ऐसा नहीं सोचते।

सेल्विन का केस

“वह मेरी सबसे बड़ी सफलता थी—मेरा मतलब है—उस सफलता को पाकर मुझे सबसे अधिक प्रसन्नता हुई थी...” महान कवि, नोबुल-पुरस्कार विजेता लियोनार्ड उंडन ने अतीत के बारे में सोचते हुए कहा, “मेरे जवान दोस्तो, मेरी उम्र में पहुँचकर आदमी शान-शोहरत, वाहवाही या औरतों के पीछे नहीं भागता....ख़ास कर जब पागलपन की ये सब चीज़ें बरसों पहले छूट गई हों। जवानी में इनसान इन सब चीज़ों का आनन्द उठाता है—जो नहीं उठाता, वह बेवक़ूफ़ है। कठिनाई सिर्फ़ यह है कि जब वह जवान होता है, तब उसके पास इन सुखों को भोगने के साधन नहीं होते। मेरे ख़याल में ज़िन्दगी अगर उलटी दिशा में चल सके, तो बहुत अच्छा रहेगा। शुरू में आदमी को बूढ़ा होना चाहिए ताकि वह डटकर काम कर सके—इसके अलावा वह कुछ और कर भी नहीं सकता। बाद में उसे जवान होना चाहिए ताकि वह आराम से अपनी लम्बी ज़िन्दगी के फलों का रसास्वादन कर सके। ख़ैर, छोड़ो—बुढ़ापे में आदमी इसी तरह की उलटी-सीधी बकवास करता है। मैं क्या कह रहा था? हाँ, याद आया—अपनी सबसे बड़ी सफलता के बारे में।

हाँ—मैं आपको बताता हूँ...मुझे अपने नाटकों या किताबों से यह सफलता नहीं मिली—हालाँकि एक ज़माने में मेरी किताबें सचमुच पढ़ी जाती थीं। नहीं—मुझे अपनी सबसे बड़ी सफलता सेल्विन के मुक़दमे में प्राप्त हुई थी।

"बेशक आप लोग उस मुक़दमे के बारे में कुछ भी नहीं जानते। छब्बीस साल पहले—नहीं...नहीं, लगभग उनतीस साल पहले वह मुक़दमा पहले-पहल लोगों के सामने आया था। हाँ, उनतीस साल पहले की ही तो बात है जब एक दिन सुबह के वक़्त काली पोशाक पहने सफ़ेद बालोंवाली एक बूढ़ी स्त्री मुझसे मिलने आई थी।

"इससे पेश्तर कि मैं विनम्र भाव से (जिसके लिए मैं प्रसिद्ध था) उससे कुछ पूछ पाता, वह सहसा घुटनों पर झुककर फफक-फफककर रोने लगी। न जाने क्यों—मैं किसी स्त्री को रोते हुए नहीं देख सकता।

"मैंने उसे समझा-बुझाकर किसी तरह शान्त किया। प्रकृतिस्थ होकर वह कुछ देर बाद बोली, 'आप लेखक हैं...इनसान के लिए आपके दिल में जो गहरी हमदर्दी है, उसे देखते हुए ही मैं आपसे अपने पुत्र को बचाने की भिक्षा माँगने आई हूँ। आपने अख़बारों में फ्रेंक सेल्विन के केस के बारे में अवश्य कुछ पढ़ा होगा...'

"उस क्षण मैं बुढ़िया के सामने खूसट-निखट्टू-सा दिख रहा हूँगा। मैं अख़बार अवश्य पढ़ता था लेकिन फ्रेंक सेल्विन के केस पर कभी ध्यान नहीं गया था। फिर भी बुढ़िया की सिसकियों और हिचकियों के बीच मैं जो कुछ समझ पाया, उसका सारांश यह था : उसके बाईस वर्षीय इकलौते पुत्र फ्रेंक सेल्विन को हाल ही में आजीवन कारावास की सज़ा दी गई थी। सेल्विन पर यह अभियोग लगाया गया था कि उसने अपनी बुआ सोफ़ी की हत्या की है ताकि वह उसका धन लूटकर भाग सके। अभियुक्त ने अपना अपराध मानने से साफ़ इनकार कर दिया था जिसके परिणामस्वरूप ज्यूरी की आँखों में उसकी स्थिति और भी अधिक ख़राब हो गई थी।

"'लेकिन वह बिलकुल निर्दोष है,' श्रीमती सेल्विन ने बिलखते हुए कहा, 'मैं सौगन्ध खाकर कहती हूँ कि वह निर्दोष है। उस हत्यारी शाम को

उसने मुझसे कहा था—माँ, मेरे सिर में दर्द हो रहा है। मैं ज़रा बाहर टहल आता हूँ। यही कारण है कि हत्या की घड़ी में वह घर में रहने का प्रमाण प्रस्तुत नहीं कर सकता। रात के समय सड़क पर भला किसका ध्यान उस पर जाता—हालाँकि बहुत-से लोगों ने उसे देखा होगा। मेरा फ्रेंकी ज़रा जोशीला और जल्दबाज़ लड़का है...लेकिन आप भी कभी जवान रहे होंगे। ज़रा सोचिए—उसकी उम्र सिर्फ़ बाईस साल है। क्या वे उसकी सारी ज़िन्दगी तबाह कर देंगे?'

"वह इसी तरह बोलती रही। मैं आपसे कहता हूँ, यह सबसे भयानक अनुभव है जब आप एक असहाय व्यक्ति पर दया करते हैं, यह जानते हुए कि आप उसकी मदद करने में असमर्थ हैं। यदि आप उस रोती-बिलखती सफ़ेद बालोंवाली माँ को देखते, तो शायद आपको भी वही भयानक अनुभव होता, जो उस दिन मुझे अपनी असमर्थता पर हुआ था। फिर भी मैंने उसे आश्वासन दिया कि मेरे लिए जो कुछ भी सम्भव होगा, मैं करूँगा...उस समय तक चैन से नहीं बैठूँगा, जब तक सारे मामले की तह में जाकर सत्य का पता नहीं चला लूँगा। मैंने उसे यह भी आश्वासन दिया कि उसके पुत्र की निर्दोषता में मुझे पूरा विश्वास है। जब बेचारी बुढ़िया कृतज्ञ-भाव से मुझे आशीष देने लगी, उस क्षण अचानक मेरी इच्छा हुई कि मैं उसके सामने घुटने टेककर झुक जाऊँ। कितना अजीब लगता है जब लोग आप पर अपने कृतज्ञता से भरे उद्गारों की वर्षा करने लगते हैं—मानो आप पीतल के बने छोटे से देवता हों!

"बस, फिर क्या था...उस दिन से मैं फ्रेंक सेल्विन के मामले में जी-जान से जुट गया। सबसे पहले मैंने मुक़दमे की आँखों-देखी अक्षरशः रिपोर्ट पढ़ डाली। मैं आपको विश्वास दिलाता हूँ कि आज तक मैंने ऐसा कोई मुक़दमा नहीं देखा जिसकी कार्यवाही इतने लस्टम-पस्टम ढंग से की गई हो। बेहद बेढंगी और निन्दनीय। यों केस अपने में बिलकुल सीधा-सादा था। सोफ़ी बुआ की एक नौकरानी थी—अन्ने सोलर। पचास वर्ष की उम्र थी... दिमाग़ ज़रा ढीला और कमज़ोर हो चला था। एक रात उसने बुआ सोफ़ी

के कमरे में पैरों की आहट सुनी। मालकिन अभी तक क्यों जाग रही है, यह जानने के लिए वह सोफ़ी के कमरे में गई। शयनकक्ष में घुसते ही उसने देखा कि खिड़की खुली है। उसे एक भागते हुए आदमी की झलक दिखाई दी जो खिड़की के रास्ते बाग़ में कूद गया था। यह देखते ही वह गला फाड़कर चिल्लाने लगी। कुछ देर बाद जब पड़ोसी रोशनी लेकर आए, उन्होंने देखा कि मिस सोफ़िया फ़र्श पर गिरी पड़ी हैं और किसी ने उन्हीं के रूमाल से उनका गला घोंट दिया है। जिस अलमारी में वह रुपये-पैसे रखा करती थीं, उसका दरवाज़ा टूटा पड़ा था और उनके कुछ कपड़े इधर-उधर बाहर बिखरे पड़े थे। रुपये-पैसे सुरक्षित थे। ज़ाहिर है, ऐन मौक़े पर नौकरानी के आने से हत्यारा अपना काम पूरा न कर सकता था। बस, और कुछ नहीं। समूचे कांड के यही कुछ मुख्य तथ्य थे।

"अगले दिन सेल्विन को गिरफ्तार कर लिया गया। ऐसा जान पड़ता है कि नौकरानी ने उस महाशय को पहचान लिया था, जो पिछली रात खिड़की से बाहर कूदा था। जाँच-पड़ताल करने पर यह बात भी पुष्ट कर ली गई थी कि अभियुक्त पिछली शाम अपने घर में नहीं था। जिस घड़ी हत्या की गई, उसके आध घंटे बाद वह घर लौटा था। और सीधा अपने सोने के कमरे में चला गया था। यह भी पता चला कि अभियुक्त पर काफ़ी क़र्ज़ था। इसके अलावा किसी बातूनी, खूसट बुढ़िया ने गवाही देते हुए यह भी कहा था कि हत्याकांड के कुछ अर्सा पहले सोफ़ी बुआ ने उसे चोरी-चुपके बताया था कि उसका भतीजा फ्रेंक उससे कुछ रुपये उधार लेने आया था। बुआ ने उसे एक पाई भी देने से इनकार कर दिया। यहाँ यह कहना अप्रासंगिक न होगा कि बूढ़ी सोफ़ी पैसे को दाँत से पकड़नेवाली औरत थी—बेहद कंजूस। हाँ, तो...जब बुआ ने उसे उधार देने से साफ़ इनकार कर दिया तब फ्रेंक ने उससे कहा था, 'ज़रा होशियारी से रहना...मैं कुछ ऐसा करूँगा जिससे लोगों की आँखें खुली-की-खुली रह जाएँगी।' बस...जहाँ तक फ्रेंक का सम्बन्ध है, इन तथ्यों के अलावा मुझे और कुछ नहीं मिला।

"अब ज़रा मुक़दमे की तरफ़ आइए। मुक़दमे की कार्यवाही शुरू से आख़िर तक—आधे दिन से ज़्यादा नहीं चली। फ्रेंक सेल्विन ने सिर्फ़ इतना कहा कि वह निर्दोष है। वह उस शाम बाहर टहलने गया था और वापस घर लौटकर वह सीधा सोने चला गया। किसी भी गवाह से कोई जवाबतलबी नहीं की गई। श्रीमती सेल्विन के पास इतने साधन नहीं थे कि वह कोई योग्य वकील नियुक्त कर सकें। एक टुटपुँजिया महाशय मुफ़्त में यह काम करने के लिए तैयार हो गए थे। वह एक आरामतलब निखट्टू वकील था। अभियुक्त के पक्ष में उसका मुख्य तर्क सिर्फ़ यह था कि वह अभी जवान है। आँखों में आँसू भर उसने ज्यूरी के सदस्यों से गिड़गिड़ाते हुए प्रार्थना की, कि अभियुक्त को रिहा करके वे अपनी उदारता और सहृदयता का परिचय दे सकते हैं। दूसरी तरफ़ सरकारी वकील एक मँजा हुआ खिलाड़ी था। बहस के दौरान उसने खरे-पैने शब्दों में ज्यूरी के सदस्यों पर व्यंग्य करते हुए कहा कि फ्रेंक सेल्विन-केस से पहले वे दो अन्य अभियुक्तों को रिहा कर चुके हैं। अगर ज्यूरी इसी प्रकार अपने ढीलेपन और रहमदिली के कारण हर अपराधी को क्षमा करती रहेगी तो हमारी सामाजिक व्यवस्था का क्या हाल होगा? ज्यूरी पर यह तर्क काम कर गया...यों भी वह ऐसा फ़ैसला देना चाहती थी ताकि उसके बाद कोई उसके ढीलेपन और नम्रता पर अँगुली न उठा सके। ज्यूरी के सदस्य-मंडल में केवल एक फ्रेंक सेल्विन के पक्ष में था—शेष ग्यारह सदस्यों ने उसे हत्या के लिए दोषी ठहराया। बस...यही सारा केस था।

"मैं आपको बताता हूँ—केस की सब तफ़सीलें पता चलाने के बाद मैं काफ़ी निराश-सा हो गया। कभी-कभी समूची कार्यवाही के बेहूदेपन को देखकर मेरा ख़ून खौलने लगता था—हालाँकि मैं कोई वकील नहीं था या शायद इसीलिए क्योंकि मैं वकील नहीं था। ज़रा आप ख़ुद सोचिए—मुक़दमे में सरकारी गवाह एक बुढ़िया है जिसके सोचने-समझने की शक्ति क्षीण हो चुकी है...उम्र उसकी पचास वर्ष है। ऐसी उम्र और परिस्थितियों को देखते हुए उसकी गवाही पर ज़्यादा विश्वास नहीं किया जा सकता। रात के समय उसने खिड़की पर हत्यारे की छाया देखी थी। बाद में मुझे पता चला कि वह

काफ़ी गर्म और अँधेरी रात थी। ज़ाहिर है, नौकरानी ऐसी स्थिति में किसी भी आदमी को ठीक-ठीक पहचान नहीं सकती। अँधेरे में आदमी के क़द या ऊँचाई का पता चलना भी असम्भव था। मैंने इन सब बातों की अच्छी तरह जाँच-पड़ताल की थी—ऐसी नफ़रत, जो पागलपन की सीमा तक जा पहुँची थी। फ्रेंक अक्सर उसका मज़ाक़ उड़ाया करता था। वह उसे हँसी-हँसी में 'सफ़ेद कुहनियों वाली हेब' कहकर चिढ़ाया करता था, जिसे वह न जाने क्यों अपना घोर अपमान समझती थी।

"दूसरी चीज़—सोफ़ी बुआ अपनी भाभी श्रीमती सेल्विन को घृणा की दृष्टि से देखती थी। आपस में दोनों की बोलचाल बन्द थी। बुढ़िया फ्रेंक की माँ को हमेशा गालियाँ देती रहती थी।—मुझे नहीं मालूम, यह कहाँ तक सच है कि फ्रेंक ने अपनी बूढ़ी बुआ को मार डालने की धमकी दी थी लेकिन बहुत सम्भव है कि बुढ़िया ने वैर-भाव से फ्रेंक की माँ को लांछित करने के लिए ऐसे ही झूठ-मूठ अफ़वाह उड़ा दी हो। जहाँ तक फ्रेंक का प्रश्न है—वह औसत दर्जे का युवक था और किसी दफ़्तर में क्लर्की करता था। उसकी एक प्रेमिका थी, जिसे वह भावुकतापूर्ण पत्र लिखा करता था। वह कविताएँ भी लिखता था—काफ़ी ख़राब। यह सच है कि उस पर काफ़ी क़र्ज़ जमा हो गया था लेकिन इसमें उसका कोई दोष नहीं था। मुहब्बत ने उसे काफ़ी भावुक बना दिया था जिसके कारण उसे शराब पीने की लत पड़ गई थी। उसकी माँ बेचारी एक निहायत भली और नेक स्त्री थी...कैंसर, ग़रीबी और तकलीफ़ों-तले दबी हुई। ग़ौर से देखने पर जो तसवीर उभरती थी, उसे मैंने आपके सामने रख दिया है।

"बेशक आप मेरे उन दिनों के बारे में कुछ भी नहीं जानते। वह मेरी चढ़ती जवानी की उम्र थी। जिस काम के लिए कमर कस लेता था, उसे करके छोड़ता था—चाहे दुनिया इधर से उधर हो जाए। मैंने अख़बारों में धुआँधार लेख छपवाने शुरू कर दिये—शीर्षक था : 'फ्रेंक सेल्विन का केस'। अपने लेखों में मैंने विस्तार से यह दिखाने की कोशिश की थी कि किसी भी गवाह का वक्तव्य विश्वास करने योग्य नहीं है...

विशेष रूप से मैंने सरकारी गवाह की अच्छी तरह ख़बर ली थी। मुक़दमे में जो सबूत प्रस्तुत किये गए थे, उनका विश्लेषण करने के बाद मैंने उनमें अनेक असंगतियाँ खोज निकाली थीं...मैंने यह भी प्रमाणित करने की कोशिश की थी कि बहुत-से गवाह कितने पूर्वग्रहग्रस्त हैं। सरकारी गवाह के वक्तव्य की खिल्ली उड़ाते हुए मैंने यह प्रमाणित कर दिया कि हत्यारे को पहचानने के पक्ष में जो दलीलें दी गई हैं, वे कितनी बेतुकी और ऊलजलूल हैं। मैंने अपने लेखों में जज की अयोग्यता और सरकारी वकील की बेहूदी लेक्चरबाज़ी का पर्दाफ़ाश भी किया था। लेकिन मेरे लिए महज़ इतना काफ़ी नहीं था। बहस की रौ में आकर मैंने समूचे न्याय-प्रशासन, दंड-प्रणाली, ज्यूरी और सारे समाज की क्रूर और स्वार्थग्रस्त व्यवस्था की तीव्र भर्त्सना की थी। मेरे लेखों से जो हलचल मची, उसकी कल्पना आप अच्छी तरह कर सकते हैं। उन दिनों भी थोड़े-बहुत लोग मेरे नाम से परिचित थे। नई पीढ़ी ने मेरा साथ दिया। एक तो लोगों ने कचहरियों के सामने विराट् प्रदर्शन भी किया। उसके बाद ही एक दिन सेल्विन का वकील गहरी हड़बड़ाहट में मेरे पास आया। मेरे व्यवहार और विचारों से उसके दिल को गहरी ठेस पहुँची थी। उसने मुझसे कहा कि मैंने कितनी भयानक ग़लती कर डाली है। उसने फ़ैसले के विरुद्ध उच्चतम न्यायालय में पहले से ही अपील दर्ज कर दी थी। उसे पूरी आशा थी कि आजीवन कारावास की जो सज़ा सेल्विन को दी गई थी, उसे सिर्फ़ कुछ वर्षों की क़ैद में बदल दिया जाएगा। किन्तु अब शायद यह सम्भव न हो सकेगा। अपील न्यायालय से भीड़ के सामने झुकने की अपेक्षा नहीं की जा सकती, अतः अपील के लिए जो उसने प्रार्थना-पत्र भेजा था, उसे अब रद्द कर दिया जाएगा। मैंने बैरिस्टर महोदय को जवाब में सिर्फ़ यह कहा कि मेरी दिलचस्पी महज़ सेल्विन के केस तक सीमित नहीं है...मैं सत्य और न्याय के लिए संघर्ष कर रहा हूँ।

"सेल्विन के वकील की बात सच निकली। सेल्विन की अपील नामंज़ूर कर दी गई—लेकिन दूसरी तरफ़ जज महोदय को भी पेंशन देकर नौकरी

से छुट्टी दे दी गई। बस, फिर क्या था—मैंने भी मैदान में उतरकर लोहा लेने की ठान ली। आज भी मैं सोचता हूँ कि उन दिनों मैंने जो कुछ किया था, वह न्याय के धर्मयुद्ध से कम नहीं था। आप स्वयं देख सकते हैं कि उस समय से आज तक हमारे समाज में कितने सुधार हुए हैं और आप शायद यह भी स्वीकार करेंगे कि उनका थोड़ा-बहुत श्रेय मुझे जाता है। सेल्विन के केस की ख़बर दुनिया-भर के अख़बारों में छपी थी। सार्वजनिक स्थानों में मज़दूरों के सामने अथवा अन्तरराष्ट्रीय-सम्मेलनों में विभिन्न देशों के प्रतिनिधियों के समक्ष मैं उस सम्बन्ध में भाषण देता फिरता था।

" 'सेल्विन के केस पर पुनर्विचार करो'—अपने समय में यह उतना ही लोकप्रिय अन्तरराष्ट्रीय नारा बन गया जितने कभी दूसरे नारे रहे होंगे, जैसे 'लड़ाई नहीं होगी' या 'औरतों को वोट का अधिकार दो'। जब सेल्विन की माँ की मृत्यु हुई, सत्रह हज़ार लोग उस साधारण बूढ़ी की अरथी के पीछे गए थे। उसकी क़ब्र के आगे मैंने भाषण दिया था—ऐसा ओजपूर्ण भाषण मैंने ज़िन्दगी में न उससे पहले और न उसके बाद कभी दिया। आप जानते हैं—प्रेरणा कितनी अद्‌भुत और विस्मयकारी चीज़ होती है!

"सात वर्ष तक मैं सेल्विन के पक्ष में संघर्ष करता रहा—मैं आज जो कुछ भी हूँ, इस संघर्ष की देन हूँ। मुझे अन्तरराष्ट्रीय ख्याति सेल्विन-केस से प्राप्त हुई थी—अपनी किताबों से नहीं। मेरे नाम के आगे 'आत्मा की आवाज़', 'सत्य का योद्धा' और न जाने कितनी उपाधियाँ जोड़ी जाती थीं। इनमें से कुछ उपाधियाँ मेरी क़ब्र पर भी अंकित की जाएँगी। मुझे इसमें कोई सन्देह नहीं कि मेरी मृत्यु के बाद कम-से-कम चौदह-पन्द्रह वर्ष तक स्कूल की पाठ्य-पुस्तकों में लिखा जाएगा कि लियोनार्ड उंडन ने किस प्रकार सत्य के लिए संघर्ष किया था—फिर शायद सब कुछ भुला दिया जाएगा।

"सातवें वर्ष सरकारी गवाह अन्ने सोलर की मृत्यु हो गई। मृत्यु से पूर्व उसने एक वक्तव्य दिया था—आँसुओं और सिसकियों के बीच उसने कहा था कि उसकी आत्मा बहुत बेचैन है। उसने इस बात को स्वीकार किया कि मुक़दमे में उसने झूठी गवाही दी थी। वह निश्चित रूप से नहीं कह सकती

कि खिड़की से बाहर कूदनेवाला कातिल फ्रेंक सेल्विन ही था। पादरी ने सद्भावना से प्रेरित होकर मुझे सारी बात खोलकर कह दी। उस समय तक मैं दुनिया की व्यावहारिक रीति-नीतियों से थोड़ा-बहुत परिचित हो चला था। मैंने यह ख़बर अख़बारों को नहीं दी। उसके बजाय मैंने उस धर्मात्मा पादरी को सलाह दी कि वह सारी बात सरकार के क़ानूनी-विभाग में जाकर कह दे। एक सप्ताह के भीतर ही सरकार की ओर से घोषणा की गई कि फ्रेंक सेल्विन का मुक़दमा दोबारा होगा। एक महीने बाद ही फ्रेंक सेल्विन को नई ज्यूरी के सामने पेश किया गया। सबसे प्रमुख वकील ने बिना फ़ीस लिये फ्रेंक सेल्विन को रिहा कर देने के पक्ष में तर्कपूर्ण वक्तव्य दिया। उसके बाद सरकारी वकील ने ज्यूरी से सिफ़ारिश की, कि फ्रेंक सेल्विन को बरी कर दिया जाए। ज्यूरी ने सर्वसम्मति से यह फ़ैसला दिया कि फ्रेंक सेल्विन निर्दोष है।

"वह मेरी ज़िन्दगी की सबसे बड़ी सफलता थी। किसी अन्य सफलता ने मुझे उतना गहरा और सच्चा सन्तोष नहीं दिया जितना सेल्विन के मामले ने...। दूसरी तरफ़ मुझे एक अजीब-सा ख़ालीपन भी महसूस हुआ जो मुझे पहले कभी किसी सफलता के बाद महसूस नहीं हुआ था। सच बात तो यह है कि जब केस ख़त्म हो गया, मुझे अजीब ढंग से उसका अभाव अखरने लगा—मानो वह मेरे मस्तिष्क में कोई ख़ाली जगह छोड़ गया हो। मुक़दमे के अगले दिन मेरी नौकरानी ने आकर मुझे बताया कि कोई व्यक्ति मुझसे मिलना चाहता है।

" 'मैं फ्रेंक सेल्विन हूँ।' आगन्तुक ने देहरी पर खड़े-खड़े मुझसे कहा।

"मुझे अचानक लगा...पता नहीं, मैं कैसे बयान करूँ...उसे देखकर मुझे हल्की-सी निराशा हुई—अपने इस बहादुर सेल्विन को देखकर। वेशभूषा में वह कोई दरी बेचनेवाला एजेंट दिखाई देता था। भारी-भरकम डील-डौल, गिलगिला-सा चेहरा, सिर के बाल उड़ चले थे, चिपचिपाई-सी देह, साधारण आदमी से भी गया-बीता। इसके अलावा उसके मुँह से बियर की गन्ध आ रही थी।

" 'महान और यशस्वी कलाकार!' फ्रेंक सेल्विन ने हकलाते हुए कहा (ज़रा कल्पना कीजिए—उसने मुझे 'महान और यशस्वी कलाकार' कहा था...। मेरे जी में आया कि उसे जूता मारकर बाहर निकाल दूँ)। 'आपने मेरी जो मदद की है, मैं उसके लिए आपको धन्यवाद देने आया हूँ।' जान पड़ता था, मानो वह तोते की तरह रटे-रटाए शब्द बोल रहा हो, 'आप मेरे जीवनदाता हैं।' मुझे कृतज्ञता के सब शब्द फीके...।

" 'नहीं...नहीं...' मैंने जल्दी से उसे टोकते हुए कहा, 'वह तो मेरा कर्तव्य था। एक बार जब मुझे निश्चय हो गया कि आपको ग़लत सज़ा दी गई है...'

"फ्रेंक सेल्विन ने सिर हिला दिया, 'नहीं जनाब,' उसने उदास स्वर में कहा, 'मैं अपने जीवनदाता के सामने झूठ नहीं बोल सकता। मैंने सचमुच बुढ़िया की हत्या की थी।'

" 'आप अजीब शख़्स हैं,' मैंने ग़ुस्से में चिल्लाते हुए कहा, 'आपने यह बात कोर्ट में क़बूल क्यों नहीं की?'

"फ्रेंक सेल्विन उलाहने-भरी दृष्टि से मुझे देखता रहा, 'नहीं जनाब' उसने कहा, 'मैं अपना जुर्म मानने से इनकार कर सकता था। क्या मुजरिम को यह हक़ प्राप्त नहीं है कि वह अपने को निर्दोष साबित करने की कोशिश कर सके?'

"उसके इन शब्दों ने मेरे ग़ुस्से को और भी भड़का दिया।

" 'अच्छा—अब आप यहाँ तशरीफ़ क्यों लाए हैं?' मैंने तमककर पूछा।

" 'आपने मेरे प्रति जो सद्‌भावना और उदारता दिखाई है, उसके लिए मैं आपको धन्यवाद देने आया था,' मि. सेल्विन ने अवसादपूर्ण स्वर में कहा, 'आपने मेरी बूढ़ी माँ का भी पक्ष लिया था। हे महान कवि, ईश्वर की कृपा हमेशा आप पर बनी रहेगी!'

" 'बाहर निकल जाओ!' मैंने चीख़ते हुए कहा। मैं ग़ुस्से में उबल रहा था। वह तेज़ी से ज़ीना उतरकर बाहर चला गया। तीन सप्ताह बाद वह मुझे रास्ते में फिर मिला था। उसने मुझे रोक लिया। उसने थोड़ी-सी शराब पी रखी थी।

मैं उससे जल्दी छुटकारा नहीं पा सका। काफ़ी देर तक तो मैं समझ ही नहीं सका कि वह मुझसे क्या चाहता है...काफ़ी देर बाद उसने जी खोलकर सारी बात कह डाली। उसने कहा कि मैंने उसकी ज़िन्दगी सत्यानाश कर दी है। अगर मैं उसके केस के बारे में अख़बारों में न लिखता, तब अपील-कोर्ट उसके वकील के तर्कों को मान लेता और उसे—मि. सेल्विन को—फ़िज़ूल में ही जेल में सात वर्ष न काटने पड़ते। आज वह जिस ख़राब परिस्थिति में है, उसके लिए मैं ज़िम्मेदार हूँ क्योंकि मैंने जानबूझकर उसके मामले में टाँग अड़ाई थी। अत: यह ज़रूरी है—उसने कहा—कि मैं उसके प्रति अपना कुछ दायित्व महसूस कर सकूँ। आख़िर उसे कुछ रुपये देकर मैंने जान बचाई। 'ईश्वर आपका भला करे,' मि. सेल्विन ने भीगी आँखों से मुझे देखते हुए कहा।

"लेकिन जब वह दूसरी बार मुझसे मिला, उसका व्यवहार पहले की तरह विनोद और अभ्यर्थनापूर्ण नहीं था। उसके स्वर में हल्की-सी धमकी थी। उसने कहा कि मैंने उसके केस के बल पर ही दुनिया में अपना रास्ता बनाया था। उसका पक्ष लेकर ही मुझे इतनी ख्याति प्राप्त हुई है...फिर वह क्यों अपने साझे से वंचित रह जाए? मैं उसे यह बात समझाने में बिलकुल असफल रहा कि आख़िर मेरे पास कोई ऐसी चीज़ नहीं है जिसकी कमीशन काटकर मैं उसे दे सकूँ। कुछ और रुपये देकर मैंने उससे विदा ली।

"उस दिन के बाद वह बार-बार मेरे पास आने लगा। सोफ़ा पर बैठकर वह लम्बी साँसें खींचने लगता और कहता कि बुढ़िया की हत्या करने का पश्चात्ताप उसे दिन-रात घुन की तरह खाता रहता है। 'कभी-कभी इच्छा होती है कि अपने को पुलिस के हवाले कर दूँ...' उसने बोझिल स्वर में कहा, 'लेकिन इससे आपकी मिट्टी पलीद हो जाएगी—यह सोचकर रुक जाता हूँ। किन्तु इसके अलावा कोई दूसरा रास्ता दिखाई नहीं देता जिससे मेरी आत्मा को शान्ति मिल सकेगी।' लगता है, पश्चात्ताप के ये दौर काफ़ी भयानक होते होंगे क्योंकि बार-बार उन्हें शान्त करने के लिए मुझे उसे रुपये देने पड़ते थे। अन्त में मैंने उसे अमेरिका का टिकट ख़रीदकर दे दिया। उसकी आत्मा को वहाँ शान्ति प्राप्त हुई या नहीं—मुझे नहीं मालूम।

"हाँ...वह मेरे जीवन की सबसे बड़ी सफलता थी। मेरे जवान दोस्तो—मेरी मृत्यु पर जब आप मेरी जीवन-सम्बन्धी घटनाओं पर टिप्पणी लिखें तो यह लिखना न भूलें कि सेल्विन-केस के कारण मेरा नाम इतिहास के पन्नों पर स्वर्ण-अक्षरों में अंकित रहेगा, इत्यादि। हज़ारों बार उसे मेरा धन्यवाद!"

पद-चिह्न

उस रात श्री रिब्का काफ़ी बढ़िया मूड में घर वापस लौट रहे थे। एक तो शतरंज की बाज़ी जीतने की ख़ुशी थी (अपने घोड़े से उन्होंने जो मात दी थी, रास्ते में उसके बारे में सोचते हुए उन्हें बहुत ख़ुशी हो रही थी) दूसरे, उस रात ताज़ी बर्फ़ गिरी थी। सफ़ेद उजली ख़ामोशी में उन्हें अपने पैरों के नीचे बर्फ़ की किरिच-किरिच की कोमल आवाज़ बहुत मनोरम प्रतीत हो रही थी। 'आह ईश्वर...सब कुछ कितना ख़ूबसूरत है!' श्री रिब्का ने मन-ही-मन सोचा। बर्फ़ तले दबा शहर कितना छोटा, कितना प्राचीन दिखाई देता है। यह अजीब है, बर्फ़ हमेशा बहुत प्राचीन और क़स्बाती दिखाई देती है।

किरिच-किरिच...श्री रिब्का जानबूझकर पैरों की छाप से अलग साफ़ बर्फ़ पर चल रहे थे ताकि अपने पाँव तले बर्फ़ की किरिच-किरिच सुनने का आनन्द प्राप्त कर सकें। वह एक बग़ीचे से सटी निर्जन गली में रहते थे; अत: ज्यों-ज्यों वह आगे बढ़ते थे, दूसरे लोगों के पद-चिह्न कम होते जाते थे। एक घर के दरवाज़े के आगे उन्हें एक पुरुष के जूतों और स्त्री के सैंडिलों की छाप दिखाई दी। पति-पत्नी होंगे—शायद दोनों अभी बहुत जवान हैं?

श्री रिब्का ने स्निग्ध-भाव से सोचा, मानो वे युवा-दम्पती को अपनी शुभकामनाएँ दे रहे हों। फिर उसे बर्फ़ पर बिल्ली के पंजों के निशान दिखाई दिये...नन्हे फूलों-से। 'गुड नाइट, बिल्ली रानी', उसने मन-ही-मन कहा—फिर उसकी निगाहें दूसरी तरफ़ मुड़ गईं, जहाँ किसी पुरुष की गहरी और साफ़ पद-छाप दिखाई दे रही थी—सन्तुलित, सधे क़दमों की शृंखला। 'कोई अकेला पथिक रहा होगा...न जाने मेरे कौन से पड़ोसी के ये पद-चिह्न हैं?' श्री रिब्का ने कौतूहल से अनुमान लगाया। 'इस ओर इतने कम लोग आते हैं कि कभी-कभी लगता है कि हम ज़िन्दगी के अन्तिम हाशिए पर रह रहे हैं...' श्री रिब्का ने सोचा। घर पहुँचने पर गली सफ़ेद पंखों की चादर अपने चेहरे तक खींच लेगी...और तब दूर से देखने पर वह सिर्फ़ बच्चों के खिलौने-सी दिखाई देगी। अफ़सोस की बात है कि कल तड़के ही बुढ़िया अख़बारों का बंडल लेकर यहाँ आएगी—और बर्फ़ पर उसके पैरों की टेढ़ी-मेढ़ी छाप बिलकुल ख़रगोश के खुरों-सी...।

सहसा श्री रिब्का के पाँव ठिठक गए। जब वह सफ़ेद गली को पार करते हुए अपने मकान के गेट की ओर मुड़ रहे थे, उसी क्षण उन्हें अपने आगे वे पद-चिह्न दिखाई दिये थे। फ़ुटपाथ से उतरकर गली पार करते हुए वे उसके घर के दरवाज़े तक चले आए थे। 'इस घड़ी मेरे घर कौन आया होगा?' श्री रिब्का ने विस्मय से सोचा। उनकी आँखें उन अज्ञात क़दमों की छाप पर गड़ी रहीं—पाँच क़दम। गली के बीचोबीच बाएँ पैर की अन्तिम छाप स्पष्ट रूप से अंकित थी। उसके आगे सिर्फ़ बर्फ़ थी—साफ़ और अछूती बर्फ़—और कुछ भी नहीं।

'शायद मेरा दिमाग़ ख़राब हो गया है,' श्री रिब्का ने मन-ही-मन सोचा। 'सम्भव है, वह आदमी वापस फ़ुटपाथ पर मुड़ गया हो—लेकिन जहाँ तक दृष्टि जाती थी, फ़ुटपाथ सफ़ेद, कोमल बर्फ़ में लिपटा दिखाई देता था—बिना किसी पद-चिह्न के। सम्भव है, दूसरे फ़ुटपाथ पर इन क़दमों की छाप दिखाई देगी,' श्री रिब्का ने तनिक आश्चर्य से अनुमान लगाया। वह उन क़दमों के अधूरे पद-चिह्नों का चक्कर लगाते हुए दूसरे फ़ुटपाथ पर चले आए—

लेकिन वहाँ उन्हें एक भी निशान दिखाई नहीं दिया। सारी गली एक छोर से दूसरे छोर तक कोमल, अछूती बर्फ़ में चमक रही थी...एक उज्ज्वल सफ़ेदी, जिसे देखकर साँस रुकने-सी लगती है। जब से बर्फ़ गिरी थी, किसी के पैर वहाँ नहीं पड़े थे। 'यह अजीब है,' श्री रिब्का मन-ही-मन बुड़बुड़ाने लगे, 'वह व्यक्ति शायद अपने पैरों की छाप पर दोबारा क़दम रखता हुआ फ़ुटपाथ पर मुड़ गया है और गली के नुक्कड़ तक इसी विचित्र ढंग से अपने पैरों की छाप पर पैर रखता हुआ चलता गया है वरना मेरे सामने एक दिशा में चलते हुए पद-चिह्न क्यों दिखाई देते? लेकिन आख़िर उस आदमी ने ऐसा क्यों किया?' श्री रिब्का ने विस्मय से सोचा। 'और क्या यह मुमकिन है कि आदमी हू-ब-हू अपने पैरों की छाप पर पैर रखता हुआ वापस मुड़ता जाए?'

कुछ सोचते हुए उन्होंने सिर हिलाया और दरवाज़े का ताला खोलकर अपने घर में दाख़िल हो गए। न जाने क्या सोचकर वह कमरे में निगाहें दौड़ाने लगे...शायद भीतर कहीं बर्फ़ के निशान दिखाई दे जाएँ...हालाँकि वह स्वयं जानते थे कि यह असम्भव है। 'शायद मैंने देखने में ग़लती की है—श्री रिब्का कुछ व्यस्त-से होकर बुड़बुड़ा उठे और खिड़की से सिर बाहर निकालकर देखने लगे। लैम्प-पोस्ट के प्रकाश में वही पाँच क़दमों के स्पष्ट, तीखे निशान चमक रहे थे—गली के बीचोबीच और उसके परे कुछ भी नहीं। 'बकवास!' श्री रिब्का ने मन-ही-मन फ़ैसला किया और अपनी आँखें खिड़की से मोड़ लीं। 'किसी कहानी में मैंने बर्फ़ पर एक क़दम के पद-चिह्न के बारे में पढ़ा था लेकिन यहाँ तो क़दमों की पूरी श्रृंखला दिखाई दे रही है और उसके आगे सहसा—शून्य। आख़िर वह शख़्स कहाँ ग़ायब हो गया?'

आश्चर्य से सिर हिलाते हुए श्री रिब्का कपड़े बदलने लगे। अचानक वह ठिठक गए, टेलीफ़ोन के पास गए और पुलिस-इंस्पेक्टर को फ़ोन करने लगे, "हलो, इंस्पेक्टर बार्तोशेक?" उन्होंने गम्भीर स्वर में कहा, "यहाँ मुझे एक विचित्र-सी चीज़ दिखाई दी है...बहुत विचित्र। यदि आप किसी को यहाँ भेज सकें—बेहतर होगा, अगर आप ख़ुद आने का कष्ट कर सकें...ठीक है, मैं नुक्कड़ पर आपका इन्तज़ार करूँगा...नहीं, मेरे ख़याल में ख़तरे की कोई

बात नहीं है...मुझे डर है, कहीं कोई उन क़दमों की छाप को मिटा न दे...। किसके क़दम? ...वह मुझे नहीं मालूम, अच्छा—मैं आपकी प्रतीक्षा करूँगा।"

श्री रिब्का ने कपड़े पहने और दोबारा बाहर चले गए। सतर्कता से अपने को उन क़दमों की छाप से बचाते हुए वह गली के नुक्कड़ तक चले आए। फ़ुटपाथ पर अंकित उन पद-चिह्नों को वह होशियारी से देखने लगे ताकि कोई अनजाने में उन पर क़दम न रख दे। ठंड और उत्तेजना से उनकी देह काँप रही थी...गली के मोड़ पर वह इंस्पेक्टर बार्तोशेक की प्रतीक्षा करने लगे। चारों ओर घनी नीरवता थी...दूर क्षितिज के अन्तिम छोर तक निर्जन, सूनी धरती झिलमिला रही थी।

"कितनी ख़ामोशी है यहाँ!" इंस्पेक्टर ने उदास स्वर में कहा। "अभी-अभी एक गुंडे और एक पियक्कड़ से उलझकर आ रहा हूँ—छि:-छि:, कैसे लोग हैं! हाँ—तो फ़रमाइए, मुझे यहाँ क्यों बुलाया है?"

"इंस्पेक्टर साहब, ज़रा उन पैरों की छाप देखिए," श्री रिब्का ने काँपते स्वर में कहा, "यहाँ से बस ज़रा कुछ क़दम दूर..."

इंस्पेक्टर साहब ने अपनी टॉर्च जला ली, "कोई बहुत लम्बा आदमी रहा होगा...लम्बे क़दमों और पैरों की छाप से तो यही प्रतीत होता है," इंस्पेक्टर ने कहा, "जूते भी काफ़ी अच्छे रहे होंगे...हाथ के सिले हुए। क़दम बहुत साफ़ और सधे दिखाई देते हैं...इसलिए उसके पियक्कड़ होने की कोई सम्भावना नहीं। आपको कोई ख़राबी दिखाई देती है...पैरों के इन निशानों में?"

"इधर देखिए!" श्री रिब्का ने सड़क पर उन पद-चिह्नों की ओर इशारा किया, जो गली के बीचोबीच ख़त्म हो गए थे।

"अहा!" इंस्पेक्टर साहब छोटे क़दम लेते हुए उन अन्तिम क़दमों की छाप के पास आए और टॉर्च जलाकर उन्हें ध्यान से देखने लगे, "यह कुछ नहीं है," उन्होंने तुष्ट भाव से कहा, "साधारण, साफ़ पैरों के निशान! आदमी का बोझ एड़ियों पर पड़ता है...अगर वह आदमी अगला क़दम लेता या छलाँग मारता, तो उसका बोझ अवश्य पैरों के अग्रिम भाग पर पड़ता... और उसका निशान साफ़ दिखाई दे जाता। समझे?"

"इसका मतलब है..." श्री रिब्का ने उत्तेजित स्वर में कहा।

"हाँ...इसका मतलब है कि वह आदमी आगे नहीं गया," इंस्पेक्टर ने शान्त स्वर में कहा।

"फिर वह कहाँ गया?" रिब्का का स्वर एकदम बर्फ़ीला-सा हो आया।

इंस्पेक्टर ने कन्धे सिकोड़ लिये, "यह मुझे नहीं मालूम। आपको उस आदमी पर कोई सन्देह है?"

"कैसा सन्देह?" श्री रिब्का ने आश्चर्य से कहा, "मैं सिर्फ़ यह जानना चाहता हूँ कि वह आदमी आख़िर कहाँ गया? ज़रा देखिए—यह उसके आख़िरी क़दम का निशान है। उसने अपना अगला क़दम कहाँ रखा? आगे कोई दूसरा निशान दिखाई नहीं देता।"

"यह तो मैं भी देख सकता हूँ।" इंस्पेक्टर ने रूखे स्वर में कहा, "लेकिन वह आदमी कहाँ गया, इससे आपको क्या लेना-देना? क्या वह कोई आपके घर का आदमी था? या आप किसी आदमी को ढूँढ़ रहे हैं? अगर नहीं...तो ख़ुदा के वास्ते आप क्यों फ़िक्र कर रहे हैं कि वह कहाँ गया? आपकी बला से!"

"लेकिन कम-से-कम पता तो चलना चाहिए!" श्री रिब्का ने कहा, "कहीं ऐसा तो नहीं है कि वह अपने पैरों की छाप पर दोबारा पैर रखता हुआ वापस मुड़ गया हो?"

"असम्भव!" इंस्पेक्टर बुड़बुड़ा उठा, "जब आदमी वापस चलता हुआ छोटे क़दम रखता है—अपना सन्तुलन बनाए रखने के लिए। इसके अलावा वह टाँगों को ज़्यादा ऊँचे नहीं उठाता जिसके कारण बर्फ़ पर एड़ियों के पूरे निशान अंकित हो जाते हैं। नहीं जनाब—आप जो ये निशान देखते हैं, इन पर सिर्फ़ एक बार पैर रखे गए हैं। आप ज़रा ध्यान से देखिए...पैरों की छाप कितनी तीखी और साफ़ है!"

"लेकिन अगर वह वापस नहीं मुड़ा," श्री रिब्का का स्वर सहसा बोझिल हो उठा, "तो आख़िर वह कहाँ खो गया?"

"यह उसका अपना मामला है।" इंस्पेक्टर साहब ने बुड़बुड़ाते हुए कहा, "जब तक कोई क़ानूनी गड़बड़ नहीं हो, हमें उसके निजी मामलों में उलझने का कोई अधिकार नहीं है। हमें उसकी तरफ़ से कोई रिपोर्ट मिलनी चाहिए...उसके बाद ही हम कोई पूछताछ, छानबीन कर सकते हैं।"

"लेकिन अगर कोई शख़्स गली के बीचोबीच ग़ायब हो जाए तो?" श्री रिब्का ने दहशत-भरी आवाज़ में कहा।

"जनाब...उसके लिए आपको सब्र से इन्तज़ार करना होगा।" इंस्पेक्टर ने शान्त स्वर में श्री रिब्का को सलाह दी, "अगर कोई आदमी लापता हो गया है, तो कुछ दिनों बाद उसके कुनबे-कुटुंब के लोग या कोई दूसरा आदमी हमें इसकी ख़बर ज़रूर देगा। फिर हम उसकी तलाश करेंगे। जब तक कोई उसके बारे में शक-शुबहा नहीं उठाता, हम कुछ भी नहीं कर सकते। कोई और चारा नहीं है।"

श्री रिब्का के भीतर अजीब-सा ग़ुस्सा उमड़ने लगा, "माफ़ कीजिए!" उन्होंने तनिक तीखे स्वर में कहा, "मैं तो समझता था कि पुलिस को इस भेद का पता चलाने में थोड़ी-बहुत दिलचस्पी अवश्य होगी कि सड़क पर चलता हुआ एक शान्तिप्रिय व्यक्ति कैसे अचानक गली के बीचोबीच ग़ायब हो गया!"

"उसे कुछ भी नहीं हुआ है—उस आदमी को!" श्री बार्तोशेक ने उन्हें धीरज बँधाते हुए कहा, "यहाँ किसी लड़ाई-झगड़े के कोई निशान नहीं दिखाई देते। अगर किसी ने उस पर अचानक हमला किया होता, या उसे अपने साथ भगा ले जाने की चेष्टा की होती...तो बर्फ़ पर उसके निशान साफ़ दिखाई दे जाते। मुझे अफ़सोस है जनाब...मुझे यहाँ ऐसी कोई चीज़ दिखाई नहीं देती, जिसमें मैं दख़ल दे सकूँ।"

"लेकिन इंस्पेक्टर साहब!" श्री रिब्का ने हाथ हिलाते हुए कहा, "कम-से-कम इसका भेद तो खुलना चाहिए...आख़िर यह रहस्य क्या है?"

"रहस्य तो है ही!" इंस्पेक्टर बार्तोशेक ने गम्भीर मुद्रा में अपनी सहमति जतलाते हुए कहा, "साहब, दुनिया में कौन-सी चीज़ है जो रहस्य नहीं है?

हर मकान, हर परिवार एक रहस्य है। जब मैं यहाँ आ रहा था, रास्ते में मुझे एक मकान की खिड़की से किसी स्त्री के सुबकने का स्वर सुनाई दिया था। लेकिन जनाब...रहस्यों से हमें कुछ लेना-देना नहीं। हमें वेतन मिलता है ताकि हम व्यवस्था क़ायम रख सकें। क्या आप सोचते हैं कि हम चोरों का पीछा किसी कौतूहलवश करते हैं? नहीं जनाब—हम उनका पीछा इसलिए करते हैं कि उन्हें पकड़कर ताले में बन्द कर सकें। व्यवस्था होनी चाहिए!"

"यही तो मैं भी कह रहा था।" श्री रिब्का ने तनिक उत्तेजित स्वर में कहा, "आख़िर आप मानते हैं न कि व्यवस्था क़ायम नहीं रह सकती अगर कोई आदमी गली के बीचोबीच...एक मिनट के लिए मान लीजिए—गली में चलता हुआ कोई आदमी सहसा हवा में लीन हो जाए?"

"यह तो उस परिस्थिति पर निर्भर करता है," इंस्पेक्टर ने कहा। "अगर यह आशंका हुई कि एक ख़ास ऊँचाई से नीचे गिरने पर उस आदमी के लिए ख़तरा उत्पन्न हो सकता है, तो पुलिस उसे अवश्य चेतावनी देगी। पहले चेतावनी और बाद में जुर्माना। अगर वह आदमी स्वयं अपनी इच्छा से ऊपर जाना चाहता है तो पुलिस उसे सुरक्षा का पास लेने के लिए मजबूर कर सकती है। लेकिन यहाँ शायद पुलिस का कोई सिपाही उस समय मौजूद नहीं था—वरना उसके जूतों के निशान साफ़ दिखाई दे जाते," इंस्पेक्टर ने खेद-भरे स्वर में कहा, "लेकिन यह भी मुमकिन है कि वह आदमी किसी दूसरे ढंग से ऊपर चला गया हो!"

"किस ढंग से?" श्री रिब्का ने उतावले स्वर में पूछा।

"कुछ भी कहना मुश्किल है," इंस्पेक्टर बार्तोशेक ने सिर हिलाते हुए कहा। उसके स्वर में हल्का-सा अनिश्चय था, "सम्भव है, कोई देवदूत उसे उड़ा ले गया हो या 'जैकब की सीढ़ी' पर चढ़ता हुआ वह ऊपर चला गया हो! अगर देवदूत ज़ोर-ज़बरदस्ती करके उस आदमी को ऊपर ले गया हो तो उसने अवश्य उठाईगीरी का अपराध किया है। लेकिन मेरा ख़याल है कि देवदूत प्रायः आदमी की सम्मति से ही ऐसा काम करते हैं। यह भी सम्भव है कि वह आदमी उड़ना जानता हो। क्या कभी आपको ऐसा महसूस नहीं

हुआ कि आप उड़ रहे हैं? बस, ज़रा हवा में टाँगें उठाईं और उड़ने लगे! कुछ लोग तो गुब्बारों की तरह उड़ते हैं...लेकिन मैं...मैं जब कभी सपने में उड़ता हूँ, मुझे हमेशा अपनी टाँगें ज़मीन से ऊपर उठाए रखने की कोशिश करनी पड़ती है...मेरे भारी कपड़ों और तलवार के बोझ के कारण शायद मुझे ऐसा महसूस होता है। बहुत सम्भव है, वह आदमी सो गया हो और सपने में उड़ने लग गया हो। लेकिन साहब—यह कोई ग़ैरक़ानूनी काम नहीं है। बेशक चलती-फिरती सड़क पर कांस्टेबल उसे अवश्य सावधान कर देगा। लेकिन ज़रा ठहरिए—शायद यह कोई उड़गन-विद्या हो। ये आत्मावादी लोग उड़गन-विद्या में बड़ा विश्वास रखते हैं। लेकिन आत्मावाद भी ग़ैरक़ानूनी नहीं है। मैं एक सज्जन को जानता हूँ—श्री बॉन्डीस। उन्होंने ख़ुद अपनी आँखों से देखा कि कैसे एक आदमी आत्मा की शक्ति से हवा में लीन हो गया। उसका भेद कोई नहीं जानता।"

"लेकिन जनाब, आप शायद ख़ुद इन चीज़ों में विश्वास नहीं करते।" श्री रिब्का ने तनिक उलाहने-भरे स्वर में कहा, "क़ुदरत के क़ानूनों को भला कौन तोड़ सकता है!"

श्री बार्तोशेक ने बोझिल भाव से कन्धे सिकोड़ लिये, "मैं ख़ूब जानता हूँ साहब...लोग हर क़िस्म के क़ानून और नियम तोड़ने में कितने माहिर होते हैं। अगर आप पुलिस में होते तो आप इन चीज़ों के बारे में शायद कुछ अधिक जान सकते।" इंस्पेक्टर ने हाथ हिलाते हुए कहा, "मैंने इतना सब देखा-सुना है कि अगर लोग क़ुदरती नियमों को भी तोड़ने लगें, तो मुझे कोई ख़ास हैरानी नहीं होगी। यह दुनिया गुंडे-लुटेरों से भरी है। अच्छा, साहब...मैं चला।"

"ज़रा ठहरिए...मेरे घर चलकर अगर आप एक गिलास चाय...या ब्रांडी..." श्री रिब्का ने कहा।

"क्यों नहीं!" इंस्पेक्टर साहब ने ग़मगीन भाव से कहा, "आप जानते ही हैं कि हम लोग इस वर्दी में किसी पब में भी नहीं जा सकते। शायद यही वजह है कि पुलिस के लोग इतना कम पीते हैं।"

"आप रहस्य की बात कर रहे थे," सोफ़ा पर बैठकर इंस्पेक्टर अपने बूटों की नोक पर जमी बर्फ़ को देखते हुए गम्भीर मुद्रा में बोले, "निन्यानवे प्रतिशत लोग पैरों के इन निशानों के सामने गुज़र जाते और उनका ध्यान भी इस ओर न जाता। आप अपनी ही बात लें...सौ में से निन्यानवे चीज़ें रहस्य में छिपी होती हैं लेकिन क्या कभी आपका ध्यान उनकी ओर जाता है? हम उनके बारे में कुछ भी नहीं जानते। सिर्फ़ कुछ चीज़ें हैं जो रहस्यपूर्ण नहीं हैं। क़ानून और व्यवस्था रहस्यपूर्ण नहीं है। न्याय़ रहस्यपूर्ण नहीं है। पुलिस भी रहस्यपूर्ण नहीं है। लेकिन सड़क पर चलता हुआ हर आदमी रहस्यपूर्ण है क्योंकि उसके बारे में हम कभी कुछ नहीं जान सकेंगे। ज्योंही वह कोई चीज़ चुराएगा, उसका रहस्य ख़त्म हो जाएगा और हम उसे जेलख़ाने में बन्द कर देंगे। कम-से-कम तब हम यह तो जान लेंगे कि वह करता क्या है। दरवाज़े के सूराख़ से—हम जब चाहें—उसे देख सकते हैं। आपने अक्सर अख़बारों में देखा होगा...ये जर्नलिस्ट लोग क्या लिखते हैं : 'एक स्त्री की रहस्यमय मृत्यु!' मैं आपसे पूछता हूँ, इसमें रहस्य की क्या बात है? अगर हमारे हाथों में उसकी लाश पड़ जाती, तो हम चुटकी में सब पता चला लेते। पहले हम उस औरत की लम्बाई-चौड़ाई नाप लेते, फिर उसका फ़ोटो खींचते और बाद में लाश की चीड़फाड़ करते। हम उसके बारे में छोटी-से-छोटी चीज़ का पता चला लेते...अन्तिम बार उसने क्या खाया था, किस चीज़ से, कहाँ और कैसे मरी...वग़ैरह। इसके अलावा यह पता चलाने में भी देर न लगती कि किसी ने रुपया हड़पने की ख़ातिर उसकी हत्या की है। सब कुछ बिलकुल साफ़ प्रकट हो जाता...जी हाँ—मुझे तेज़ चाय पसन्द है। कोई ऐसा अपराध नहीं है साहब—जो बिलकुल साफ़ और स्पष्ट न हो। कम-से-कम हम उसके कारण या उद्देश्य का पता तो आसानी से चला सकते हैं। उसमें रहस्यमय कुछ भी नहीं है। यदि कोई चीज़ रहस्यमय है तो यह कि आपकी ज़िन्दगी किस ख़याल में डूबी है या आपकी नौकरानी सपने में किसे देखती है या आपकी पत्नी इतनी ख़ामोश मुद्रा में खिड़की से बाहर क्यों देख रही है। ग़ैरक़ानूनी अपराधों के अलावा जितनी चीज़ें हैं, वे सब रहस्यमय हैं।

कोई भी अपराध आख़िर हक़ीक़त का ही एक हिस्सा है...एक ऐसा क्षेत्र, जिसके बारे में हम कुछ-न-कुछ अवश्य जानते हैं। ज़रा देखिए...अगर यहाँ पुलिस छानबीन करे, तो मैं आपके बारे में कुछ-न-कुछ अवश्य जान लूँगा लेकिन इस समय मैं आराम से अपने जूतों को देख रहा हूँ क्योंकि सरकारी तौर से मुझे आपसे कुछ लेना-देना नहीं। जब तक हमें आपके बारे में कोई रिपोर्ट न मिले, हमें आपमें कोई दिलचस्पी नहीं होगी," इंस्पेक्टर ने गर्म चाय की चुस्कियाँ लेते हुए कहा।

"लोगों को यह अजीब ग़लतफ़हमी है कि पुलिस...विशेष कर गुप्तचर विभाग की पुलिस—रहस्यों का पता चलाती है!" इंस्पेक्टर बार्तोशेक ने कुछ देर बाद कहा, "लेकिन हम रहस्यों की रत्ती-भर परवाह नहीं करते। हमें केवल उन चीज़ों में दिलचस्पी है, जो अनुचित हैं। हमें अपराध का पता चलाने में इसलिए दिलचस्पी नहीं है कि वह रहस्यमय है—बल्कि इसलिए कि वह निषिद्ध है। हम किसी गुंडे-बदमाश का पीछा बौद्धिक उद्देश्यों से नहीं करते। हम उसका पीछा इसलिए करते हैं कि क़ानून के नाम पर उसे जेलख़ाने में बन्द कर सकें। सुनिए...जमादार झाड़ू लेकर सड़क पर इसलिए नहीं घूमता कि वहाँ मिट्टी पर लोगों के पद-चिह्न पढ़ सके बल्कि उसका काम सिर्फ़ उस गन्दगी और कूड़े को साफ़ कर देना है, जिसे ज़िन्दगी अपने पीछे छोड़ जाती है। नहीं जनाब...व्यवस्था क़ायम करने का काम ज़रा भी रहस्यमय नहीं है। वह एक गन्दा काम है। लेकिन जो भी आदमी सफ़ाई करता है, उसे अपना हाथ गन्दगी में डालना होगा। किसी-न-किसी आदमी को तो यह काम करना ही होगा," इंस्पेक्टर ने ग़मगीन लहज़े में कहा, "उसी तरह जैसे गाय के बछड़े को मारना। यह ज़रूरी है। लेकिन अगर कोई बेचारे बछड़े को महज़ कौतूहलवश मारता है, तो यह क्रूरता है। यह काम केवल पेशेवर आदमी ही कर सकता है। जब आदमी यह समझ लेता है कि उसे कोई काम कर्तव्यवश करना ही है, तो उसे कम-से-कम उस काम को करने का अधिकार मिल जाता है। देखिए न, न्याय-व्यवस्था उतनी ही असन्दिग्ध होनी चाहिए जितनी गणित में गुणा-प्रणाली। मुझे नहीं मालूम कि आप यह प्रमाणित कर सकते हैं

या नहीं कि हर तरह की चोरी ख़राब होती है लेकिन मैं यह ज़रूर प्रमाणित कर सकता हूँ कि हर तरह की चोरी निषिद्ध है—क्योंकि किसी भी हालत में मैं चोर को पकड़ लूँगा। अगर आप सड़क पर मोती फेंकने लगें, तो आपको कांस्टेबल सतर्क कर देगा कि आप सड़क गन्दी कर रहे हैं लेकिन यदि आप किसी तरह का चमत्कार दिखाने लगें, तो फिर आप हमारे चंगुल से नहीं बच सकेंगे। आप पर फ़ौरन यह अभियोग लगा दिया जाएगा कि आप लोगों में अशान्ति पैदा कर रहे हैं या सड़क पर ग़ैरक़ानूनी तौर से लोगों की भीड़ इकट्ठा कर रहे हैं। ज़रा-सी भी कहीं गड़बड़ हो, हम फ़ौरन कोई-न-कोई डिक्री जारी कर सकते हैं।"

"लेकिन इंस्पेक्टर साहब..." श्री रिब्का ने तनिक असन्तुष्ट और अधीर स्वर में कहा, "क्या इतना ही कह देने से काम चल जाएगा? लेकिन आप इस अजीब चीज़ के बारे में क्या कहेंगे? इतनी रहस्यमय घटना...और आप..."

श्री बार्तोशेक ने चुपचाप कन्धे सिकोड़ लिये। "मुझे इसमें कोई दिलचस्पी नहीं है। अगर आप चाहें तो मैं पैरों के इन निशानों को साफ़ करवा दूँगा...तब आप कम-से-कम रात को आराम से सो सकेंगे। इससे अधिक मैं और कुछ नहीं कर सकता। आप कुछ सुन रहे हैं? पैरों की चाप? ये गश्त करनेवाले सिपाही हैं। क्या बजा है? दो बज के सात मिनट! अच्छा, साहब, मैं चला।"

श्री रिब्का इंस्पेक्टर साहब को गेट तक छोड़ने के लिए आए। गली के बीचोबीच बर्फ़ पर अब भी पैरों के वे अधूरे और अज्ञात चिह्न दिखाई दे रहे थे। दूसरे फ़ुटपाथ से सन्तरी आता दिखाई दिया।

"मिमरो!" इंस्पेक्टर ने उसे बुलाया, "कोई नई चीज़ दिखाई दी?"

सन्तरी मिमरो ने इंस्पेक्टर को सलाम दिया, "ख़ास कुछ नहीं जनाब! सत्रह नम्बर के आगे एक बिल्ली चीख़ रही थी। मैंने घंटी बजाई ताकि वे उसे घर के भीतर ले जाएँ। नौ नम्बर का गेट बन्द नहीं था। गली के मोड़ पर सड़क की खुदाई हो रही है लेकिन उन्होंने वहाँ लालटेन नहीं लगाई। पंसारिन मार्शीका ने दुकान के एक तरफ़ एक बोर्ड टाँगा है...सुबह उसे उतार देना होगा वरना वह किसी के सिर पर आ गिरेगा।"

"बस, इतना ही?"

"जी जनाब!" सन्तरी मिमरो ने उत्तर दिया, "सुबह तड़के ही फ़ुटपाथ साफ़ करवाने होंगे ताकि कोई बर्फ़ पर फिसलकर अपनी टाँग न तोड़ ले। छह बजते ही हर जगह घंटी बजानी होगी..."

"अच्छा, ठीक है।" इंस्पेक्टर बार्तोशेक ने कहा, "तुम जा सकते हो।"

श्री रिब्का की निगाहें एक बार फिर बर्फ़ पर अंकित उन अजाने पद-चिह्नों पर पड़ गईं। लेकिन उस जगह—जहाँ पैरों की अन्तिम छाप थी, उसके आगे अब सन्तरी मिमरो के पुलिस-बूटों के दो स्पष्ट निशान दिखाई दे रहे थे। वे निशान साफ़, नियमित रूप से गली के छोर तक चलते गए थे।

"ईश्वर भला करे!" श्री रिब्का ने लम्बी साँस ली और फिर वह सोने चले गए।

कच्चा रंग

"मेरा ख़याल है," श्री टॉसिग ने कहा, "जब हम चोरी या हत्या-जैसे अपराधों की चर्चा करते हैं, तो हमें अपने देश के बारे में सबसे पहले सोचना चाहिए। पालर्मो या किसी दूसरे शहर में क्या हुआ, मुझे इसमें क़तई दिलचस्पी नहीं है। असली ख़ुशी तो मुझे उस समय होती है, जब हमारे अपने शहर प्राग में कोई अव्वल नम्बर का अपराध करता है। मैं तब सोचने लगता हूँ कि सारी दुनिया में अब हमारे शहर की चर्चा होगी और इससे मेरे अहं को शान्ति-सी मिलती है। एक बात और भी ध्यान देने लायक़ है—शहर के जिस इलाक़े में इस तरह की कोई दुर्घटना होती है, उस इलाक़े के व्यापार-कारोबार में तरक़्क़ी होने लगती है। यह ख़ुशहाली की निशानी है और दूसरे लोगों में विश्वास उत्पन्न होता है—बेशक यह तभी होता है जब अपराधी पकड़ में आ जाए।

"पता नहीं, आप उस वारदात के बारे में जानते हैं जो लम्बी गली में बूढ़े हिर्श के साथ गुज़री थी। वहाँ उसकी खालों की दुकान थी लेकिन कभी-कभी वह ईरानी कालीन और पूर्वी देशों की अन्य चीज़ें भी बेचा करता था। पिछले कई वर्षों से उसका बिज़नेस कौंस्टेंटीनोपल में चल रहा था।

प्राग आने पर उसके पेट में कोई गड़बड़ पैदा हो गई जिसके कारण उसकी देह मरे हुए चूहे की तरह पतली-दुबली हो गई थी...रंग भी चमड़े की तरह हो गया था। अर्मीनिया या स्मीरना से जो सौदागर यहाँ कालीन बेचने आते थे, वे अक्सर उसकी दुकान में जाते थे। वह उनकी गुप्त भाषा अच्छी तरह समझ लेता था। ये अर्मीनियाई सौदागर अव्वल नम्बर के ठग होते हैं—यहूदियों को भी उनसे सावधान रहना पड़ता है। हिर्श की दुकान की निचली मंज़िल में खालें पड़ी रहती थीं—वहाँ एक टेढ़ा-मेढ़ा ज़ीना उसके दफ़्तर को जाता था। दफ़्तर के पिछवाड़े एक कमरे में वह रहा करता था। उस कमरे में उसकी पत्नी दिन-रात बैठी रहा करती थी। श्रीमती हिर्श इतनी मोटी थीं कि एक क़दम चलते ही उनकी साँस फूलने लगती थी।

"एक दिन दोपहर के समय दुकान का एक कर्मचारी ऊपर दफ़्तर में आया। उसे श्री हिर्श से सिर्फ़ यह पूछना था कि बर्नी के एक व्यापारी बेल को खालें उधार पर भेजी जानी चाहिए या नहीं। किन्तु श्री हिर्श अपने दफ़्तर में नहीं थे। यह अजीब बात थी किन्तु कर्मचारी ने सोचा कि शायद वह कुछ देर के लिए दूसरे कमरे में श्रीमती हिर्श के पास गए हों। कुछ देर बाद नौकरानी दुकान में श्री हिर्श को भोजन के लिए बुलाने आई। 'खाने के लिए?' कर्मचारी ने आश्चर्य से नौकरानी को देखा, 'लेकिन हिर्श साहब तो अपने घर में ही हैं।'...'घर में कैसे हो सकते हैं?' नौकरानी ने व्यंग्यपूर्ण स्वर में कहा, 'श्रीमती हिर्श सुबह से अपने कमरे में बैठी हैं...अगर वह घर में होते, तो क्या उन्हें पता न चलता?'...'लेकिन हमने भी उन्हें सुबह से नहीं देखा—क्यों वासलाव? (वासलाव दुकान का नौकर था) दस बजे के क़रीब मैं चिट्ठियाँ लेकर उनके पास गया था,' कर्मचारी ने कहा, 'श्री हिर्श ने मुझे वापस यहाँ भेज दिया ताकि मैं लैम्बर्गर को उन खालों के बारे में दोबारा याद दिला सकूँ। उसके बाद मुझे हिर्श साहब का अता-पता कुछ नहीं मालूम।' 'भगवान बचाए!' नौकरानी ने कहा, 'वह दफ़्तर में भी नहीं हैं...कहीं होकर बाहर तो नहीं चले गए?'...'अगर वह दुकान से बाहर जाते, तो हम फ़ौरन उन्हें देख लेते—क्यों वासलाव? शायद वह अपने घर के दरवाज़े से बाहर गए हों?'...

'यह कैसे हो सकता है?' नौकरानी ने कहा, 'श्रीमती हिर्श भला उन्हें न देख लेतीं?'...'अच्छा, सुनो!' दुकान के कर्मचारी ने कहा, 'जब अन्तिम बार मैंने उन्हें देखा था, वह ड्रेसिंग गाउन और चप्पल पहने थे। भीतर जाकर पता चलाओ कि उनके जूते, गोलोश और ओवरकोट कमरे में हैं या नहीं।' आप जानते हैं, वह नवम्बर का महीना था और दिन-रात बारिश होती रहती थी। 'अगर वह बाहर गए हैं, तो अवश्य इन्हें अपने साथ ले गए होंगे।' कर्मचारी ने कहा, 'लेकिन अगर ये चीज़ें घर में ही हैं, तो वह भी अवश्य घर में ही होंगे...क्यों, ठीक है न?'

"नौकरानी भागती हुई ऊपर गई। कुछ देर बाद जब वह वापस आई, भय से उसका मुँह पीला पड़ गया था। 'भगवान ही बचाए...मि. ह्यूगो!' उसने दुकान के कर्मचारी से कहा, 'हिर्श साहब अपने जूते वग़ैरह सब कमरे में छोड़ गए हैं। श्रीमती हिर्श कह रही थीं कि वह घर के दरवाज़े से बाहर नहीं गए क्योंकि वहाँ से बाहर जाने के लिए उनके कमरे से गुज़रना पड़ता है। अगर श्री हिर्श वहाँ से बाहर जाते, तो वह उन्हें अवश्य देख लेतीं।'...'लेकिन वह दुकान के दरवाज़े से भी बाहर नहीं गए।' कर्मचारी ने कहा, 'दरअसल आज वह दुकान में आए ही नहीं। पत्रों को देखने के लिए उन्होंने मुझे अपने ऑफ़िस में ही बुलवा लिया था। वासलाव, ज़रा जाकर देखो, माजरा क्या है?' वे सबसे पहले दफ़्तर में आए। वहाँ हर चीज़ पूर्ववत् क़रीने से रखी थी। उन्हें कोने में चन्द कालीन दिखाई दिये, डेस्क पर लैम्बर्गर के नाम एक अधूरा पत्र लिखा पड़ा था और डेस्क पर अब भी बत्ती जल रही थी। 'यह निश्चित है कि श्री हिर्श कहीं बाहर नहीं गए।' दुकान-कर्मचारी ह्यूगो ने कहा, 'बाहर जाने से पहले वह हमेशा बत्ती बुझा देते हैं। वह कहीं-न-कहीं अपने फ़्लैट में होंगे।' फिर उन्होंने सारे फ़्लैट की छानबीन करनी शुरू की लेकिन उन्हें श्री हिर्श कहीं भी दिखाई नहीं दिये। अपनी आराम-कुर्सी पर बैठी हुई श्रीमती हिर्श फूट-फूटकर रोने लगीं। उन्हें देखकर लगता था (ह्यूगो ने बाद में किसी से कहा), मानो जेली का मोटा-सा लोंदा इधर-उधर डोल रहा हो। 'श्रीमती हिर्श—आप इस तरह रोएँ-चिल्लाएँ नहीं।'

ह्यूगो ने कहा, 'आप जानते हैं, इन नौजवान यहूदियों की व्यावहारिक सूझ-बूझ कितनी तेज़ होती है। आप घबराएँ नहीं...' उसने श्रीमती हिर्श को दिलासा देते हुए कहा, 'हिर्श साहब कहीं भाग नहीं सकते क्योंकि आजकल बिज़नेस तेज़ी पर है। इसके अलावा उन पर किसी बड़े क़र्ज़ का बोझ भी नहीं है। वह यहीं कहीं होंगे। अगर वह शाम तक नहीं आते, तो हम पुलिस को इत्तला कर देंगे—लेकिन उससे पहले नहीं। श्रीमती हिर्श, आप जानती हैं किसी तरह का गुल-गपाड़ा बिज़नेस के लिए अच्छा नहीं है।'

"हाँ—तो शाम तक उन्होंने हिर्श साहब का पता चलाने में कोई कसर नहीं उठा रखी—लेकिन उनका कहीं नाम-निशान भी दिखाई नहीं दिया। अँधेरा होने पर ह्यूगो ने रोज़ की तरह दुकान बन्द की—फिर पुलिस-स्टेशन जाकर यह सूचना दी कि श्री हिर्श सुबह से लापता हैं। पुलिस के गुप्तचरों ने श्री हिर्श के मकान का कोना-कोना छान डाला किन्तु उन्हें एक भी ऐसा सुराग़ न मिल सका जो किसी तरह उनकी मदद कर सके। उन्होंने फ़र्श का अच्छी तरह निरीक्षण किया ताकि ख़ून का कोई निशान मिल सके लेकिन वहाँ उन्हें कुछ भी दिखाई नहीं दिया। आरज़ी तौर पर उन्होंने दफ़्तर पर मुहर लगा दी। फिर उन्होंने श्रीमती हिर्श और अन्य कर्मचारियों से—सुबह से शाम तक जो कुछ हुआ था—उसके बारे में जिरह करनी शुरू की। सबने यही कहा कि उन्हें उस दिन कोई भी ऐसी चीज़ दिखाई नहीं दी जिसे सन्दिग्ध या असाधारण कहा ज़ा सके। सिर्फ़ श्री ह्यूगो ने उन्हें यह बताया कि सुबह नौ बजे के क़रीब एक व्यापारी श्री लैबेदा आए थे। हिर्श साहब से दस मिनट बातचीत करने के बाद वह वापस चले गए। उन्होंने श्री लैबेदा को ढूँढ़ना शुरू किया। वह उन्हें ब्रिस्टल काफ़े में पोकर खेलते हुए दिखाई दिये। उन्हें देखते ही श्री लैबेदा घबराकर 'पूल' को छिपाने की कोशिश करने लगे। लेकिन गुप्तचर ने उनसे कहा, 'लैबेदा साहब, आज हम आपको पोकर के लिए पकड़ने नहीं आए। आपको मालूम है, श्री हिर्श आज सुबह से ग़ायब हैं। आपसे वह आख़िरी बार मिले थे।' श्री लैबेदा ने यह स्वीकार किया कि वह सुबह श्री हिर्श से मिलने आए थे लेकिन श्री हिर्श के लापता हो जाने के बारे में उन्हें कुछ भी मालूम नहीं था।

वह श्री हिर्श से फ़ीतों इत्यादि के बारे में कुछ पूछताछ करने आए थे—लेकिन मुलाक़ात के वक़्त उन्हें कोई भी ऐसी चीज़ दिखाई नहीं दी जिस पर सन्देह किया जा सके। हाँ—यह सही है कि श्री हिर्श पहले से अधिक दुबले-पतले दिखाई दे रहे थे। 'आप कुछ बीमार-से दिखाई देते हैं, हिर्श साहब।' श्री लैबेदा ने उनसे कहा था। 'आपकी बात ठीक है।' गुप्तचर ने उनसे कहा, "लेकिन अगर हम मान भी लें कि श्री हिर्श महज़ हड्डियों का ढाँचा थे, तो भी यह मानना मुश्किल है कि वह हवा में ग़ायब हो सकते हैं। कम-से-कम कुछ हड्डियाँ या दाँत तो पीछे छूट ही जाते...क्यों? कोई उन्हें अपने अटैची-केस में बन्द करके तो ले नहीं जा सकता?'

"लेकिन जैसा आप देखेंगे, आख़िर में जाकर यह क़िस्सा एक बिलकुल नया मोड़ लेता है। आपने रेलवे-स्टेशन के क्लॉक-रूम तो देखे ही होंगे जहाँ यात्री अपने सन्दूक़, सूटकेस और न जाने कैसी-कैसी चीज़ें छोड़ जाते हैं। श्री हिर्श के लापता हो जाने के दो दिन बाद की घटना है। क्लॉक-रूम के माल-असबाब की देखरेख करनेवाली महिला ने उस दिन एक कुली से कहा कि भीतर एक सन्दूक़ रखा है, जिसकी शक्ल-सूरत उसे कुछ अजीब-सी लग रही है। 'पता नहीं क्यों...' उस महिला ने कहा, 'इस सन्दूक़ को देखते ही मेरी देह में झुरझुरी-सी दौड़ने लगती है।' कुली ने सन्दूक़ को अच्छी तरह देख-सूँघकर कहा, 'आपको इसके बारे में रेलवे-पुलिस में रिपोर्ट करनी चाहिए।' पुलिस ने वहाँ आकर अपना कुत्ता छोड़ दिया। सन्दूक़ को सूँघते ही कुत्ते के रोयें खड़े हो गए और वह ऊँचे स्वर में भौंकने लगा। पुलिस को यह समझते देर न लगी कि दाल में कुछ काला है। उन्होंने सन्दूक़ खोला... भीतर श्री हिर्श की लाश रखी थी—ड्रेसिंग गाउन, चप्पलों वग़ैरह समेत। पेट की गड़बड़ उन्हें पहले से थी, इस अवस्था में वह और भी अधिक दयनीय दीख रहे थे। गले पर रस्सी का गहरा निशान था। ज़ाहिर था, उन्हें गला घोंटकर मारा गया था। किन्तु सबसे दिलचस्प प्रश्न यह था कि किस तरह वह अपनी ड्रेसिंग गाउन और चप्पलों समेत सन्दूक़ में ठूँसकर रेलवे-स्टेशन तक पहुँचाए गए?

"आख़िर यह केस पुलिस-सुपरिंटेंडेंट मैज़लिक के हवाले कर दिया गया। लाश देखते ही उनकी आँखें उन लाल-नीले धब्बों पर जा गड़ीं, जो श्री हिर्श के चेहरे और हाथों पर पड़े थे। श्री हिर्श का रंग स्याह था इसलिए इन धब्बों ने मैज़लिक को आश्चर्य में डाल दिया। 'लाश सड़ने की यह अजीब निशानी है।' श्री मैज़लिक ने मन-ही-मन सोचा। उन्होंने अपने रूमाल से धब्बे पोंछने की चेष्टा की...उन्हें यह देखकर और भी अधिक आश्चर्य हुआ कि धब्बे धीरे-धीरे मिटते जा रहे हैं। 'अजीब चीज़ है!' उन्होंने गुप्तचरों से विस्मय-भरे स्वर में कहा, 'मुझे तो यह किसी तरह का रंग जान पड़ता है। एक बार फिर मुझे हिर्श साहब के दफ़्तर का मुआयना करना पड़ेगा।'

"दफ़्तर में सबसे पहले उन्होंने यह खोजने की चेष्टा की कि वहाँ किसी तरह के कोई रंग तो नहीं हैं...लेकिन वहाँ उन्हें कहीं कोई रंग नहीं मिला। अचानक श्री मैज़लिक की निगाह कोने में लिपटे ईरानी कालीनों पर जा पड़ी। उन्होंने गट्ठर से एक कालीन बाहर निकाला और रूमाल को गीला करके कालीन के नीले पैटर्न पर रगड़ने लगे। रूमाल पर एक नीला धब्बा पड़ गया। 'ये बिलकुल घटिया कालीन हैं।' सुपरिंटेंडेंट ने कहा और फिर वह दफ़्तर की अन्य चीज़ों का निरीक्षण करने लगे। श्री हिर्श की मेज़ पर उन्हें कलमदान की एक छोटी-सी ट्रे दिखाई दी, जिस पर तुर्की सिगरेटों के दो-चार टोटे पड़े थे। 'यह ग़ौर देने लायक़ बात है,' उन्होंने अपने एक गुप्तचर से कहा, 'ये व्यापारी लोग ईरानी कालीनों का लेन-देन करते वक़्त सिगरेट ज़रूर पीते हैं। पूर्वी देशों के लोगों की यह पुरानी प्रथा है।' फिर उन्होंने श्री ह्यूगो को अपने पास बुलाया—'ह्यूगो साहब,' उन्होंने कहा, 'श्री लैबेदा के जाने के बाद क्या कोई और लोग श्री हिर्श से मिलने आए थे?'

" 'हाँ, आए थे।' ह्यूगो ने कहा, 'लेकिन हिर्श साहब ने हमें मना कर दिगा शा कि हम कभी दूसरे आदमी से उनके बारे में कोई चर्चा न करें। वह कहा करते थे कि खालों का कारोबार हमारे ऊपर है और कालीनों का बिज़नेस उनके ज़िम्मे रहेगा। वह कालीनों के कारोबार में हमें हाथ नहीं लगाने देते थे।'

" 'बेशक!' श्री मैज़लिक ने कहा, 'मैं इसकी वजह समझता हूँ। ये सब कालीन ग़ैर-क़ानूनी तौर से मँगवाए गए हैं। देखिए...किसी पर ड्यूटी का स्टाम्प नहीं लगा है। ईश्वर भला करे—अब वह दूसरी दुनिया में सुरक्षित हैं, वरना वह बेचारे इस समय पुलिस के पंजों में दबे होते। उन्हें इस जुर्म के लिए भारी जुर्माना देना पड़ता। अब फ़ौरन बताइए, वे कौन लोग थे जो उनसे मिलने आए थे।'

" 'सुबह क़रीब साढ़े-दस बजे एक अर्मीनियन या शायद यहूदी व्यापारी खुली मोटर में दुकान के सामने आकर रुक गया।' ह्यूगो ने कहा, 'उस आदमी का पीला चेहरा था—और डील-डौल में वह काफ़ी भारी-भरकम दिखाई देता था। आते ही उसने तुर्की या किसी दूसरी ज़बान में हिर्श साहब से मिलने की इच्छा ज़ाहिर की। मैंने उसे दफ़्तर का रास्ता दिखा दिया। उसके पीछे-पीछे एक दूसरा आदमी आ रहा था जो शायद व्यापारी का नौकर था। उसका रंग तवे-सा काला था और देखने में सींक-सा पतला-दुबला। अपने कन्धे पर उसने पाँच मोटे-मोटे कालीन उठा रखे थे। उस समय मुझे और वासलाव को यह देखकर काफ़ी हैरानी हुई थी कि किस तरह इतना पतला-दुबला आदमी इतना भारी बोझ उठा सकता है। दोनों श्री हिर्श के दफ़्तर में चले गए। वे वहाँ कोई पन्द्रह मिनट ठहरे होंगे। हमने उनकी ओर कोई विशेष ध्यान नहीं दिया किन्तु इस बीच हम बराबर उस व्यापारी को श्री हिर्श से बातचीत करते हुए सुन सकते थे। फिर हमें उसका नौकर नीचे आता दिखाई दिया—किन्तु इस बार वह अपने कन्धों पर सिर्फ़ चार कालीन ला रहा था। 'अच्छा तो इस बार हिर्श साहब ने एक और कालीन ख़रीद लिया?' मैंने मन-ही-मन सोचा। वह अर्मीनियन व्यापारी दफ़्तर के दरवाज़े पर खड़ा-खड़ा कुछ देर तक हिर्श साहब से (जो भीतर दफ़्तर में ही थे) बातचीत करता रहा था किन्तु मैं उसका एक शब्द भी न समझ सका। फिर उस पतले-दुबले नौकर ने कालीन मोटर में फेंक दिये और दूसरे ही क्षण दोनों मोटर में बैठकर वहाँ से चल दिये। यह एक इतनी मामूली घटना थी कि मैंने इसे आपको बताना ज़रूरी नहीं समझा था। रोज़मर्रा कालीनों के व्यापारी हमारे यहाँ आते रहते हैं—सब-के-सब एक

नम्बर के चोर और बेईमान! लेकिन इसमें ऐसी कोई असाधारण या अजीब चीज़ नहीं थी, जिस पर शक किया जा सके।'

"'लेकिन यह मुलाक़ात ज़रूर अजीब रही होगी—ह्यूगो साहब!' श्री मैज़लिक ने कहा, 'आपको मालूम है...वह दुबला-पतला नौकर हिर्श साहब की लाश को किसी एक कालीन में लपेटकर बाहर ले गया होगा जनाब—आपने देखा नहीं, उस आदमी को ऊपर जाने की अपेक्षा नीचे उतरने में ज़्यादा परेशानी हो रही थी?'

"'आप ठीक फ़रमाते हैं।' ह्यूगो का चेहरा पीला पड़ गया। 'अब मुझे याद आ रहा है कि किस तरह ज़ीना उतरते हुए वह आदमी दोहरा हुआ जा रहा था। लेकिन जनाब, मुझे आपकी बात कुछ समझ में नहीं आ रही। वह मोटा अर्मीनियन व्यापारी दफ़्तर की दहलीज़ में खड़ा-खड़ा आख़िर तक हिर्श साहब से बातचीत करता रहा था।'

"'हाँ—ठीक है।' श्री मैज़लिक ने कहा, 'वह सिर्फ़ ख़ाली दफ़्तर से बातचीत कर रहा था, जबकि इस दौरान उसका नौकर हिर्श साहब का काम-तमाम कर चुका था। जी हाँ...ह्यूगो साहब...ये अर्मीनियन यहूदी आपको अपनी अँगुलियों पर नचा सकते हैं। फिर वे श्री हिर्श की लाश को कालीन में लपेटकर अपने होटल ले गए। किन्तु उस समय बारिश हो रही थी और कालीन का रंग काफ़ी कच्चा था। बारिश के पानी से रंग बहकर हिर्श साहब के चेहरे पर चला आया। समझ गए न? सारी चीज़ पानी की तरह साफ़ है। होटल में पहुँचकर उन्होंने हिर्श साहब की लोथ को सन्दूक़ में ठूँस दिया और फिर उस सन्दूक़ को रेलवे स्टेशन के क्लॉक-रूम में रखवा दिया और अब यह हमारे सामने है ह्यूगो साहब।'

"'इस दौरान जब श्री मैज़लिक अपनी छानबीन में जुटे थे, पुलिस के गुप्तचरों ने उस अर्मीनियन व्यापारी के सुराग़ पता चला लिये थे। उस सन्दूक़ पर बर्लिन के एक होटल का लेबल चिपका था—जिसका मतलब यह था कि वह व्यापारी होटल के नौकर-चाकरों को अक्सर काफ़ी बड़ा इनाम देता था। आप जानते हैं कि होटल के कुली और कर्मचारी इन लेबलों को अन्तरराष्ट्रीय

संकेतों की तरह इस्तेमाल करते हैं, ताकि दूसरे होटलों के कुली-नौकर इन लेबलों के सहारे साहब की औकात और पोज़ीशन का अनुमान लगा सकें। जान पड़ता है, इस अर्मीनियन व्यापारी ने बर्लिन में होटल के कुली को अच्छा-ख़ासा इनाम दिया था—पूछताछ करने पर कुली को अर्मीनियन व्यापारी का स्मरण हुआ जो प्राग से वियना जा रहा था। किन्तु पुलिस को उसका बुखारेस्ट तक पता न चला। हवालात में—मुक़दमा चलने से पहले ही उसने आत्महत्या कर ली। उसने श्री हिर्श का क़त्ल क्यों किया, इसका कारण आज तक कोई नहीं जान सका। जान पड़ता है, जब श्री हिर्श कौंस्टेंटीनोपल में थे, उस समय से उनके और अर्मीनियन व्यापारी के बीच कोई व्यापारिक झगड़ा चला आ रहा था...जो अन्त में इस दुर्घटना का कारण बना।'

"पर जो भी हो," श्री टॉसिग ने अन्त में कुछ सोचते हुए कहा, "जो भी हो, कम-से-कम इस क़िस्से से एक बात तो साफ़ ज़ाहिर हो जाती है और वह यह कि बिज़नेस-व्यापार में आदमी को ईमानदार होना चाहिए। अगर वह अर्मीनियन व्यापारी कालीनों पर कच्चा घटिया रंग न लगाता तो पुलिस कभी श्री हिर्श की हत्या का रहस्य न खोज पाती...आप ही बताएँ—क्या मैं ग़लत कहता हूँ? अगर लोग घिसा-पिटा माल बेचेंगे, तो कभी-न-कभी उन्हें उसका फल ज़रूर भोगना पड़ेगा।"

चिन्तामणि और पक्षी

"जहाँ तक ईरानी कालीनों का प्रश्न है," डॉक्टर वितासेक ने कहा, "मैं उनके बारे में थोड़ा-बहुत ज्ञान अवश्य रखता हूँ। टॉसिग साहब, मुझे यह कहने में कोई झिझक नहीं है कि अब वह ज़माना लद गया जब सचमुच बढ़िया कालीन देखने को मिलते थे। क्या आप समझते हैं कि आजकल ये धूर्त ठग-व्यापारी इन कालीनों के ऊन को नीले, सफरान, ऊट की शराब या इस तरह के क़ीमती रंगों से रँगने की ज़रा भी तकलीफ़ नहीं उठाते हैं? आजकल तो बस मन मसोसकर रह जाना पड़ता है। मैं समझता हूँ, ईरानी कालीनों की कला धीरे-धीरे मरती जा रही है। यही वजह है कि सिर्फ़ उन पुराने कालीनों का आज कुछ मूल्य रह गया है जो 1870 से पहले बनाए गए थे। आप इन कालीनों को केवल उस समय ख़रीद सकते हैं जब कोई पुराना परिवार क़र्ज़ उतारने की ख़ातिर (जिसे वे 'पारिवारिक कारण' कहते हैं) अपनी ज़मीन-जायदाद बेचने को मजबूर हो जाते हैं। एक बार तो मुझे सचमुच रोज़मबर्क के महल में ट्रांसिलवेनियाई कालीन देखने का मौक़ा हाथ लगा था...एक छोटा-सा कालीन, जिस पर बैठकर प्रार्थना की जाती है।

तुर्कों ने इस कालीन को सत्रहवीं शताब्दी में बनाया था, जब वे ट्रांसिलवेनिया में रहते थे। महल को देखने जो टूरिस्ट आते हैं, वे उसे हर रोज़ अपने बड़े-बड़े कीलोंवाले जूतों से रौंदकर चले जाते हैं। कोई उसका मूल्य नहीं जानता। सच कहता हूँ, उसकी ऐसी दुर्दशा देखकर मेरी छाती पर साँप लोटने लगते हैं। अजी जनाब, दूर क्यों जाइए, हमारे अपने शहर प्राग में दुनिया का एक सबसे मूल्यवान कालीन पड़ा है और कोई उसके बारे में नहीं जानता।

"मुझे कैसे पता चला! मैं आपको सारी बात खोलकर बताता हूँ। शहर में कालीनों के जितने व्यापारी-दुकानदार हैं, मैं उन सबसे परिचित हूँ। अक्सर मैं उनकी दुकानों या गोदामों का चक्कर काट लेता हूँ। कभी-कभार ऐसा होता है कि अनातोलिया या ईरान के किसी एजेंट के हाथ भूले-भटके किसी पुरानी मस्जिद या ऐसी ही किसी जगह से चुराया हुआ कालीन लग जाता है। वे उसका मूल्य नहीं जानते और उसे अन्य मामूली कालीनों के साथ लपेटकर ज्यों-का-त्यों वज़न के हिसाब से बेच देते हैं। अगर वे इसी तरह आँखें मूँदकर लादीफ या बर्गामों का कालीन बेच दें—तो? यह ख़याल मुझे हमेशा परेशान किये रहता है और मैं कालीनों की दुकानों के चक्कर काटता रहता हूँ। मैं कालीनों के गट्ठर पर बैठ जाता हूँ और सिगरेट जलाकर कालीनों का मोल-भाव देखता रहता हूँ। यह अजीब है कि बुखारा सारूखा और तबरीज़ के बढ़िया से बढ़िया कालीन कैसे गँवार लोगों के हाथ बिक जाते हैं। 'ज़रा दिखाना—यह कौन-सी पीली चीज़ नीचे दबी है?' मेरी निगाह अचानक किसी कालीन पर पड़ जाती है...बाहर निकालकर देखता हूँ तो हमादान का क़ीमती कालीन हाथ लग जाता है। ख़ैर...इनमें एक दुकान श्रीमती सेवेरिन की है जहाँ मैं अक्सर जाया करता था। पुराने शहर की एक सँकरी गली में उसकी दुकान है और कभी-कभी वहाँ मुझे कराराम और कलीम के बढ़िया नमूने हाथ लग जाते थे। श्रीमती सेवेरिन एक ख़ुशमिज़ाज गोलमटोल औरत है...अव्वल नम्बर की बातूनी। उसकी एक मोटी-थलथल कुतिया है, जिसे देखते ही जी मितलाने लगता है। कुछ कुत्ते काफ़ी खट्टी तबियत के होते हैं...घुर्र-घुर्र कटकटाती आवाज़ में भौंकते हैं,

मानो कोई दमा का मरीज़ खाँस रहा हो...श्रीमती सेवेरिन की कुतिया अमीना ऐसी ही थी। मुझे ऐसे कुत्ते एक आँख नहीं भाते। क्या आपने कभी सचमुच जवान कुत्ते को देखा है? मैंने आज तक नहीं देखा। ईमानदारी की बात—सब कुत्ते बूढ़े खूसट होते हैं—उसी तरह जैसे सब इंस्पेक्टर, ऑडिटर और टैक्स-कलक्टर बूढ़े होते हैं। शायद उनकी नस्ल ही ऐसी है। किन्तु श्रीमती सेवेरिन से अच्छे सम्बन्ध बनाए रखने के लिए मैं उस कोने में बैठा रहा करता था जहाँ एक चौकोर-आकार में तह किये कालीन पर कुतिया अमीना बेगम घुरघुराती हुई अपनी पीठ खुजलाया करती थी। अमीना को इस तरह बैठकर घुरघुराना काफ़ी अच्छा लगता था।

" 'श्रीमती सेवेरिन,' एक दिन मैंने उनसे कहा, 'बिज़नेस काफ़ी मन्द जान पड़ता है। मैं जिस कालीन पर बैठा हूँ, वह यहाँ पिछले तीन साल से पड़ा है।'

" 'तीन साल से भी ज़्यादा।' श्रीमती सेवेरिन ने कहा, 'दस साल पहले मैंने इसे लपेटकर कोने में रखा था। लेकिन यह मेरा कालीन नहीं है।'

" 'अहा!' मैंने कहा, 'यह शायद अमीना का है।'

" 'क्या कहने!' श्रीमती सेवेरिन ने हँसते हुए कहा, 'नहीं जनाब...यह कालीन एक महिला का है। उनके घर में इसके लिए जगह नहीं थी, इसलिए वह इसे मेरी दुकान में छोड़ गईं। यहाँ भी यह जगह ही घेरता है, लेकिन अमीना के सोने के लिए अच्छा है। क्यों अमीना?'

"मैंने कालीन का एक कोना ज़रा-सा बाहर खींचा...अमीना फ़ौरन ग़ुस्से में गुर्राने लगी। 'यह काफ़ी पुराना जान पड़ता है,' मैंने श्रीमती सेवेरिन से कहा, 'क्या मैं इसे खोलकर देख सकता हूँ?'

" 'क्यों नहीं।' श्रीमती सेवेरिन ने कहा और अमीना को अपनी गोद में ले लिया, 'मेरी अच्छी अमीना...यह सज्जन सिर्फ़ कालीन को देखना चाहते हैं। बाद में मैं इसे अपनी अमीना के लिए लपेटकर रख दूँगी। छि: अमीना, इस तरह गुर्राते नहीं—पागल कहीं की।'

"मैंने कालीन खोलकर अपने सामने फैला दिया। आपसे सच कहता हूँ...

उसे देखते ही मेरा दिल धौंकनी की तरह धड़कने लगा। वह सत्रहवीं शताब्दी का अनातोलियन कालीन था...बीच-बीच में कुछ थोड़ा-बहुत उधड़ा हुआ... लेकिन आप जानते हैं, वह एक 'पक्षी-कालीन' था और उस पर चिन्तामणि और पक्षियों का पैटर्न सफ़ाई से बनाया गया था। क्या आप जानते हैं, वह एक पवित्र लेकिन निषिद्ध पैटर्न है? आप विश्वास करें, यह एक अत्यन्त दुर्लभ पैटर्न था—लाखों में एक। यही नहीं...यह ख़ास पैटर्न लगभग तीस गज़ चौड़ा था—ख़ूबसूरत सफ़ेद रंग का, जिसमें नीले और गुलाबी रंग मिले थे। मैं पीठ मोड़कर खिड़की के सामने खड़ा हो गया ताकि श्रीमती सेवेरिन मेरा चेहरा न देख सकें। कुछ देर बाद मैंने कहा, 'काफ़ी पुराना माल है... श्रीमती सेवेरिन! यहाँ आपकी दुकान में पड़े-पड़े इसका हाल और भी खस्ता हो जाएगा। सुनिए...आप इस महिला से कह दीजिए कि अगर उनके मकान में इसके लिए जगह नहीं है, तो मैं इसे ख़रीदने के लिए तैयार हूँ।'

" 'यह टेढ़ा काम है।' श्रीमती सेवेरिन ने कहा, 'आप जानते हैं, यह कालीन बिक्री के लिए नहीं है। और वह महिला, ईश्वर जाने...वह कहाँ-कहाँ घूमती रहती हैं—आज मेरानो में हैं तो कल नीस में। मुझे यह भी नहीं मालूम कि वह कब वापस घर लौटेंगी। ख़ैर...मैं कोशिश करूँगी।'

" 'बड़ी मेहरबानी होगी।' मैंने यथासम्भव उदासीन स्वर में कहा और फिर वहाँ से चला आया। आप जानते हैं—एक संग्रहकर्त्ता के लिए कितने गौरव की बात होती है, अगर वह किसी दुर्लभ, बहुमूल्य चीज़ को पानी के भाव ख़रीद सके। मैं एक ऐसे महत्त्वपूर्ण, धनी आदमी को जानता हूँ जिसे किताबें जमा करने का शौक़ है। एक सेकेंड-हैंड पुरानी किताब को तीन-चार क्राउन में ख़रीद लेना उसके लिए मामूली बात है। लेकिन असली ख़ुशी उसे उस समय होती है जब किसी कबाड़ी की छोटी-मोटी दुकान में सिर्फ़ तीन-चार क्राउन देकर उसे यान क्रासोलाव खमैलेंस्की की कविताओं का प्रथम संस्करण हाथ लग जाता है। यह भी एक तरह का स्पोर्ट है—हिरण के शिकार की तरह। मैंने भी मन-ही-मन तय कर लिया कि इस कालीन को सस्ते दामों पर ख़रीदकर छोड़ूँगा...और बाद में उसे किसी संग्रहालय को भेंट कर दूँगा

क्योंकि ऐसी चीज़ें संग्रहालय में ही रखने योग्य हैं। वहाँ इस कालीन के नीचे सिर्फ़ एक छोटा-सा लेबल लगा रहेगा : 'डॉ. वितासेक द्वारा संग्रहालय को भेंट किया गया'। हाँ, जनाब—हर आदमी के अपने निजी शौक़ होते हैं। मुझे यह तसलीम करने में कोई शर्म नहीं कि इस कालीन को ख़रीदने का ख़याल मेरे दिमाग़ पर भूत की तरह सवार हो गया था।

"मेरा बस होता, तो अगले दिन ही फिर श्रीमती सेवेरिन की दुकान पर दौड़ा जाता—चिन्तामणि और पक्षियों के उस कालीन के बारे में पूछताछ करने के लिए। लेकिन मैंने अपने को रोके रखा। मुझे एक और दिन प्रतीक्षा करनी चाहिए...मैं हर रोज़ अपने से कहता था। ज़िन्दगी में अक्सर ऐसे अवसर आते हैं, जब आदमी को अजीब-सा सुख होता है अपने को पीड़ा देने में। किन्तु जब पन्द्रह दिन गुज़र गए, मुझे सहसा ख़याल आया कि कहीं कोई दूसरा आदमी उस कालीन को न हथिया ले। मैं दौड़ता हुआ श्रीमती सेवेरिन की दुकान में चला आया। 'कुछ काम बना?' मैंने देहरी पर हाँफते हुए पूछा।

" 'कैसा काम?' श्रीमती सेवेरिन ने आश्चर्य से मेरी ओर देखा। मैंने अपने को सँभालने की कोशिश की, 'कुछ नहीं...मैं इधर से गुज़र रहा था। आपकी दुकान देखकर मुझे उस सफ़ेद कालीन का ध्यान हो आया। वह महिला उसे बेच रही हैं?'

"श्रीमती सेवेरिन ने सिर हिलाते हुए कहा, 'अभी मुझे कुछ भी नहीं मालूम। वह आजकल बियारिट्ज में हैं—पता नहीं कब वापस लौटेंगी।' मेरी निगाहें कोने की ओर मुड़ गईं। कालीन वहाँ पड़ा था और अमीना आराम से उस पर बैठी थी...पहले से भी अधिक मोटी और गन्दी। हमेशा की तरह वह मेरी बाट जोह रही थी कि कब मैं उसकी पीठ को खुजलाता हूँ।

"कुछ दिनों बाद मुझे किसी काम से लन्दन जाना पड़ा। मौक़े का फ़ायदा उठाकर मैं सर डगलस कीथ से मिला। आप शायद जानते हैं कि पूर्वी देशों के कालीनों के बारे में उनका ज्ञान असाधारण है। 'क्या आप मुझे बता सकते हैं,' छूटते ही मैंने उनसे पूछा, 'चिन्तामणि और पक्षियोंवाले तीस गज़ चौड़े सफ़ेद अनातोलियन कालीन का क्या मूल्य होगा?'

"सर डगलस ने ऐनक नीची करके झिपझिपाती आँखों से मेरी ओर देखा और क्रुद्ध स्वर में कहा, 'कुछ भी नहीं।'

" 'क्या मतलब है आपका?' हतबुद्धि-सा होकर मैं उनकी ओर देखने लगा, 'उसका कुछ भी मूल्य नहीं होगा?'

" 'जी हाँ...क्योंकि इस नाप का कालीन कहीं है ही नहीं।' सर डगलस मुझ पर चिल्ला उठे, 'आपको अच्छी तरह मालूम होना चाहिए कि चिन्तामणि और पक्षियों के नमूनेवाला सबसे बड़ा कालीन पन्द्रह गज़ से अधिक चौड़ा नहीं है।'

"मेरा चेहरा ख़ुशी से दमकने लगा, 'लेकिन फ़र्ज़ कीजिए, अगर इतना बड़ा कालीन मिल जाए तो आप उसका क्या मूल्य लगाएँगे?' मैंने पूछा।

" 'मैंने कहा न, कुछ भी नहीं।' सर डगलस फिर चिल्ला उठे, 'इस तरह का कालीन अद्‌भुत माना जाएगा...भला आज तक किसी ने अद्‌भुत चीज़ों का मूल्य कभी लगाया है? अगर कोई नमूना अद्‌भुत हो तो उसका मूल्य हज़ार पाउंड भी हो सकता है, दस हज़ार पाउंड भी हो सकता है... भला मैं उसका मूल्य बतानेवाला कौन होता हूँ? लेकिन छोड़िए...इसमें दिमाग़ खपाने की कोई ज़रूरत नहीं। इस तरह का कालीन हो ही नहीं सकता,' यह कहकर उन्होंने मुझसे विदा माँग ली।

"घर लौटते समय मेरी मानसिक अवस्था कैसी रही होगी, इसकी कल्पना आप अच्छी तरह कर सकते हैं। हे ईश्वर—किसी-न-किसी तरह मुझे उस कालीन को हथियाना ही होगा। किसी भी म्यूज़ियम के लिए ऐसी दुर्लभ चीज़ की उपलब्धि एक आश्चर्यजनक घटना होगी। लेकिन संग्रहकर्ता जानता है कि ऐसे काम के लिए ज़रूरत से अधिक हड़बड़ाहट या उतावलापन प्रदर्शित करना ग़लत है। आपको यह भी नहीं भूलना चाहिए कि श्रीमती सेवेरिन के लिए वह कालीन एक फटे-पुराने चिथड़े से अधिक महत्त्व नहीं रखता था। जिस कालीन पर अमीना कलाबाज़ियाँ लगाया करती थी, भला उसे बेचने के लिए श्रीमती सेवेरिन क्यों उत्सुक होती? दूसरी तरफ़ उस कालीन की मरदूद मालकिन अपने इलाज के लिए दुनिया-भर का चक्कर लगा रही थी—

मरानो से ऊस्टेंड और कभी बादेन से विखी। लगता है, उसके पास कोई मेडिकल शब्दकोश रहा होगा, जिसमें दुनिया-भर की बीमारियों के नाम लिखे होंगे! कहने का मतलब यह है वह बूढ़ी किसी-न-किसी स्वास्थ्यवर्द्धक गरम पानी के झरने के पास या किसी ऐसी ही जगह अपने दिन काट रही थी। हर पन्द्रह दिन बाद मैं श्रीमती सेवेरिन की दुकान का चक्कर लगा आया करता था—सिर्फ़ यह देखने के लिए कि मेरा पक्षियोंवाला कालीन वहाँ सुरक्षित पड़ा है या नहीं। मैं उस बदज़ात अमीना की पीठ तब तक खुजलाता रहता जब तक वह आनन्द-विभोर होकर चूँ-चूँ न करने लगती। श्रीमती सेवेरिन कुछ ग़लत न समझ लें इसलिए मैं हर बार उनकी दुकान से कोई न कोई कालीन ख़रीद ले जाता था। आपसे सच कहता हूँ, मेरे घर में कालीनों के ढेर लगे हैं—शिराज़, शिरवान, मोसुल, क़ाबरिस्तान या कुछ दूसरे साधारण, बाग़ीचों के कालीन। उनमें एक डरबांट का कालीन भी था...लाजवाब क्लासिकल चीज़, जिसे कहीं और देख पाना नामुमकिन है और एक पुराना नीले रंग का खोरोसान। लेकिन एक संग्रहकर्ता ही जान सकता है कि मैंने वे दो वर्ष किस तरह गुज़ारे थे। जनाब, आप मुहब्बत की पीड़ा की बात करते हैं—मैं कहता हूँ, संग्रहकर्ता की पीड़ा के सामने वह कुछ भी नहीं है। लेकिन अजीब चीज़ यह है कि आज तक कभी यह सुनने में नहीं आया कि किसी संग्रहकर्ता ने आत्महत्या की हो। वे अक्सर लम्बी, पूरी-पकी ज़िन्दगी जीते हैं। मैं समझता हूँ, उनकी प्रेम-पीड़ा काफ़ी स्वस्थ होती है।

"एक दिन श्रीमती सेवेरिन ने अचानक मुझसे कहा, 'श्रीमती जानेली यहाँ आई थीं...वही महिला, जिनका यह कालीन है। बातों-ही-बातों में मैंने उनसे कहा कि अगर वह चाहें तो मैं इस गलीचे का गाहक ढूँढ़ सकती हूँ। वैसे भी वह दुकान में पड़ा-पड़ा ख़राब हो रहा है। किन्तु उन्होंने कहा कि यह कालीन पैतृक-निशानी है और वह उसे बेचना नहीं चाहतीं। वह इसे दुकान में ही पड़े रहने देना चाहती हैं।'

"इसके बाद स्वयं श्रीमती जानेली के पास जाने के अलावा मेरे पास कोई दूसरा चारा न था। मैं समझता था, वह कोई सोसाइटी-लेडी होंगी—

लेकिन उन्हें देखते ही मेरा भ्रम दूर हो गया—भद्दी, बूढ़ी फोफट, सुर्ख़ नाक और नक़ली बाल; मुँह बार-बार हिलता हुआ बाएँ कान तक जा सिमटता था।

" 'मदाम!' मैंने कहा। मेरी आँखें उसके बिचकते चेहरे पर ठिठक गई थीं। 'मैं आपका वह सफ़ेद कालीन ख़रीदना चाहता हूँ। वह कुछ पुराना ज़रूर है लेकिन मुझे अपने घर के...प्रवेश-कक्ष के लिए ऐसा ही कालीन चाहिए।' उसके उत्तर की प्रतीक्षा करते समय मुझे लगा मानो मेरा अपना मुँह बार-बार बाईं ओर बिचक रहा हो। शायद उस बुढ़िया के हिलते मुँह ने मुझ पर भी असर किया था...या शायद गहरी उत्तेजना के कारण ही मेरे अंग काबू के बाहर हुए जा रहे थे।

" 'आपकी इतनी मजाल...' वह भयानक औरत मुझ पर बरस पड़ी, 'फ़ौरन यहाँ से दफ़ा हो जाइए।' उसने चीख़ते हुए कहा, 'वह कालीन मेरे दादा की निशानी है। अगर आप यहाँ से नहीं जाते, तो मुझे पुलिस को बुलवाना पड़ेगा। मैं जानेली ख़ानदान की औरत हूँ...कालीन बेचना मेरा धन्धा नहीं है। मारिया, इस आदमी को बाहर ले जाओ।'

"आप सच मानें, मैं एक स्कूल के बच्चे की तरह उस मकान से भाग खड़ा हुआ। खीज और ग़ुस्से के कारण मेरा दिल रुआँसा हो आया... लेकिन मैं कर भी क्या सकता था? उसके बाद लगभग एक साल तक मैं बराबर श्रीमती सेवेरिन की दुकान के चक्कर काटता रहा। अमीना दिन-पर-दिन मोटी गंजी होती जा रही थी और कालीन पर बैठे-बैठे डकार लिया करती थी। एक वर्ष बाद श्रीमती जानेली दोबारा अपने घर लौटकर आईं। तब मैंने एक ऐसा काम किया, जिसके लिए कोई भी संग्रहकर्ता अपने को ज़िन्दगी-भर क्षमा नहीं कर सकता। मैंने अपने वकील-मित्र श्री बिम्बल को उस बुढ़िया के पास भेजने का निश्चय कर लिया। श्री बिम्बल एक सुसंस्कृत सज्जन थे। वह एक ख़ासी-बड़ी दाढ़ी भी रखते थे जिसके कारण सब औरतें उन पर सहज रूप से विश्वास कर लेती थीं। मैंने उनसे प्रार्थना की कि वह किसी-न-किसी तरह उस महिला को वह कालीन उचित

दामों पर बेचने के लिए राज़ी कर लें। जब वह महिला से बात कर रहे थे, मैं नीचे मकान के बाहर खड़ा था। मेरी हालत उस उम्मीदवार की तरह रही होगी, जो बेचैनी से अपनी प्रेमिका का उत्तर पाने की प्रतीक्षा कर रहा हो। तीन घंटे बाद बिम्बल साहब लड़खड़ाते क़दमों से मकान के बाहर आए। मुझे देखकर उन्होंने माथे का पसीना पोंछा और ग़ुस्से में चिल्ला उठे...'तुमने मुझे अच्छा गधा बनाया! जी चाहता है, तुम्हारा मुँह नोच लूँ! तीन घंटे तक जानेली-परिवार का इतिहास सुनने के लिए ही तुमने मुझे यहाँ बुलाया था? यह बात भी अच्छी तरह गिरह में बाँधकर रख लो कि वह कालीन तुम्हारे हाथ नहीं लगनेवाला!' उन्होंने बिलबिलाते हुए कहा, 'उस कालीन के संग्रहालय में पहुँचने से पहले ही जानेल-वंश के सत्रह पुरखे अपनी क़ब्रों में लोटने लगेंगे! या ख़ुदा...तुमने भी मुझे ख़ूब उल्लू बनाया!' यह कहकर वह वहाँ से भाग खड़े हुए।

"लेकिन जब कोई चीज़ भूत की तरह सिर पर सवार हो जाती है, तो वह आसानी से उतरती नहीं। हर आदमी का शायद यही हाल होता है। लेकिन अगर वह संग्रहकर्ता हो, तो वह अपनी इच्छा पूरी करने के लिए हत्या करने पर भी उतारू हो सकता है। जनाब, संग्रह करने का काम कोई हँसी-खेल नहीं है। उसके लिए हौसला चाहिए। मैंने चिन्तामणि और पक्षियोंवाले उस कालीन को चुपचाप चुराने का फ़ैसला कर लिया। सबसे पहले मैंने श्रीमती सेवेरिन की दुकान के आसपास की मुख्य बातें नोट कर लीं। श्रीमती सेवेरिन की दुकान आँगन के भीतर है और रात को नौ बजे के क़रीब दहलीज़ के दरवाज़े पर ताला लग जाता है। ताले से छेड़छाड़ करने का विचार मैंने छोड़ दिया...उसके लिए एक ख़ास तरह की चाभी चाहिए जिसके बारे में मैं कुछ भी नहीं जानता था। दहलीज़ का रास्ता एक कोठरी की तरफ़ जाता, जहाँ कोई भी आदमी दहलीज़ के दरवाज़े का ताला लगने से पहले छिपकर बैठ सकता था। आँगन में एक छोटा-सा 'शेड' भी है...उसकी छत पर चढ़कर आप बग़लवाले रेस्तराँ के आँगन में उतर सकते हो और फिर रेस्तराँ के दरवाज़े से बाहर जा सकते हो।

सारा काम मुझे बहुत आसान जान पड़ा। सिर्फ़ दुकान की खिड़की को खोलने की समस्या थी। उसके लिए मैंने ग्लेज़ियर का एक हीरा ख़रीद लिया। अपनी खिड़की पर उसे रगड़-रगड़कर मैं समझ गया कि किस तरह उससे खिड़की का शीशा निकाला जा सकता है।

"आप इससे कहीं यह न समझ बैठिए कि चोरी करना कोई आसान काम है। नहीं जनाब—यह काम ऑपरेशन करने या गुर्दे की बोटी-बोटी कतरने से भी कहीं ज़्यादा मुश्किल है। चोरी करते समय आपको कोई देख न ले, यह पहली मुश्किल है। दूसरे, इसमें आपको लम्बी प्रतीक्षा और दूसरी असुविधाओं का सामना करने के लिए तैयार रहना होगा। तीसरे, यह काम आपको अनेक अनिश्चित स्थितियों में डाल सकता है...न जाने कब आप पर कौन-सी आफत टूट पड़े। जी हाँ...यह एक मुश्किल काम है...ऐसा काम जिसमें कमाई भी कुछ ज़्यादा नहीं होती। अगर मुझे अपने घर में ही किसी चोर का सामना करना पड़ जाए तो मैं उसका हाथ पकड़कर विनम्र स्वर में कहूँगा, 'भले आदमी, क्या तुम किसी दूसरे ढंग से लोगों को नहीं लूट सकते...कोई ऐसा ढंग, जो तुम्हारे लिए अधिक आरामदेह हो?'

"मैं नहीं जानता, दूसरे लोग कैसे चोरी करते हैं...मेरा अपना अनुभव कुछ ख़ास उत्साहवर्द्धक नहीं है। 'दुर्घटना की उस शाम को (जैसा कहा जाता है) मैं सबकी आँख बचाता हुआ मकान के अहाते में घुस गया और कोठरी की ओर जानेवाली सीढ़ियों पर छिपकर बैठ गया।' पुलिस की रिपोर्ट में यही लिखा होगा। लेकिन वास्तव में मैं आध घंटे तक दहलीज़ के सामने बारिश में घूमता रहा...ज़ाहिर है, आने-जानेवाले लोगों की निगाहें मुझ पर अवश्य पड़ी होंगी। आख़िर मैंने मन पक्का करके दहलीज़ में जाने का फ़ैसला कर लिया—कुछ इसी तरह जैसे कोई आदमी साहस बटोरकर दाँत उखड़वा देने का फ़ैसला कर लेता है। दहलीज़ में मेरी टक्कर एक नौकरानी से हो गई जो बग़लवाले रेस्तराँ से बियर लेने आई थी। उसकी झुँझलाहट कम करने के लिए मैंने उसे प्यार से 'डार्लिंग' कहा...वह बेचारी मेरे व्यवहार से आतंकित होकर वहाँ से भाग खड़ी हुई। मैं कोठरी की तरफ़ जानेवाली सीढ़ियों पर दुबककर बैठ गया।

उन सालों ने वहाँ कूड़े-कर्कट से भरी बाल्टियाँ रखी थीं...छिपने का स्थान ढूँढ़ते समय मैं उनसे टकरा गया और वे धमाधम आवाज़ करती हुई नीचे गिर पड़ीं। बियर लेकर जब नौकरानी वापस लौट रही थी, उसने काफ़ी घबराए स्वर में मकान के चौकीदार से कहा कि कोई सन्दिग्ध व्यक्ति मकान के अहाते में आ घुसा है। लेकिन चौकीदार काफ़ी अक्लमन्द आदमी था। 'घबराने की कोई बात नहीं है,' उसने नौकरानी से कहा, 'शायद कोई आदमी शराब में धुत्त होकर रेस्तराँ का दरवाज़ा ढूँढ़ रहा है।' पन्द्रह मिनट बाद चौकीदार ने खाँस-खखारकर गला साफ़ किया, और फिर जम्हाई लेते हुए दहलीज़ के दरवाज़े पर ताला लगा दिया। चारों तरफ़ ख़ामोशी छा गई। सिर्फ़ कहीं ऊपरी मंज़िल से मुझे नौकरानी के सिसकने का स्वर सुनाई देता रहा। यह अजीब बात है कि ये नौकरानियाँ कितनी ऊँची आवाज़ में सिसकती हैं...न जाने कौन-सी चीज़ इन्हें सालती रहती है? मुझे वहाँ बैठे-बैठे सर्दी लगने लगी। एक अजीब-सी खट्टी, बोझिल गन्ध उस जगह से आ रही थी, जहाँ मैं बैठा था। मैं आसपास की चीज़ों को टटोलने लगा...। जिस चीज़ पर मेरा हाथ पड़ जाता, वह मुझे गीली और गिलगिली-सी जान पड़ती। ईश्वर भला करे...न जाने कितनी चीज़ों पर गुप्तेन्द्रियों की बीमारियों के डॉक्टर वितासेक की अँगुलियों की छाप पड़ी होगी! सिर्फ़ दस बज रहे थे लेकिन मुझे लग रहा था, जैसे आधी रात गुज़र चुकी हो। पहले मैंने आधी रात के समय ही चोरी करने का निश्चय किया था, किन्तु ग्यारह बजते-बजते मेरे धैर्य का बाँध टूट गया और मैं कालीन चुराने के लिए निकल पड़ा। आप कल्पना नहीं कर सकते कि अँधेरे में रेंगता हुआ आदमी भी कितनी खड़खड़ाहट पैदा कर सकता है। सौभाग्यवश उस मकान के लोग गहरी नींद में सोने के आदी थे। आख़िर मैं दुकान की खिड़की के पास पहुँच गया और औज़ार निकालकर खिड़की के शीशे बाहर निकालने लगा। औज़ार की रगड़ से शीशे पर भयानक-सी आवाज़ उत्पन्न हो रही थी। अचानक मुझे लगा, जैसे दुकान के भीतर कोई भौंक रहा है। अमीना...भगवान ही बचाए!

" 'अमीना!' मैंने धीरे-से फुसफुसाकर कहा, 'कुलटा...अपना मुँह बन्द कर! देखती नहीं, मैं तेरी पीठ खुजलाने आया हूँ।' मैं बराबर हीरे से शीशे को कुरेद रहा था...लेकिन जैसा आप जानते हैं—अँधेरे में आप शीशे पर पहले निशान पर दूसरा निशान आसानी से नहीं लगा सकते। जब मैं शीशे पर हीरा घुमाता-घुमाता तंग आ गया, तो मैंने उसे धीरे-से दबाया। खिड़की का शीशा खट से टूटकर नीचे आ गिरा। बस...अब आस-पड़ोस के लोग मुझे आ दबाएँगे—मैं अपने को कोसने लगा और छिपने के लिए कोई जगह ढूँढ़ने लगा। लेकिन हुआ कुछ भी नहीं। मेरा हौसला बढ़ गया और मैं एक शैतान की तरह ठंडे दिमाग़ से काम करने लगा। खिड़की पर जो काँच के टुकड़े बचे रह गए थे, मैंने उन्हें सफ़ाई से अलग किया और फिर भीतर हाथ डालकर खिड़की खोल दी। भीतर अमीना अनमने भाव से कभी-कभी भौंकने लगती थी...बिलकुल औपचारिक ढंग से...मानो वह सिर्फ़ अपना कर्तव्य पूरा कर रही हो! मैं खिड़की से उतरकर सीधा उस भद्दे-बेहूदा जानवर के पास चला आया। 'अमीना...तेरी पीठ कहाँ है? देखती नहीं—मैं तुझे सहलाने आया हूँ।' मैंने जल्दी-जल्दी फुसफुसाते हुए कहा, 'मुझे पहचानती नहीं? देख, मैं तेरा दोस्त हूँ। क्यों...ख़ूब अच्छा लग रहा है न?' मैं उसकी पीठ खुजलाने लगा। अमीना की देह ख़ुशी से सिहरने लगी...अगर एक मोटी थैली के थल-थल हिलने को आप 'सिहरना' कह सकें! 'अच्छा-अच्छा, अब मुझे छोड़!' मैंने प्यार से उसे सहलाते हुए कहा और पक्षियोंवाले उस क़ीमती कालीन को उसके नीचे से बाहर खींचने की कोशिश की। किन्तु उस क्षण शायद अमीना को अपनी जायदाद ख़तरे में जान पड़ी और वह ज़ोर-ज़ोर से भौंकने लगी। लगता था, वह भौंक नहीं रही है—पूरा दम लगाकर दहाड़ रही है। 'प्यारी अमीना,' मैंने उसे हल्के से झिड़कते हुए कहा, 'बेवक़ूफ़, थोड़ी देर के लिए क्या तू चुप नहीं हो सकती? ज़रा ठहर, मैं कोई और अच्छी चीज़ तेरे नीचे बिछा देता हूँ।' मैंने दीवार से एक भद्दा-पुराना क़ीमती कालीन घसीट लिया... श्रीमती सेवेरिन इसे अपनी दुकान की सबसे बेशक़ीमती चीज़ समझती थीं।

'अमीना!' मैं धीरे से फुसफुसाया, 'देख, मैं तेरे लिए यह कालीन बिछा रहा हूँ।' अमीना मेरी ओर कौतूहल से निहारने लगी। किन्तु ज्योंही मैंने उसका कालीन उठाने के लिए हाथ बढ़ाया, वह फिर चीख़ने लगी। उसकी चीख़ें मीलों तक सुनी जा सकती थीं। मैं फिर उस बदज़ात कुतिया की पीठ सहलाने लगा...इस बार मैंने उसकी पीठ खुजलाने का एक ऐसा ढंग अपनाया था कि वह आनन्द से विभोर हो उठी। मैंने उसे गोद में उठा लिया। फिर मैंने चिन्तामणि और पक्षियोंवाले उस सफ़ेद कालीन को उठाने के लिए हाथ बढ़ाया...लेकिन वह एकदम दमे के रोगी की तरह खखारने और गुर्राने लगी। 'बदमाश!' मेरी आँखों में ख़ून उतर आया, 'मैं तुम्हें ज़िन्दा नहीं छोड़ूँगा।'

"आज तक मैं इसका रहस्य नहीं समझ सका हूँ। ग़ुस्से और नफ़रत से दाँत पीसते हुए मैंने उस मोटी, कुटिल, गन्दी कुतिया को देखा, लेकिन उसे मारने की हिम्मत मुझे नहीं हुई। मेरे पास एक बढ़िया चाक़ू और चमड़े की पेटी थी। मैं आसानी से उसका गला काट सकता था या दम घोंट सकता था, लेकिन न जाने क्यों...उसे जान से मारने की इच्छा मेरे मन में नहीं उठी। मैं उसके साथ ही उस मूल्यवान कालीन पर बैठ गया और धीरे-धीरे उसके कानों को सहलाने लगा, 'डरपोक कहीं का!' मैंने ख़ुद अपने से कहा, 'देखता क्या है—सिर्फ़ एक झटका देने की देर है—सारा काम आसानी से हो जाएगा। तूने न जाने कितने लोगों का ऑपरेशन किया है, उन्हें असह्य पीड़ा और भय से बिलबिलाते हुए मरते देखा है और अब...अब तू एक कुतिया को नहीं मार सकता?' आपसे क्या कहूँ...मैं बार-बार दाँत पीसते हुए अपने भीतर साहस बटोरने की कोशिश करता रहा—लेकिन सब व्यर्थ में। फिर न जाने क्यों... मेरे आँसुओं का बाँध टूट गया और मैं वहीं बैठा-बैठा फूट मारकर रोने लगा। शायद मुझे अपने पर बहुत शर्म आ रही थी। और तब अमीना धीमे स्वर में रिरियाते हुए मेरा मुँह चाटने लगी।

"'अरी कम्बख़्त कमीनी, मरदूद...' मैं न जाने क्या बुड़बुड़ाता हुआ उसकी गन्दी पीठ सहलाता रहा। फिर मैं खिड़की के रास्ते आँगन में उतर आया।

मैंने दमपस्त होकर चुपचाप अपनी पराजय स्वीकार कर ली थी। मैं जानता था कि अब बाहर निकलना मुश्किल नहीं है। शेड पर कूदकर मैं दूसरे आँगन की छत पर चला जाऊँगा और फिर रेस्तराँ के दरवाज़े से बाहर निकल जाऊँगा। लेकिन मुझमें यह सब करने की रत्ती-भर ताक़त बाक़ी नहीं बची थी...या शायद छत उतनी नीची नहीं थी जितनी मैंने कल्पना की थी। कुछ भी हो—मैं उस पर नहीं चढ़ सका। मैं कोठरी के रास्ते से होता हुआ दोबारा सीढ़ियों पर चला आया और सुबह तक वहीं बैठा रहा। थकान के मारे मेरी सारी देह टूट रही थी। बेहतर होता अगर मैं सीढ़ियों के बजाय भीतर कालीन पर ही आराम से सो जाता...लेकिन उस समय मुझे यह ख़याल बिलकुल नहीं आया। सुबह होते ही चौकीदार ने दहलीज़ का दरवाज़ा खोल दिया। मैं एक क्षण ठिठका खड़ा रहा फिर बिजली की तरह दरवाज़े से बाहर हो गया। चौकीदार दरवाज़े के पास ही खड़ा था...जब उसने एक अजनबी को इस तरह बाहर भागते देखा तो बुरी तरह हड़बड़ा गया कि उसे हो-हल्ला मचाना भी याद नहीं रहा।

"कुछ दिनों बाद मैं श्रीमती सेवेरिन से मिलने गया। दुकान की खिड़कियों के आगे लोहे की छड़ियाँ लगा दी गई थीं। चिन्तामणि और पक्षियोंवाले कालीन पर हमेशा की तरह वह बदज़ात कुतिया साँप की तरह कुंडली मारकर बैठी थी। मुझे देखते ही वह ख़ुशी से अपनी सॉसेजनुमा पूँछ हिलाने लगी। श्रीमती सेवेरिन का चेहरा मुझे देखकर खिल उठा। 'आपने हमारी प्यारी लाडली अमीना की करामात देखी?' उन्होंने छूटते ही कहा, 'ज़रा सोचिए, अभी कुछ दिन पहले एक चोर खिड़की के रास्ते दुकान में घुस आया था, लेकिन हमारी अमीना ने उसे मार भगाया। अजी, कोई मुझे दुनिया की दौलत भी देने के लिए तैयार हो जाए तो मैं अमीना को अपने से अलग नहीं होने दूँगी।' श्रीमती सेवेरिन ने गर्व से दमकते हुए घोषणा की। 'लेकिन वह आपको बहुत चाहती है। आदमी नेक और ईमानदार हो, तो वह झट उसे पहचान लेती है...क्यों अमीना?'

"बस, यही सारी कहानी है। वह बेशक़ीमती सफ़ेद कालीन अब भी उस दुकान में पड़ा है। मैं समझता हूँ, अगर दुनिया-भर में कालीनों की सब

मंडियों को छान लिया जाए, तो भी ऐसा कालीन कहीं नहीं मिलेगा। लेकिन वह घिनौनी, खुजली और बदबू से भरी कुतिया-राँड आज भी उस कालीन पर मज़े से दिन-रात लोटती है। मुझे आश्चर्य नहीं होगा कि अगर किसी दिन मुटापे के कारण उसका दम घुट जाए। उसके बाद शायद मैं एक बार कोशिश करके देखूँगा। लेकिन उससे पहले मुझे लोहे की छड़ियों के बीच रास्ता निकालने की तरक़ीब सोचनी होगी।"

हत्या की चोरी

"इस क़िस्से को सुनकर मुझे अचानक एक दूसरा केस याद आ गया।" श्री हॉडेक ने कहा, "उस केस के पीछे गहरी सूझ-बूझ और दक्षता छिपी थी। शायद वह आपको ज़्यादा पसन्द न आए क्योंकि उसका अन्त ठीक ढंग से नहीं होता और न ही आज तक कोई उसके पीछे छिपे रहस्य को ही जान सका है। अगर आप ज़रा भी ऊबने लगें तो मुझे इशारा कर दीजिएगा, मैं उसे बीच में ही छोड़ दूँगा।

"आप जानते हैं, मैं विनोहरादी में कुसेम्बुर्क स्ट्रीट में रहता हूँ। वह एक छोटी-सी किनारेवाली गली है जिसमें पब या धोबिन का घाट या पंसारी की दुकान, कुछ भी नहीं है। लोग दस बजते ही अपने-अपने बिस्तरों पर चले जाते हैं—सिवाय चन्द बदचलन छोकरों के, जो ग्यारह बजे तक रेडियो बजाते रहते हैं। उस गली में अधिकतर नियमित रूप से टैक्स देनेवाले शान्तिप्रिय नागरिक या सेकेंड डिवीज़न के क्लर्क ही रहते हैं। उनके अलावा वहाँ कुछ लोग सुनहरी मछलियों को पालते हैं, एक आदमी बैंजो बजाता है, दो आदमी स्टाम्प जमा करने का शौक़ रखते हैं, एक निरामिषभोजी है और एक दूसरा

आदमी अध्यात्म में विश्वास रखता है। उस गली में एक व्यापारी भी रहता है जिसे थियोसोफ़ी में गहरी दिलचस्पी है। इन सबके अतिरिक्त वहाँ मकानों की मालकिनें भी रहती हैं जो उपयुक्त महानुभावों को साफ़-सुथरे और फ़र्नीचर से लैस कमरे नाश्ते के साथ (जैसा विज्ञापनों में लिखा होता है) किराए पर चढ़ाती हैं। हफ़्ते में एक बार—वीरवार के दिन थियोसोफ़ी में विश्वास रखनेवाले सज्जन आधी रात को घर लौटते हैं क्योंकि उस शाम उनका प्रोग्राम आत्माओं के संग प्रयोग करने का होता है। मंगलवार के दिन सुनहरी मछलियों के दोनों विशेषज्ञ आधी रात के समय घर लौटते हैं क्योंकि उस दिन उनकी 'अकुआरियम लीग' की मीटिंग होती है। वे गली के लैम्प-पोस्ट तले खड़े होकर देर तक टेलीस्कोप मछली तथा मछलियों की विभिन्न क़िस्मों के बारे में बहस करते रहते हैं। तीन वर्ष पहले एक शराबी हमारी गली से गुज़रा था लेकिन बाद में पता चला कि पड़ोस की किसी दूसरी गली में रहता था और रास्ता भूलकर हमारी गली में चला आया था। उस गली में एक रूसी भी रहता था—नाम उसका कोवालेंको या कोपीतेंको रहा होगा। वह हर रात सवा ग्यारह बजे घर लौटता था। वह रूसी ठिंगने क़द का आदमी था। उसकी पतली-पतली मूँछें थीं और वह श्रीमती यान्सका के मकान नं. सात में रहा करता था। उस रूसी की जीविका के साधन क्या थे, इस बारे में किसी को कुछ मालूम नहीं था। वह शाम को पाँच बजे तक अपने कमरे में आराम करता था, फिर अपना पोर्टफ़ोलियो बग़ल में दबाकर शहर जाने के लिए सबसे पासवाले ट्रामस्टैंड की ओर चला जाता था। ठीक सवा ग्यारह बजे वह उसी स्टैंड पर ट्राम से उतरता था और कुसेम्बुर्क स्ट्रीट की ओर मुड़ जाता था। कुछ लोगों का कहना था कि वह शाम को पाँच बजे किसी कैफ़े में जा बैठता था और वहाँ दूसरे रूसियों से बहस किया करता था। किन्तु कुछ दूसरे लोगों के ख़याल में वह रूसी था ही नहीं क्योंकि रूसी लोग कभी इतनी जल्दी घर वापस नहीं लौटते।

"पिछले वर्ष की घटना है। फ़रवरी का महीना था और मैं सोने से पहले ऊँघ रहा था। सहसा मुझे बन्दूक़ चलने के पाँच धमाके सुनाई दिये।

पहले क्षण मुझे लगा, जैसे मैं फिर से अपने बचपन में लौट आया हूँ और अपने घर के आँगन में तड़ातड़ कोड़े बरसा रहा हूँ। कोड़े की आवाज़ सुनकर मुझे बहुत ख़ुशी हो रही है। किन्तु तब अचानक मेरी आँख खुल गई और मुझे लगा, मानो कोई गली में रिवॉल्वर चला रहा है। मैं भागता हुआ खिड़की के पास आया और उसे खोलकर बाहर झाँकने लगा। मकान नम्बर सात के सामने फ़ुटपाथ पर एक आदमी हाथ में पोर्टफ़ोलियो लिये ज़मीन की ओर सिर झुकाए औंधा पड़ा था। उसी क्षण गली में बूटों की खरखराहट सुनाई दी और गली के नुक्कड़ पर पुलिस का एक सिपाही दिखाई दिया। वह भागता हुआ ज़मीन पर लेटे हुए आदमी के पास आया और उसे उठाने की कोशिश करने लगा। फिर उसने गाली देकर उसे वहीं छोड़ दिया और ज़ोर से सीटी बजाई। गली के दूसरे छोर से एक दूसरा पुलिसमैन भागता हुआ पहले पुलिसमैन के पास आकर खड़ा हो गया।

"झटपट अपने स्लीपर और ओवरकोट पहनकर मैं ज़ीना उतरने लगा। बाद में वहाँ कुछ और आदमी इकट्ठा हो गए—निरामिष-भोजी, बैंजो बजानेवाला नौजवान, मछलियों का एक विशेषज्ञ, दो चौकीदार और स्टाम्प जमा करनेवाले महाशय। बाक़ी लोग अपनी खिड़कियों से बाहर झाँक रहे थे। डर के मारे उनके दाँत कटकटा रहे थे और वे मन-ही-मन सोच रहे थे, 'घर में रहना ही बेहतर है...बाहर निकलकर कौन आफ़त मोल ले!' इस बीच पुलिस के सन्तरियों ने गली में औंधे पड़े आदमी को पीठ के बल लिटा दिया था।

" 'अरे, यह तो वह रूसी है जो श्रीमती यान्सका के घर में रहता है। क्या नाम है उसका—कोपीतेंको या कोवालेंको!' मैंने दाँत कटकटाते हुए कहा, 'क्या वह मर गया?'

" 'मालूम नहीं,' एक पुलिसमैन ने कहा। उसके होश-हवास भी गुम हो गए थे। 'किसी डॉक्टर को बुलाकर ही पता चल सकेगा।'

" 'आप कब तक उसे सड़क पर लिटाए रखेंगे?' बैंजो बजानेवाले आदमी ने काँपते स्वर में पूछा।

"इस समय तक वहाँ बारह-तेरह आदमियों की एक छोटी-सी भीड़ जमा हो गई थी। हम सब ठंड और भय से थर-थर काँप रहे थे। पुलिस के दोनों सन्तरी उस आदमी पर झुके थे, जिसे गोली लगी थी...। न जाने क्यों वे उसका कॉलर ढीला कर रहे थे। उसी समय एक टैक्सी गली के नुक्कड़ पर आकर ठहर गई। ड्राइवर मामले का पता चलाने के लिए टैक्सी से उतरकर घटनास्थल के पास चला आया। उसने शायद सोचा होगा कि कोई शराबी सड़क पर बेसुध लेटा है जिसे वह घर तक छोड़ आएगा।

" 'माजरा क्या है?' उसने नम्र स्वर में पूछा।

" 'एक आदमी को गोली...गोली लगी है!' निरामिष-भोजी महाशय ने हकलाते हुए कहा, 'अपनी टैक्सी में बिठाकर इसे अस्पताल तक ले जाओ। मुमकिन है, वह अभी ज़िन्दा हो।'

" 'या ख़ुदा!' टैक्सी-ड्राइवर ने कहा, 'इस तरह के गाहक मुझे पसन्द नहीं हैं। लेकिन ज़रा ठहरिए—मैं टैक्सी को फ़ुटपाथ के सामने ले आता हूँ।' वह धीमे क़दमों से अपनी टैक्सी के पास गया और उसे वहाँ ले आया, जहाँ हम खड़े थे, 'भीतर डाल दीजिए।' उसने कहा।

"पुलिस के दोनों आदमियों ने रूसी को उठा लिया और काफ़ी मुश्किल से उसे टैक्सी के भीतर खींच लाने में सफल हुए। रूसी की देह काफ़ी छोटी थी...यों भी लाश को उठाना हँसी-खेल नहीं है।

" 'तुम टैक्सी में बैठकर इसके साथ चले जाओ...मैं इस बीच गवाहों के नाम नोट कर लेता हूँ!' पहले पुलिसमैन ने दूसरे से कहा, 'ड्राइवर, तुम इसे अस्पताल ले जाओ...और देखो, ज़रा जल्दी करो।'

" 'उहूँ...जल्दी करो!' ड्राइवर धीरे से गुर्राया, 'गाड़ी के ब्रेक साले एकदम खस्ता हालत में हैं!' दूसरे मिनट टैक्सी वहाँ से चल दी।

"पहले पुलिसमैन ने जेब से नोटबुक निकालते हुए कहा, 'आप सब महाशयों को मुझे अपने नाम बताने होंगे। सबूत पेश करने के लिए यह ज़रूरी है।' फिर वह बहुत धीरे-धीरे अपनी नोटबुक में हमारे नाम लिखने लगा। लगता था, जैसे उसकी अँगुलियाँ ठंड से सिकुड़ गई हों।

जब तक उसने नाम लिखने ख़त्म किये, हमारे अंग-प्रत्यंग बर्फ़ में जमने लगे थे। जब मैं अपने कमरे में वापस लौटा, ग्यारह बज के पच्चीस मिनट हो चले थे। सारा मामला दस मिनट में निपट गया था।

"मैं जानता हूँ, टॉसिग साहब सोच रहे होंगे कि इस मामले में असाधारण या विचित्र कुछ भी नहीं है। लेकिन टॉसिग साहब, कुलीन परिवारों से भरी हमारी गली में इतनी मामूली-सी घटना भी बहुत बड़ा महत्त्व रखती है। पड़ोस की गलियों में रहनेवाले भी गर्व से कहते हैं—जी हाँ, यह दुर्घटना बग़लवाली गली में हुई थी। जो लोग ज़रा दूर रहते हैं, वे इसके प्रति उदासीन होने का उपक्रम करते हैं लेकिन वास्तव में उन्हें इस बात पर काफ़ी ग़ुस्सा और अफ़सोस होता है कि यह दुर्घटना उनकी गली में क्यों न हुई। कुछ और दूर गलियों में रहनेवाले लोग ईर्ष्या और जलन के मारे सारी घटना को तिरस्कार की दृष्टि से देखते हुए भन्नाते हैं, 'जी हाँ, सुना तो था, कोई हादसा हुआ है...लेकिन वह अफ़वाह भी हो सकती है।' यह घटिया क़िस्म की ईर्ष्या है...और कुछ नहीं।

"अगले दिन हमारी गली के लोग शाम का अख़बार देखने के लिए कितने उतावले रहे होंगे, इसका अनुमान आप अच्छी तरह लगा सकते हैं। हम अपनी गली में होनेवाली हत्या के बारे में नई तफ़सीलें जानने के लिए व्याकुल थे...इसके अलावा हमें इस बात की भी बहुत ख़ुशी हो रही थी कि अख़बारों में हमारी गली और ख़ुद हमारे बारे में भी बहुत-सी बातें छपी होंगी। इस बात को कौन नहीं जानता कि लोग अख़बारों में वही पढ़ना चाहते हैं जिसे उन्होंने अपनी आँखों से देखा है, जिसके वे प्रत्यक्ष रूप से गवाह रह चुके हैं। फ़र्ज़ कीजिए, सड़क पर एक घोड़ा गिर जाता है जिसके कारण आने-जानेवाले लोगों का ट्रैफ़िक दस मिनट के लिए रुक जाता है। अगर संयोगवश अख़बारों में यह ख़बर न छपे, तो वे लोग, जिन्होंने इस घटना को अपनी आँखों से देखा था, क्रोध में भुनभुनाते हुए अख़बार को कोने में पटक देंगे और कहेंगे कि यह अख़बार किसी काम का नहीं है। उन्हें इस बात में गहरा अपमान महसूस होगा कि अख़बार ने उस घटना को छापने योग्य

नहीं समझा जिसमें उनका भी थोड़ा-बहुत साझा रहा था। आप अख़बारों में 'स्थानीय समाचारों' के जो कॉलम देखते हैं, अगर वे छपने बन्द हो जाएँ तो अगले दिन ही बहुत-से लोग अख़बार ख़रीदना बन्द कर देंगे।

"सच मानिए...अख़बारों को देखते ही हम सब गली के लोग हक्के-बक्के-से रह गए। एक भी अख़बार में हमारी गली की दुर्घटना के बारे में कुछ नहीं छपा था। एक लाइन भी नहीं। हर तरह के बेहूदा स्कैंडल और राजनीति की वाहियात ख़बरें तो ये साले छापते हैं...एक ट्राम कूड़ा गाड़ी से कैसे टकरा गई, इसका ब्योरा भी विस्तार से दिया था...लेकिन हमारी गली की हवा के बारे में एक शब्द भी नहीं। हम दाँत पीसते हुए अख़बारों को कोसने लगे...निकम्मे, बेहूदा, चोर! किन्तु तब सहसा स्टाम्प जमा करनेवाले महाशय ने कहा कि शायद पुलिस ने ही अख़बारवालों को फ़िलहाल हत्या की ख़बर छापने से रोक दिया होगा ताकि उनकी छानबीन में किसी तरह की कोई बाधा न पड़ सके। इससे हमें कुछ सन्तोष मिला...हालाँकि हमारी जिज्ञासा पहले से कहीं अधिक बढ़ गई। हमें अपने पर गर्व भी हुआ कि हम इतनी महत्त्वपूर्ण गली में रहते हैं...शायद इस सनसनीखेज़ रहस्यमय मामले में हमें गवाहों की हैसियत से बुलाया जाए। किन्तु अगले दिन भी अख़बारों में इस घटना का कोई ज़िक्र नहीं था...पुलिस की तरफ़ से कोई भी पूछताछ करने नहीं आया। इससे भी अधिक हमें यह बात विचित्र लगी कि कोई भी श्रीमती यान्सका के मकान की तलाशी लेने नहीं आया...और न ही उस कमरे पर मुहर लगाकर ताला लगाया गया जिसमें वह रूसी रहता था। तब हमें काफ़ी रंज हुआ...आख़िर यह चुप्पी क्यों? बैंजो बजानेवाले महोदय ने अनुमान लगाया कि शायद पुलिस सारे मामले को चुपचाप रफ़ा-दफ़ा कर देना चाहती है। 'ईश्वर ही जानता है, इस मामले के पीछे कौन-सा रहस्य छिपा है?' उसने कहा। जब उससे अगले दिन भी अख़बारों में हत्याकांड की कोई चर्चा नहीं हुई, हमारी गली के लोगों में आक्रोश और ग़ुस्से की लहर दौड़ गई। सबने मिलकर फ़ैसला किया कि हमें इसके बारे में कोई-न-कोई क़दम उठाना चाहिए। आख़िर वह बेचारा रूसी हमारी गली का निवासी था।

उसकी हत्या के भेद का पता चलाना हम सबका कर्तव्य हो जाता था। हमारी गली के प्रति जो लापरवाही प्रदर्शित की जा रही थी, हम उसके प्रति भी काफ़ी कटु हो चले थे। गली के पत्थर जगह-जगह से उखड़ आए थे...रोशनी की व्यवस्था भी बहुत ख़राब थी। ज़ाहिर है, अगर हमारी गली में पार्लियामेंट का कोई सदस्य या कोई पत्रकार रहता, तो उसकी ऐसी दुर्दशा न होती। शिकायतें पहले भी थीं लेकिन इधर जिस तरह हमारी गली में होनेवाले हत्याकांड की उपेक्षा की गई थी, उसने आग में घी का काम किया। मैं गली का सबसे पुराना निवासी था—सारे मामले में मेरा अपना स्वार्थ कुछ भी न था। अत: सबने मिलकर मुझसे प्रार्थना की कि मैं पुलिस-स्टेशन जाकर यह स्पष्ट कर दूँ कि समूचे हत्याकांड के प्रति पुलिस की कार्यवाही काफ़ी लज्जास्पद रही है।

"पुलिस-स्टेशन में मैं सबसे पहले सुपरिंटेंडेंट बार्तोशेक से मिला। मैं उसे थोड़ा-बहुत जानता हूँ। काफ़ी संजीदा और ग़मगीन क़िस्म का शख़्स है। कहते हैं, प्रेम में असफल होने के कारण उसने पुलिस में नाम लिखा लिया था। 'जनाब,' मैंने उससे कहा, 'कुछ दिन पहले कुसेम्बुर्क स्ट्रीट में जो हत्याकांड हुआ था, मैं उसी के बारे में आपसे पूछताछ करने आया था। पता नहीं, आप लोग उसके बारे में क्या कुछ कर रहे हैं! हमारी गली के लोगों को इस पर काफ़ी ताज्जुब हो रहा है कि अभी तक पुलिस ने उस घटना पर पर्दा डाल रखा है...'

" 'कैसी हत्या?' सुपरिंटेंडेंट ने पूछा, 'वह गली हमारे अहाते में आती है—लेकिन हमें किसी हत्याकांड की रिपोर्ट नहीं मिली।'

" 'जनाब, अभी दो-तीन दिन की ही तो बात है जब हमारी गली में उस रूसी—क्या नाम है उसका—कोपीतेंको या कोवालेंको—को गोली से मार दिया गया।' मैंने कहा, 'पुलिस के दो आदमी घटना-स्थल पर मौजूद थे। एक ने सब गवाहों के नाम नोट किये थे और दूसरा उस रूसी के साथ मोटर में बैठकर अस्पताल गया था।'

" 'आप क्या बात कर रहे हैं,' सुपरिंटेंडेंट ने कहा, 'हमें इस बारे में कोई रिपोर्ट नहीं दी गई। आप ग़लती तो नहीं कर रहे?'

" 'जनाब, कम-से-कम पचास लोगों ने उस हत्याकांड को देखा है,' मैंने कहा, 'हम सब गवाही दे सकते हैं।' मेरी झुँझलाहट बढ़ती जा रही थी। 'हम सब क़ानून-पसन्द नागरिक हैं, जनाब। अगर आप हमसे कहें कि उस हत्या के बारे में हमें अपनी ज़बान बन्द रखनी होगी, तो हम—कारण न जानने पर भी—आपकी इच्छा का पालन करने में कोई कोर-कसर न उठा रखेंगे। लेकिन किसी बेगुनाह आदमी पर ख़्वाहमख़्वाह गोली चला देना—यह ज़्यादती है। हम इसके बारे में अख़बारों को लिखेंगे।'

" 'ज़रा ठहरिए,' श्री बार्तोशेक की भावमुद्रा देखकर मैं भयभीत-सा हो गया। 'मुझे सारी बात खोलकर बताइए।' उन्होंने कहा।

"मैंने सारी घटना विस्तार से उन्हें सुना दी—हू-ब-हू वैसे ही, जैसे वह घटी थी। ग़ुस्से में सुपरिंटेंडेंट का चेहरा लाल-पीला हो रहा था। किन्तु जब मैं उस स्थल पर पहुँचा जब पहले पुलिसमैन ने दूसरे पुलिसमैन से कहा था : 'साथी, तुम इसके साथ मोटर में चले जाओ, मैं इस बीच गवाहों के नाम लिख लेता हूँ।' मेरे यह वाक्य कहने की देर थी कि पुलिस सुपरिंटेंडेंट ग़ुस्से में चीख़ उठा, 'मैं जानता था, वे हमारे आदमी नहीं होंगे। ख़ुदा के वास्ते आपने पुलिस को क्यों नहीं बुलाया, जो उन दोनों सन्तरियों को पकड़ लेती? आपको इतनी-सी बात समझ में नहीं आई कि पुलिस के लोग अपनी वर्दी में एक-दूसरे को 'साथी' कहकर नहीं बुलाते? सादे कपड़ों में ख़ुफ़िया-पुलिस के लोग तो कह सकते हैं—लेकिन वर्दी पहने पुलिसमैन कदापि नहीं। आप अव्वल नम्बर के बेवक़ूफ़ हैं...आपको चाहिए था कि उन्हें पुलिस के हवाले कर देते।'

" 'लेकिन क्यों?' मैंने हकलाते हुए पूछा। अचानक मुझे लगा, जैसे मैं बहुत छोटा हो गया हूँ।

" 'क्योंकि वही लोग थे, जिन्होंने उस रूसी का क़त्ल किया था।' सुपरिंटेंडेंट ने दहाड़ते हुए कहा, 'या कम-से-कम उसमें उनका हाथ ज़रूर रहा होगा। आप कितने अर्से से कुसेम्बुर्क स्ट्रीट में रह रहे हैं?'

" 'नौ वर्षों से।' मैंने कहा।

“ ‘तब तो कम-से-कम आपको तो यह अच्छी तरह से पता होना चाहिए कि रात के सवा ग्यारह बजे मार्केट-हॉल आपकी गली के सबसे निकट पड़ता है, जहाँ पुलिस पहरा देती है—उसके आगे स्लेज का स्ट्रीट और पेरुन स्ट्रीट के नुक्कड़ पर...और फिर उसके आगे नं. 1388 के सामने। गली के उस नुक्कड़ पर—जहाँ आपको वह पुलिसमैन आता दिखाई दिया था—वहाँ हमारा पुलिसमैन सिर्फ़ 10.48 बजे या बारी बज के तेईस मिनट पर ही आ सकता था...न उसके पहले, न बाद में। ख़ुदा रहम करे...हर चोर इस बात को जानता है लेकिन ख़ुद गली के रहनेवालों को इसका पता नहीं! शायद आप सोचते हैं कि गली के हर नुक्कड़ पर एक पुलिसमैन खड़ा रहता है—क्यों जनाब? देखिए—जिस समय यह दुर्घटना हुई, यदि उस समय हमारा पुलिसमैन आपकी गली के नुक्कड़ पर होता, तो यह सचमुच आश्चर्यजनक बात होती। पहला कारण तो यह है कि उस घड़ी वह मार्केट-हॉल के सामने अपनी चौकी पर पहरा दे रहा होगा। दूसरे—अगर वह वहाँ मौजूद होता, तो उसने हमें रिपोर्ट क्यों नहीं दी? रिपोर्ट न देना...यह एक बहुत गम्भीर चीज़ है।’

“ ‘लेकिन फिर उस हत्या के बारे में आप क्या सोचते हैं?’ मैंने पूछा। इस समय तक सुपरिंटेंडेंट कुछ प्रकृतिस्थ हो चले थे, ‘वह एक अलग चीज़ है,’ उन्होंने कहा, ‘मिस्टर हॉडेक, मुझे यह काफ़ी बीभत्स मामला जान पड़ता है। इसके पीछे किसी बहुत चालाक आदमी का हाथ है, और वैसे भी यह उतना सीधा-सादा केस नहीं है, जितना ऊपर से जान पड़ता है। उन बदमाशों ने ख़ूब सोच-समझकर दाँव खेला है। सबसे पहले तो उन्होंने उस रूसी के वापस लौटने का टाइम नोट किया होगा; दूसरे, उन्होंने हमारे सन्तरियों की गतिविधि का पहले से ही पूरा-पूरा जायज़ा लगा लिया होगा और तीसरे, पुलिस को हत्या की सूचना मिल सके, इसके पहले उन्हें पूरे दो दिनों की खुली छूट मिल गई जिसका फ़ायदा उठाकर वे या तो चम्पत हो गए होंगे या सन्देह से बचने के लिए कोई और चाल खेलने में व्यस्त होंगे। अब तो आप सब समझ गए?’

“ ‘नहीं...सब नहीं,’ मैंने कहा।

“ ‘देखिए,’ सुपरिंटेंडेंट ने बड़े धैर्य से मुझे दोबारा समझाने की कोशिश की, ‘उन्होंने अपने दो आदमियों को पुलिस की वर्दी पहना दी और वे गली के नुक्कड़ पर उस रूसी को गोली मारने के लिए तैनात कर दिये गए...या वे उस समय तक वहाँ खड़े रहे जब तक उनकी टोली में से ही किसी तीसरे आदमी ने रूसी को गोली नहीं मार दी। बेशक आप यह देखकर काफ़ी प्रसन्न हुए होंगे कि हमारी पुलिस तुरन्त घटनास्थल पर पहुँच गई। हाँ, ज़रा यह तो बताइए,’ उन्हें कोई नई बात अचानक याद आ गई, ‘पहले पुलिसमैन ने जब सीटी बजाई, तो उसकी आवाज़ कैसी थी?’

“ ‘बहुत धीमी,’ मैंने कहा, ‘मुझे लगा, जैसे पुलिसमैन के गले में कुछ अटक गया हो?’

“ ‘अहा!’ सुपरिंटेंडेंट ने तुष्ट भाव से कहा, ‘आप समझ गए न... उन्हें डर था कि कहीं आप फ़ौरन पुलिस को हत्या की सूचना न दे दें। इससे उन्हें इतनी मुहलत मिल गई कि वे बिना किसी ख़तरे के देश के बाहर भाग सकें। मैं आपसे शर्त लगा सकता हूँ कि टैक्सी-ड्राइवर भी उनकी टोली का ही आदमी था। आपको टैक्सी का नम्बर याद है?’

“ ‘नम्बर पर हमारी नज़र नहीं पड़ी।’ मेरा चेहरा उतर गया था।

“ ‘कोई बात नहीं,’ सुपरिंटेंडेंट ने कहा, ‘नम्बर ज़रूर नक़ली होगा। इससे उन्हें उस रूसी की लाश से छुटकारा पाने का अवसर मिल गया। वैसे मैं आपको बता दूँ कि वह रूसी नहीं था...वह मैकाडोनिया का रहनेवाला था। उसका नाम प्रोतासोव था। अच्छा, आपने यहाँ आने का जो कष्ट किया, उसके लिए मैं आपको धन्यवाद देता हूँ। मैं आपके प्रति बहुत आभारी रहूँगा अगर आप किसी से इसकी चर्चा न करें। आप जानते हैं, हमारी छानबीन के लिए यह बहुत ज़रूरी है। बेशक, इस हत्या के पीछे अवश्य कोई राजनीतिक कारण रहे होंगे। वैसे यह ज़रूर मानना होगा कि इस हत्या के पीछे किसी बहुत तेज़, चलते-पुरज़े का दिमाग़ रहा होगा। मि. हॉडेक, यह चीज़ मैं ख़ास तौर से इसलिए भी कह रहा हूँ क्योंकि अधिकांश राजनीतिक हत्याएँ काफ़ी कच्चे और भद्दे ढंग से की जाती हैं। हाँ, जनाब, राजनीति इतनी गई-गुज़री

चीज़ है कि उसमें दूसरों को नुक़सान पहुँचाने का साफ़-सुथरा तरीक़ा भी ठीक से नहीं बरता जाता...वह एक घटिया क़िस्म की गँवारू हुल्लड़बाज़ी है, और कुछ नहीं,' सुपरिंटेंडेंट के स्वर में हिक़ारत का भाव झलक रहा था।

"बाद में पुलिस ने मामले की तहक़ीक़ात की थी। हत्या का कारण आख़िर तक पता नहीं चल सका; किन्तु उन लोगों के नाम पता चल गए जिन्होंने हत्या की थी। इससे कुछ ख़ास फ़ायदा नहीं हुआ क्योंकि वे अर्सा पहले देश की सीमा लाँघकर रफूचक्कर हो गए थे। फलस्वरूप हमारी गली हत्या का गौरव प्राप्त करते-करते रह गई...हमें लगा, मानो किसी ने हमारी गली के इतिहास का स्वर्ण-पृष्ठ फाड़कर फेंक दिया हो! अब अगर कभी कोई फौख-स्ट्रीट या वार्शोवित्से के जंगली इलाक़े का भूला-भटका निवासी हमारी गली में आएगा तो यही कहेगा, 'कैसी नीरस-उजाड़ गली है!' हम पर कोई विश्वास नहीं करता जब हम यह कहते हैं कि इसी गली में कभी एक अत्यन्त रहस्यमय हत्या हुई थी। असलियत यह है, जब से वह हत्या हुई है, दूसरी गलियाँ हमारी गली पर काफ़ी ईर्ष्या करने लगी हैं।"

संगीत-कंडक्टर की कहानी

"सबसे भयानक स्थिति शायद यह है कि आप किसी की मदद करना चाहते हैं लेकिन कर नहीं सकते।" संगीत-कंडक्टर और कम्पोज़र कालीना ने कहा। "मैं एक बार ऐसी ही स्थिति में पड़ गया था। घटना लिवरपूल में हुई थी, जहाँ मुझे एक कंसर्ट ऑर्केस्ट्रा कंडक्ट में करने के लिए आमंत्रित किया गया था। आप जानते हैं, मैं अंग्रेज़ी का एक शब्द भी नहीं बोल सकता। लेकिन हम संगीतज्ञ लोग बिना बातचीत किये भी एक-दूसरे को अच्छी तरह समझ लेते हैं...ख़ास कर जब हमारे हाथों में बेटन (कंडक्ट करने की बेंत) हो। हल्के से बेटन हिलाइए, कुछ भी चिल्ला दीजिए, आँखें घुमाइए और हाथों से इशारा कर दीजिए...बस, एक-दो बार इसे दोहरा देना ही काफ़ी है। कोमलतम अनुभूतियाँ इन संकेतों द्वारा व्यक्त की जा सकती हैं। मिसाल के तौर पर जब मैं अपनी बाँहें इस तरह उठाता हूँ तो उसका अभिप्राय काफ़ी स्पष्ट है...एक रहस्यवादी उड़ान, ज़िन्दगी के बोझ और दुःख-दर्द से मुक्ति इत्यादि। ख़ैर, जब मैं लिवरपूल पहुँचा, स्टेशन पर मेरे अंग्रेज़ मित्र मेरी प्रतीक्षा कर रहे थे। वे मुझे एक होटल में ले गए जहाँ कुछ घड़ियों के लिए मैं विश्राम कर सकता था।

किन्तु स्नान करने के बाद मैं शहर देखने के लिए बाहर निकल पड़ा और रास्ता भूल गया।

"किसी नये शहर में घूमते हुए सबसे पहले मेरी इच्छा नदी के पास जाने की होती है। नदी के सामने खड़े होकर आप उस जगह की अपने शब्दों में कहूँ तो—उस जगह की 'लय-ताल' का पता चला सकते हैं। एक छोर पर आपको गलियों का कोलाहल सुनाई देगा...ड्रम और ढोल और पीतल के वाद्य-छन्दों का स्वर...दूसरे छोर पर नदी...वायलिन और तम्बूरे और बाँसुरी की कोमल झंकार। जी हाँ...नदी के सामने खड़े होकर आप समूचे शहर का ऑर्केस्ट्रा सुन सकते हैं। किन्तु लिवरपूल के पास जो नदी है...न जाने क्या नाम है उसका...वह बिलकुल पीली और दुर्गन्धमय है। आपसे सच कहता हूँ, यह नदी जहाज़ों, नावों, स्टीमरों, गोदामों और लोहे के क्रेनों की चिंघाड़ती, दहाड़ती, कँपकँपाती आवाज़ों से दिन-रात गूँजती रहती है। मुझे जहाज़ देखने का शौक़ शुरू से रहा है...हर क़िस्म के जहाज़—धुएँ से लेसमलेस काली डुंगिया, आवारा क़िस्म के स्टीमर, जिन पर लाल रंग की कोटिंग चढ़ी होती है या सफ़ेद चमकते हुए 'लाइनर'। 'समुद्र यहीं कहीं आसपास होगा...चलो, ज़रा उसे देखा जाए।' मैंने सोचा और नदी के किनारे-किनारे आगे बढ़ने लगा। मैं निरन्तर दो घंटे तक चलता रहा...रास्ते में सिर्फ़ बड़े-बड़े गोदामों, तहख़ानों और बन्दरगाह की गोदियों के अलावा कुछ भी दिखाई नहीं देता था। कभी-कभार कहीं इक्का-दुक्का गिरजे की तरह ऊँचा जहाज़ या आकाश में सिर उठाए तीन-चार चौड़ी, तिरछी चिमनियाँ दिखाई दे जाती थीं। चारों तरफ़ मछलियों, पसीने से लथपथ घोड़ों, कपास, रम, गेहूँ, कोयले और लोहे की मिली-जुली दुर्गन्ध फैली थी। आप जानते हैं, जहाँ बहुत-सा लोहा रखा होता है, उस जगह का वायुमंडल लोहे की गन्ध से कितना बोझिल हो जाता है। किन्तु मैं इन सब चीज़ों को देखकर काफ़ी प्रसन्न हो गया था। कुछ देर बाद ही अँधेरा घिर आया। मैं कुछ रेतीले मकानों के पास पहुँच गया था, दूसरे छोर पर एक लाइटहाउस जगमगा रहा था और दूर अँधेरे में कुछ बत्तियाँ इधर-उधर तिरती हुई दिखाई दे जाती थीं। शायद उस ओर कहीं समुद्र रहा होगा।

मैं वहीं एक सुनसान जगह चुनकर लकड़ी के तख़्तों पर बैठ गया। अपने अकेलेपन में खोया हुआ—मस्त। अँधेरे में मुझे पानी की सरसराहट और लहरों का मुक्त आलोड़न सुनाई दे जाता था। मेरे हृदय में एक अजीब-सी पीड़ा छलछला उठी। सहसा मुझे वहाँ दो छायाएँ दिखाई दीं—एक पुरुष की, दूसरी एक स्त्री की। उन्होंने मुझे नहीं देखा। वे मेरी ओर पीठ मोड़कर बैठ गए और दबे स्वरों में कुछ फुसफुसाने लगे। अगर मुझे थोड़ी-सी अंग्रेज़ी आती तो मैं खाँसकर उन्हें जतला देता कि मैं उनकी बातें सुन सकता हूँ। किन्तु चूँकि मुझे सिवाय 'होटल' और 'शिलिंग' के अंग्रेज़ी का एक शब्द भी समझ में नहीं आता था, मैं वहाँ चुपचाप बैठा रहा।

"शुरू-शुरू में वे काफ़ी उत्तेजित भाव से कुछ फुसफुसा रहे थे। लेकिन कुछ देर बाद वह पुरुष बहुत धीरे-धीरे, कोमल स्वर में उस स्त्री को कुछ समझाने लगा—वह बोलते हुए बार-बार अटक जाता था मानो उसे उपयुक्त शब्द न मिल पा रहे हों। अपनी बात ख़त्म करने से पहले वह फिर तेज़ी से कुछ बोलने लगा मानो उसने अपने को शब्दों की बाढ़ में खुला छोड़ दिया हो। स्त्री के मुँह से एक भयानक चीख़ निकल पड़ी और वह भयभीत स्वर में पुरुष से कुछ कहने लगी। किन्तु पुरुष ने उसका हाथ भींच लिया और वह दर्द से कराह उठी। पुरुष दबे स्वर में उससे कुछ कहने लगा मानो वह स्त्री को किसी चीज़ के लिए फुसला रहा हो। आप जानते हैं, यह कोई प्रेम-वार्तालाप नहीं था। एक संगीतज्ञ के लिए यह पहचान मुश्किल नहीं है। जब एक प्रेमी आग्रह करता है, तो उसके शब्दों की टोन बिलकुल दूसरे क़िस्म की होती है—उसमें वह तनाव नहीं होता जो उस पुरुष के स्वर से झलक रहा था। प्रेमियों के वार्तालाप में एक अथाह गहराई होती है—वह ऊँचा और कर्कश नहीं होता। पुरुष के शब्दों को सुनकर मुझे लग रहा था मानो वह एक ही चीज़ को बार-बार दोहरा रहा हो—एक ही स्तर पर और एक ही टोन में। मैं भयभीत-सा हो उठा। ज़ाहिर था, पुरुष उस स्त्री को डरा-धमका रहा था। स्त्री धीमे स्वर में रोने लगी...बार-बार उसके मुँह से हल्की-सी चीख़ निकल जाती थी, मानो वह पुरुष का विरोध

कर रही हो और उसकी जकड़ से बाहर निकलने के लिए छटपटा रही हो! उसका स्वर कुछ-कुछ क्लेरिनेट के स्वर से मिलता था—एक ऐसे व्यक्ति का सूखा-सा स्वर, जिसका यौवन ढलने लगा हो। किन्तु पुरुष का स्वर उत्तरोत्तर अधिक कर्कश होता जा रहा था, मानो वह डरा-धमकाकर उससे कोई काम करवा लेना चाहता हो! स्त्री कातर स्वर में गिड़गिड़ा रही थी। उसकी आवाज़ अजीब दहशत में बार-बार थरथरा जाती थी—उस व्यक्ति की थरथराहट की तरह—जिसकी नंगी देह पर आप अचानक बर्फ़-सी ठंडी पुल्टिस रख दें। मैं उसके दाँतों की कटकटाहट सुन सकता था। पुरुष तब बहुत धीमे दबे स्वर में कुछ फुसफुसाने लगा था...। इस बार उसके स्वर में हल्की-सी पुचकार छिपी थी। स्त्री का रुदन अब छोटी-छोटी कमज़ोर सिसकियों में बदल गया था जिसका मतलब था कि अधिक विरोध करने की शक्ति अब उसमें नहीं बची थी। किन्तु पुरुष का पुचकार-भरा स्वर फिर तनिक ऊँचा उठ गया था और वह बहुत आग्रह से हर शब्द को ख़ूब सोच-समझकर, चबा-चबाकर, कहने लगा। स्त्री निरन्तर अवश भाव से सिसकियाँ ले रही थी किन्तु अब उसकी सिसकियों में विरोध नहीं था। विरोध की जगह अब उनमें सिर्फ़ एक भयंकर, विक्षिप्त-सा डर था—आदमी के प्रति नहीं—किसी भावी आशंका के प्रति बदहवास, अशरीरी-सा आतंक। पुरुष का स्वर फिर कोमल फुसफुसाहट और हल्की-सी झिड़कियों में डूब गया था। स्त्री की सिसकियाँ धीरे-धीरे कातर, अवसन्न उच्छ्वासों में बदल गई थीं। पुरुष ने अपने सख़्त और ठंडे स्वर में उससे कुछ प्रश्न पूछे...स्त्री हर प्रश्न का उत्तर चुपचाप सिर हिलाकर दे देती थी। पुरुष अब ज़्यादा आग्रह नहीं कर रहा था।

"फिर वे दोनों उठे और अलग-अलग दिशाओं में चल दिये।

"आप जानते हैं, मैं अपशकुनों वग़ैरह में विश्वास नहीं करता किन्तु मैं संगीत में अवश्य विश्वास करता हूँ। उस रात उन दोनों की बातचीत सुनकर मुझे पक्का विश्वास हो गया कि वह पुरुष उस स्त्री को किसी ख़तरनाक साज़िश में घसीटने की कोशिश कर रहा था। मैं यह भी जान गया था कि

वह स्त्री बिलकुल पराजित भाव से घर लौट गई थी और इसमें मुझे कोई सन्देह नहीं रहा था कि वह पुरुष की आज्ञानुसार ही काम करेगी। मैंने उन दोनों की बातें सुनी थीं और 'सुनना' शब्दों के अर्थ समझने से कहीं अधिक महत्त्वपूर्ण होता है। मैं जानता था कि कहीं कोई घोर अपराध होनेवाला है। वह अपराध क्या होगा, यह भी मैं जानता था। उन दोनों की आवाज़ों से एक अजीब, रोंगटे खड़े कर देनेवाला भय टपक रहा था; वह भय उनके स्वरों के उतार-चढ़ाव, लय, गति, बीच-बीच में उभर जानेवाले विरामों और झटकों में ध्वनित हो रहा था। मैं आपसे कहता हूँ—संगीत जो अर्थ देता है, वह शब्दों से कहीं अधिक स्पष्ट और नपा-तुला होता है। उस स्त्री का स्वर क्लेरिनेट की ध्वनि से मिलता-जुलता था। उसे सुनकर आसानी से पता चल जाता था कि उसमें स्वयं किसी काम को करने का साहस नहीं है। वह सिर्फ़ मदद कर सकती है—किसी के हाथ में चाभी देना या दरवाज़ा खोलना। किन्तु 'बॉस' की गहरी, कठोर आवाज़ (जो उस पुरुष की आवाज़ थी) को सुनकर तुरन्त पता चल जाता था कि जब स्त्री डर से काँप रही होगी, वह ख़ुद आगे बढ़कर अपने हाथों से उस भयंकर काम को पूरा कर देगा। मैं पूरी शक्ति से वापस शहर की ओर दौड़ने लगा। मुझे अब रत्तीभर सन्देह नहीं था कि कोई भयंकर चीज़ होनेवाली है और मैं भरसक उसे रोकने की कोशिश करना चाहता था। यह ख़याल अपने में कितना भयानक है कि ज़रा-सी देर होने पर आपकी सब कोशिशों पर पानी फिर सकता है।

"आख़िर मुझे गली के कोने में एक पुलिसमैन दिखाई दिया। पसीने से लथपथ मैं हाँफता हुआ उसके पास आया, 'जनाब, ज़रा सुनिए,' मैंने थूक निगलते हुए कहा, 'इस शहर में कोई हत्या करने की साज़िश कर रहा है।'

"पुलिसमैन ने सिर्फ़ कन्धे सिकोड़ लिये...फिर उसने मुझसे कुछ कहा जो मैं बिलकुल नहीं समझ सका, 'हे ईश्वर!' मैंने मन-ही-मन सोचा। 'यह मैं जो कुछ उससे कह रहा हूँ, वह उसका एक शब्द भी नहीं समझ सकता।'

"'हत्या!' मैं ज़ोर से चिल्लाया, मानो वह बहरा हो। 'तुम देखते नहीं?

वे किसी स्त्री को मारने की कोशिश कर रहे हैं, जो घर में अकेली रहती है। चौकीदार या कोई नौकरानी इस हत्या की साज़िश कर रही है...कुछ करो।' मैं गला फाड़कर चिल्लाया, 'ईश्वर के लिए कुछ करो।'

"पुलिसमैन ने सिर्फ़ सिर हिला दिया। फिर उसने मुझे देखकर कुछ कहा...कोई अजीब सा शब्द—'युरवे'।

" 'भले मानस, तुम इतनी-सी बात नहीं समझ सकते?' मैंने उसे दोबारा समझाने की कोशिश की। मैं एकदम झुँझला उठा था। क्रोध और भय से मेरी देह काँप रही थी। 'वह बेचारी स्त्री अपने प्रेमी के लिए दरवाज़ा खोलेगी...यह बात बिलकुल पक्की है। आप ऐसा हरगिज़ न होने दें। आपको जल्द-से-जल्द उसका पता चलाने की कोशिश करनी चाहिए...' उसी समय मुझे ख़याल आया कि मैं स्वयं उस स्त्री की सूरत-शक्ल नहीं पहचानता। किन्तु अगर मैं पहचान भी लेता तो भी मैं पुलिसमैन को उसके बारे में कुछ न बता सकता। 'आप खड़े क्यों हैं।' मैं चीख़ उठा, 'क्या आप चुपचाप उन्हें यह घिनौना काम करने देंगे?'

"उस अंग्रेज़ पुलिसमैन ने ध्यान से मुझे देखा और फिर मुझे समझाने-बुझाने की कोशिश करने लगा। मैंने अपना माथा पीट लिया।

" 'बेवक़ूफ़!' मैं अपनी ही विवशता में छटपटाने लगा, 'अगर तुम कुछ नहीं करोगे तो मैं ख़ुद उसे ढूँढ़ निकालूँगा।'

"यह निरा पागलपन था...मैं जानता हूँ। लेकिन जब किसी व्यक्ति की ज़िन्दगी एक पतली-सी डोर पर लटकी हो, तब कुछ-न-कुछ तो करना ही चाहिए। मैं रात-भर लिवरपूल की गलियों के चक्कर काटता रहा—सिर्फ़ यह देखने के लिए कि कहीं कोई आदमी चोरी-चुपके किसी घर में तो नहीं घुस रहा है? वह अजीब शहर है जनाब...रात के समय वहाँ मौत का-सा सन्नाटा छा जाता है...सुबह होने तक मैं इसी तरह चारों तरफ़ भटकता रहा। आख़िर निराश होकर मैं फ़ुटपाथ पर बैठ गया। थकान के कारण मेरी आँखों से आँसू बहने लगे। एक पुलिसमैन की नज़र मुझ पर पड़ गई। उसने 'युरवे' कहा और मुझे अपने होटल तक पहुँचा आया।

"मुझे मालूम नहीं, उस दिन सुबह मैंने कंसर्ट का रिहर्सल कैसे निर्देशित किया। किन्तु उसके समाप्त होते ही मैं 'बेटन' फ़र्श पर पटककर बाहर सड़क पर भाग आया। अख़बार बेचनेवाले लड़के शाम का अख़बार ज़ोर-ज़ोर से चिल्लाकर बेच रहे थे। मैंने एक अख़बार ख़रीद लिया। उस पर मोटी सुर्ख़ियों में 'MURDER' लिखा था...नीचे एक उजले बालोंवाली महिला का चित्र मुझे निहार रहा था।"

टिकटों का संग्रह

"इसमें कोई सन्देह नहीं," बूढ़े सज्जन श्री कारास ने कहा, "अगर कोई अपने अतीत का लेखा-जोखा करे, तो उसे अपनी ज़िन्दगी में ही अलग-अलग क़िस्म की ज़िन्दगियों के सूत्र मिल सकते हैं। यह संयोग की ही बात है कि किसी एक दिन वह ग़लती से—या शायद अपनी इच्छा से—एक ख़ास क़िस्म की ज़िन्दगी चुन लेता है और आख़िर तक उसे निभाए ले जाता है। सबसे शोचनीय बात यह है कि वे दूसरी ज़िन्दगियाँ—जिन्हें उसने नहीं चुना...मरती नहीं। किसी-न-किसी रूप में वे उसके भीतर जीवित रहती हैं। हर आदमी को उनमें एक अजीब-सी पीड़ा महसूस होती है...जैसे टाँग के कट जाने पर पीड़ा होती है।

"मेरी उम्र कोई दस वर्ष की रही होगी जब मैंने टिकट जमा करने शुरू कर दिये। मेरे पिता को मेरा यह शौक़ एक आँख नहीं सुहाता था। वह शायद सोचते थे कि एक बार मुझे यह लत पड़ गई तो पढ़ाई-लिखाई के प्रति मेरा ध्यान उखड़ जाएगा। किन्तु मेरा एक मित्र था—लोयज़ीक चेपेल्का। मेरी तरह उसे भी विदेशी टिकट जमा करने का बेहद शौक़ था।

लोयज़ीक के पिता 'बैरल ऑर्गन' बजाकर परिवार का पालन-पोषण करते। वह एक आवारा क़िस्म का लड़का था—मुँह पर चेचक के दाग़ थे किन्तु मेरा उसके प्रति गहरा लगाव था...कुछ उसी तरह जैसा स्कूली लड़कों का एक-दूसरे के प्रति लगाव होता है। आप जानते हैं, मैं बूढ़ा आदमी हूँ। बीवी-बच्चों का स्नेह मुझे मिला है किन्तु मुझे लगता है कि दो दोस्तों की मैत्री से अधिक ख़ूबसूरत कोई दूसरा सम्बन्ध नहीं हो सकता। किन्तु इस तरह की मैत्री छुटपन में ही सम्भव हो सकती है। बाद में वह ताज़गी नहीं रहती...उस पर हमारे स्वार्थों की मैली परत जमा हो जाती है। मेरा मतलब उस ख़ास क़िस्म की मैत्री से है, जिसमें एक गहरा उत्साह और आकर्षण छिपा रहता है—आत्मशक्ति और स्नेह भावना का उमड़ता, छलछलाता ज्वार। वह अपने में इतना अधिक, इतना मुक्त और उच्छल होता है कि जब तक आदमी उसका एक अंश दूसरे को नहीं दे देता, उसे शान्ति नहीं मिलती। मेरे पिता वकालत करते थे—शहर के प्रतिष्ठित व्यक्तियों में उनका विशिष्ट स्थान था। उनका रोब और दबदबा सब मानते थे। लेकिन मेरी दोस्ती एक ऐसे लड़के से थी जिसका पिता एक पियक्कड़ बैंड मास्टर था और जिसकी माँ दूसरे लोगों के कपड़े धोकर घर की रोटी चलाती थी। इसके बावजूद लोयज़ीक के प्रति मेरे दिल में गहरी श्रद्धा और आदर का भाव था क्योंकि वह मुझसे कहीं अधिक चालाक और चतुर था, वह आत्मनिर्भर था और उसमें हर प्रकार के जोखिम का सामना करने का साहस था। उसकी नाक पर चेचक के दाग़ थे और वह बाएँ हाथ से पत्थर फेंक सकता था। आज मुझे वे सब चीज़ें याद नहीं रहीं, जिनके कारण उसके प्रति मेरा इतना अटूट और गहरा लगाव उत्पन्न हो गया था। लेकिन इतना ज़रूर कह सकता हूँ कि वैसा लगाव ज़िन्दगी में किसी अन्य व्यक्ति के प्रति कभी उत्पन्न नहीं हो सका।

"उन दिनों जब मुझ पर टिकट जमा करने की धुन सवार हुई थी, लोयज़ीक ही मेरा एक विश्वासपात्र मित्र था, जिससे मैं कभी कुछ नहीं छिपाता था। मेरे विचार में मनुष्य में संग्रह करने का शौक़ आदिकाल से चला आ रहा है, जब वह अपने शत्रुओं के मस्तक, लड़ाई में लूटी हुई चीज़ें,

रीछों की खालें, हिरणों के सींग—इत्यादि जिस चीज़ पर उसका हाथ पड़ जाता था, उसे वह अपने ख़ज़ाने में जमा कर लेता था। किन्तु टिकट-संग्रह करने की अपनी एक विशेषता है...हमें उसमें एक अजीब-सा रोमांचकारी अनुभव होता है। लगता है, हम किसी सुदूर देश को अपनी अँगुलियों से छू रहे हैं—भूटान, बोलेविया, केप ऑव गुड होप! इन टिकटों के सहारे हम अपने और इन अजाने देशों के बीच एक गहरी आत्मीयता-सी महसूस करने लगते हैं। टिकट-संग्रह का नाम लेते ही हमारी आँखों के सामने ज़मीन और समुद्र की रोमांचकारी यात्राएँ, जोखिम और साहस के कारनामे घूम जाते हैं। यह कुछ उतना ही रोचक और सनसनीखेज़ जान पड़ता है जितना मध्ययुग में किये जानेवाले ईसाइयों के धर्म-अभियान।

"मैं आपसे अभी कह रहा था कि मेरे पिता को मेरा यह शौक़ ज़्यादा पसन्द नहीं था। यह स्वाभाविक भी है क्योंकि वास्तव में अधिकांश लोग यह नहीं चाहते कि उनके पुत्र कोई ऐसा काम करें जिसे उन्होंने स्वयं कभी नहीं किया। ख़ुद मेरा अपने पुत्रों के प्रति भी ऐसा ही व्यवहार रहा है। पुत्र के प्रति पिता की भावना अन्तर्विरोधों से भरी रहती है...स्नेह तो उसमें अवश्य होता है किन्तु उसमें एक हद तक पूर्वग्रह, अविश्वास और विरोध के तत्त्व भी मिले होते हैं। आप अपने बच्चों को जितना अधिक प्यार करते हैं, उतनी ही मात्रा में विरोध भी...और यह विरोधी भावना स्नेह के साथ-साथ बढ़ती जाती है।

ख़ैर, मैंने अपने टिकटों का संग्रह गोदाम के एक कोने में छिपाकर रखा था ताकि पिता की नज़र उन पर न पड़ सके। हम दोनों चूहों की तरह लुक-छिपकर उस गोदाम में एक-दूसरे के टिकटों को देखा करते थे। अलग-अलग देशों के टिकट—नीदरलैंड, मिस्र, स्वेरिज, स्वीडन। उन्हें देखते हुए हमारी आँखें नहीं भरती थीं। हमने अपना ख़ज़ाना छिपाकर रखा था, अतः उसमें 'पाप' की एक गोपनीय भावना भी भरी थी जो हमें अजीब-सा आनन्द देती थी। मैंने जिस तरह के टिकट जमा किये थे, वह भी अपने में कम रोमांचकारी और दुर्गम काम नहीं था। मैं जाने-अजाने परिवारों का चक्कर लगाया करता था

और आरज़ू-मिन्नत करके उनकी पुरानी चिट्ठियों के टिकट उतारकर अपने पास जमा कर लेता था। कभी-कभार मुझे ऐसे लोग मिल जाते थे जिनकी मेज़ों की दराज़ें ठसाठस पुराने काग़ज़ों से भरी रहती थीं। तब मेरी ख़ुशी का ठिकाना नहीं रहता था। मैं फ़र्श पर बैठकर बड़े इत्मीनान से पुराने काग़ज़ के कूड़े-कर्कट का निरीक्षण करता और चुन-चुनकर वे टिकट निकालता जाता जो मेरे पास नहीं थे। मैंने कभी एक जैसे ही दो टिकट जमा नहीं किये... इसे मेरी बेवक़ूफ़ी ही समझ लीजिए। किन्तु जब कभी अचानक लॉम्बाडी या किसी छोटे से जर्मन-राज्य या यूरोप के किसी स्वतंत्र नगर का टिकट मेरे हाथ लग जाता, तो मेरी ख़ुशी पीड़ा की सीमा तक जा पहुँचती—शायद हर बड़ी ख़ुशी में पीड़ा का मधुर स्पर्श छिपा रहता है। इस दौरान लोयज़ीक बाहर मेरी प्रतीक्षा करता रहता। बाहर निकलते ही मैं दबे स्वर में उसके कानों में फुसफुसाकर कहता : 'लोयज़ीक, लोयज़ीक...वहाँ हैनोवर का एक टिकट था।'...'तुमने उतार लिया?'...'हाँ।' और तब हम लूटी हुई सम्पत्ति को जेब में दबोचकर सरपट घर की ओर भागने लगते, जहाँ हमारा ख़ज़ाना छिपा था।

"हमारे शहर में बहुत-से कारख़ाने थे जहाँ हर क़िस्म का अल्लम-गल्लम तैयार किया जाता था—कपास, रुई, घटिया क़िस्म का ऊन। यह सड़ा-गला माल दुनिया-भर की वर्ण-जातियों को भेजा जाता था। मुझे अक्सर वहाँ रद्दी काग़ज़ों की टोकरियाँ मिल जाती थीं...या यों कहिए, मेरे लिए लूट-खसोट करने का वह सबसे बढ़िया स्थान था। वहाँ मुझे प्राय: स्याम, दक्षिणी अफ़्रीका, चीन, लिबोरिया, अफ़ग़ानिस्तान, बोर्नियो, ब्राज़ील, न्यूज़ीलैंड, इंडिया और कांगो के टिकट मिल जाते थे। आपके बारे में मुझे मालूम नहीं, लेकिन मुझे इन नामों की ध्वनि-मात्र से एक अजीब-सा रहस्य और आकर्षण महसूस होता है। मैं आपको बता नहीं सकता कि उस क्षण मुझे कितनी ख़ुशी होती थी जब अचानक मेरे हाथ में स्ट्रेट्स सैटलमेंट या कोरिया या नेपाल या न्यू गिनी या सियरा लियोने या मैडागास्कर का कोई टिकट पड़ जाता था। आपसे सच कहता हूँ कि वैसी ख़ुशी सिर्फ़ किसी शिकारी, या ख़ज़ाना-खोजी या ज़मीन की खुदाई करनेवाले पुरातत्त्व-अन्वेषी को ही उपलब्ध हो पाती है।

किसी चीज़ को खोजना और पाना—मेरे ख़याल में ज़िन्दगी में इससे बड़ा सुख और रोमांच कोई नहीं। हर आदमी को कोई-न-कोई चीज़ खोजनी चाहिए—अगर टिकट नहीं तो सत्य या स्वर्ण-पंख या कम-से-कम नुकीले पत्थर और राखदानियाँ।

"वे मेरी ज़िन्दगी के सबसे सुखद वर्ष थे—लोयज़ीक के साथ मेरी दोस्ती और मेरा टिकट-संग्रह। फिर अचानक एक दिन मुझे बुख़ार आ गया। लोयज़ीक को मेरे पास आने की इजाज़त नहीं थी, इसलिए वह कभी-कभी नीचे दहलीज़ में खड़ा होकर सीटी बजाया करता था ताकि मैं उसकी आवाज़ सुन सकूँ। एक दोपहर जब घर के लोग मेरी ओर से बेख़बर थे, मैं सबकी आँख बचाता हुआ ऊपर गोदाम में अपने टिकट देखने चला आया। बुख़ार के कारण मैं इतना कमज़ोर हो गया था कि बड़ी मुश्किल से सन्दूक़ का ढक्कन उठा पाया। सन्दूक़ ख़ाली पड़ा था। जिस बक्से में मैंने टिकट जमा किये था, वह वहाँ नहीं था।

"उस क्षण मेरे हृदय पर कितना गहरा, मर्मान्तक आघात पहुँचा था, मैं आपको बता नहीं सकता। कुछ देर तक मैं पत्थर की मूर्ति-सा ख़ाली सन्दूक़ के सामने खड़ा रहा। मैं रो भी नहीं सका मानो कोई गोला मेरे गले में अटक गया हो। मेरे लिए यह विश्वास करना असम्भव था कि मेरी सबसे बड़ी ख़ुशी—टिकटों का संग्रह—ग़ायब हो गया था किन्तु इससे अधिक बात यह थी कि उसे चुरानेवाला कोई और न होकर मेरा अधिक भयानक मित्र लोयज़ीक था; मेरी बीमारी के दिनों में वह उसे चोरी-चुपके उठा ले गया था। मैं कितना विह्वल, कातर और बेबस हो गया था, कहना मुश्किल है। यह आश्चर्य की बात है कि बच्चे कितनी दुर्दमनीय पीड़ा भोग सकते हैं। पता नहीं, मैं गोदाम से कैसे बाहर आया। किन्तु उसके बाद मुझे दोबारा तेज़ बुख़ार चढ़ आया। चेतना के क्षणों में मैं निराश भाव से अपने टिकटों के बारे में सोचने लगता। मैंने इस बारे में एक शब्द भी अपने पिता या बुआ से नहीं कहा। मेरी माँ अर्सा पहले गुज़र चुकी थीं। मैं जानता था कि वे मेरी अन्तर्पीड़ा नहीं समझ सकेंगे। मेरी इस ख़ामोशी ने मेरे और उनके बीच एक दीवार-सी खड़ी कर दी।

मुझे लगता है, उस घटना के बाद उनके प्रति मेरा बालसुलभ स्नेह हमेशा के लिए ख़त्म हो गया। लोयज़ीक के विश्वासघात ने मेरे दिल पर भयानक असर किया था—यह पहला अवसर था जब मैंने ज़िन्दगी में धोखा खाया था। 'लोयज़ीक भिखमंगा है,' मैंने अपने से कहा, 'तुमने भिखमंगे के साथ दोस्ती की और उसका फल तुम्हें मिल गया।' इस अनुभव ने मेरे दिल को काफ़ी कठोर बना दिया। उस दिन से मैं आदमी और आदमी के बीच भेद करने लगा। समाज के प्रति मेरी सहज निर्दोष दृष्टि नष्ट हो गई। यह मैं आज सोचता हूँ—उन दिनों मुझे गुमान भी न था कि इस घटना ने किस हद तक मुझे हिला दिया है, न कभी यह कल्पना की थी कि इसकी चोट मेरी ज़िन्दगी पर हमेशा के लिए एक खरोंच छोड़ जाएगी।

"बुख़ार उतरने के साथ ही टिकट-संग्रह के खो जाने का शोक भी मेरे मन से उतर गया। किन्तु जब कभी मैं लोयज़ीक को नये मित्रों के साथ हँसते-बोलते देखता था, मेरा घाव फिर हरा हो जाता था। बीमारी के बाद वह मेरे पास भागता हुआ आया था—उसके चेहरे पर हल्की-सी झेंप थी क्योंकि हम इतने दिनों बाद मिले थे। किन्तु मैंने रूखे स्वर में उसे दुरदुरा दिया था, 'अपना रास्ता पकड़ो...मेरा-तुम्हारा रिश्ता ख़त्म!' मेरे इन शब्दों को सुनकर उसका चेहरा लाल हो गया था और उसने हकलाते हुए कहा था 'अच्छा—ठीक है।' उस दिन से वह जी-जान से मुझसे नफ़रत करने लगा था। ऐसी नफ़रत, जो सिर्फ़ निम्नवर्गीय लोग ही कर सकते हैं।

"हाँ, उस घटना ने मेरी समूची ज़िन्दगी को बदल दिया था। मुझे आसपास की दुनिया दूषित और अपवित्र जान पड़ने लगी। लोगों में मेरी आस्था नष्ट हो गई। मैं हर व्यक्ति को घृणा और हिक़ारत की नज़र से देखने लगा। उसके बाद मेरा कोई मित्र नहीं था। बड़ा होने पर भी मैं अपने को अपने तक सीमित रखने लगा। मुझे किसी अन्य व्यक्ति की आवश्यकता नहीं थी—और न ही मैं किसी के प्रति अपनी सहानुभूति प्रदर्शित करता था। फिर मैंने अनुभव किया कि दूसरे लोग भी मुझे पसन्द नहीं करते। मैंने इससे यह निष्कर्ष निकाला कि मैं स्वयं दूसरों के स्नेह और भावुकता को हिक़ारत की दृष्टि से देखता हूँ।

मैं अपने में अलग-थलग रहने लगा...एक ऐसे व्यक्ति की तरह जो अपने लक्ष्य की साधना करने में जुटा हो। आत्मनिष्ठ, कर्मशील एक ऐसा व्यक्ति जो कभी नाक पर मक्खी नहीं बैठने देता। अपने नीचे काम करनेवालों के प्रति मेरा व्यवहार बेहद चिड़चिड़ा और कठोर हो गया। जिस स्त्री से मैंने विवाह किया, उसे कभी अपना प्रेम नहीं दे सका। अपने बच्चों का पालन-पोषण भी इस ढंग से किया कि वे कभी मेरे आगे अँगुली न उठा सकें। मेरी कर्मनिष्ठा और कर्तव्यपरायणता की धाक सब पर अच्छी तरह बैठ गई। बस यही मेरी ज़िन्दगी थी। मेरी सारी ज़िन्दगी। —मेरी आँखों के आगे सिर्फ़ कर्तव्य था... और कुछ नहीं। मैं जानता हूँ, जब मैं नहीं रहूँगा, अख़बारों में मेरे महत्त्वपूर्ण कार्यों और उज्ज्वल चरित्र के बारे में काफ़ी चर्चा होगी। काश, लोग जान पाते कि इस सबके पीछे कितना अकेलापन, कितना अविश्वास, कितना आत्म-संकल्प दबा पड़ा है।

"तीन वर्ष पहले मेरी पत्नी की मृत्यु हुई थी। उस दिन मुझे कितना क्लेश हुआ, यह बात मैं आज तक अपने से और दूसरों से छिपाता रहा हूँ। शोक में विह्वल-सा होकर मैं अपने परिवार के स्मृति-चिह्न उलटने-पलटने लगा—पुरानी चीज़ें—जिन्हें मेरे माता-पिता पीछे छोड़ गए थे। फ़ोटोग्राफ़, ख़त, मेरी पुरानी स्कूल की कॉपियाँ...मेरे पिता काफ़ी गम्भीर स्वभाव के व्यक्ति थे किन्तु जिस लगन के साथ उन्होंने इन सब चीज़ों को सँभालकर रखा था, उसे देखकर मेरा गला भर आया। उस क्षण मुझे लगा मानो सचमुच वह मुझसे काफ़ी स्नेह करते थे। गोदाम की अलमारी इन सब चीज़ों से भरी थी। अलमारी की सबसे निचली दराज़ में पिता ने अपना सन्दूक़ मुहर लगाकर रखा था। जब मैंने उसे खोला, मेरी आँखों के सामने वह टिकट-संग्रह पड़ गया, जिसे मैंने पचास वर्ष पहले जमा किया था।

"मैं आपसे कोई बात छिपाकर नहीं रखूँगा। मेरे आँसू फूट पड़े और मैं टिकटों के बक्से को इस तरह दबाकर अपने कमरे में ले आया मानो मुझे कोई ख़ज़ाना मिल गया हो! मेरे मस्तिष्क में सारी बात बिजली की तरह कौंध गई। जब मैं बीमार था, पिता के हाथों में मेरा टिकट-संग्रह पड़ गया होगा।

उन्होंने उसे सन्दूक़ में छिपा लिया था ताकि मैं अपनी पढ़ाई-लिखाई मन लगाकर करता रहूँ। उन्हें ऐसा नहीं करना चाहिए था किन्तु यह उन्होंने मेरे प्रति स्नेह और लगाव से उत्प्रेरित होकर ही किया था। पता नहीं क्यों—उस क्षण मुझे अपने पिता और ख़ुद अपने पर रोना-सा आने लगा।

"फिर सहसा मुझे याद आया—लोयज़ीक ने आख़िर मेरे टिकट नहीं चुराए थे। मैंने उसके प्रति कितना घोर अन्याय किया था, यह सोचकर ही मेरा दिल काँप उठा। चेचक के दागों से भरा उस आवारा लड़के का मैला-कुचैला चेहरा अपनी आँखों के सामने घूम गया। न जाने वह अब कहाँ होगा? पता नहीं, वह जीवित भी होगा या नहीं? आपसे सच कहता हूँ, जितना ही मैं अतीत की उस घटना के बारे में सोचता था, उतनी ही अधिक अपने पर शर्म और ग्लानि महसूस होती थी। एक झूठे सन्देह के कारण मैंने अपने एकमात्र अभिन्न मित्र को खो दिया था...मेरा समूचा जीवन तबाह हो गया था। उसके कारण ही मैं इतना आत्मकेन्द्रित हो गया था। उसके कारण ही मैंने दूसरे लोगों से अपने सब सम्बन्ध तोड़ लिये थे। महज़ उसके कारण डाक-टिकट को देखते ही मेरा मन खीज और झुँझलाहट से भर उठता था। उसके कारण ही मैंने अपनी पत्नी को—विवाह से पूर्व या उसके बाद—कभी कोई पत्र नहीं लिखा क्योंकि मैं अपने को इन छोटी-मोटी भावुकताओं से ऊपर मानता था...हालाँकि मेरी पत्नी को यह बात काफ़ी चुभती थी।

"उसके कारण ही मैं इतना कठोर था और सबसे नाता तोड़कर अलग-थलग रहने लगा था। उसके कारण और सिर्फ़ उसके कारण ही मेरा जीवन इतना आदर्शनीय, इतना कर्तव्यनिष्ठ हो गया था।

"उस दिन मैंने अपनी ज़िन्दगी को नये सिरे से देखा और तब सहसा मुझे लगा मानो मैं एक बिलकुल दूसरी ज़िन्दगी जी रहा था। अगर वह घटना न होती, तो शायद मैं एक दूसरे क़िस्म का व्यक्ति होता—एक ऐसा व्यक्ति जिसका दिल हमेशा जोश और उत्साह, स्नेह, साहस, ज़िन्दादिली और हाज़िरजवाबी से फड़कता रहता है...मुक्त और विचित्र...आकांक्षाओं में छलछलाता रहता है। मैं कुछ भी हो सकता था—अन्वेषक, अभिनेता, सैनिक!

ज़रा देखिए...मैं तब एक ऐसा आदमी होता जो दूसरों के प्रति हमदर्दी महसूस कर सकता है...उनके साथ मिलकर शराब पी सकता है, उन्हें समझ सकता है। आह! मैं क्या कुछ नहीं कर सकता था! और तब उस क्षण मुझे लगा जैसे मेरे भीतर बरसों से दबी बर्फ़ धीरे-धीरे पिघलने लगी हो। मैं अपने टिकट-संग्रह को देखने लगा...बारी-बारी से हर टिकट को। सब पुराने टिकट वहाँ मौजूद थे...लॉम्बार्डी, क्यूबा, स्याम, हैनोवर, निकारागुआ, फिलीपींस—वे सब देश और शहर जहाँ मैं जाना चाहता था और जिन्हें अब मैं कभी नहीं देख सकूँगा। उनमें से हर टिकट पर किसी अज्ञात चीज़ का टुकड़ा चिपका था, जो हो सकता था और हुआ नहीं था। मैं रात-भर उन टिकटों के सामने बैठा रहा और अपनी ज़िन्दगी के बारे में सोचता रहा। मुझे लगा कि मैं अब तक एक बनावटी, अजनबी और परायी ज़िन्दगी जी रहा था...जो मेरी असली ज़िन्दगी थी, वह कभी पैदा न हो सकी।"

श्री कारास ने उदास भाव से सिर हिलाते हुए कहा, "आह...जब कभी उन चीज़ों के बारे में सोचता हूँ जो मैं कर सकता था...या अपने उस अपराध के बारे में सोचता हूँ जो मैंने लोयज़ीक के प्रति किया था..."

श्री कारास के इन शब्दों को सुनकर फादर बोन्स बहुत ग़मगीन और उदास हो गए—बहुत सम्भव है, उन्हें अपनी ज़िन्दगी की कोई घटना याद आ गई हो, "कारास साहब!" उन्होंने करुणा-भरे स्वर में कहा, "आप इसके बारे में अधिक न सोचिए। अब कोई फ़ायदा नहीं है...भला-बुरा जो हो चुका है, वह हो चुका है। ज़िन्दगी को नये सिरे से शुरू नहीं किया जा सकता..."

"आप ठीक कहते हैं," श्री कारास ने लम्बी साँस लेते हुए कहा। उनका चेहरा हल्का-सा गुलाबी हो गया था। "लेकिन मैं आपसे कहना चाहता था कि मैंने...मैंने फिर से टिकट जमा करने शुरू कर दिये हैं।"

एक साधारण हत्या

"मैं अक्सर सोचता हूँ," श्री हनाक ने कहा, "हम बहुत-सी बुरी चीज़ें सह लेते हैं लेकिन जब किसी आदमी के प्रति अन्यायपूर्ण व्यवहार किया जाता है, तो वह हमारे लिए असहनीय हो उठता है। हम उसे सबसे अधिक जघन्य चीज़ मानते हैं। मिसाल के तौर पर हज़ारों लोगों की ग़रीबी और यातना हम रोज़ देखते हैं...लेकिन हमें ज़्यादा बेचैनी महसूस नहीं होती। किन्तु जब किसी निर्दोष आदमी को जेल में बन्द कर दिया जाता है, तो हम व्याकुल-से हो उठते हैं। मैंने लोगों को भयानक कष्ट में रहते देखा है—उसकी तुलना में जेल का कष्ट स्वर्ग का वरदान जान पड़ता है। किन्तु इसके बावजूद हमें कोई यातना या पीड़ा इतनी भयावह नहीं जान पड़ती जितना अन्यायपूर्ण व्यवहार। मुझे लगता है कि न्याय की भावना हम सबके भीतर कहीं बहुत गहरे में धँसी है; अपराध और निर्दोषता, सच्चाई और न्याय की हमारी भावनाएँ शायद उतनी ही आदिम, निर्मम और गहरी हैं—जितनी प्रेम और भूख की भावनाएँ।

"मैं एक उदाहरण देता हूँ : आप सब लोगों की तरह मैंने भी चार वर्ष लड़ाई के मोर्चे पर गुज़ारे हैं। हम सब लोगों ने वहाँ जो देखा-भोगा है,

मैं उसकी चर्चा नहीं करूँगा। किन्तु आप मेरी बात से सहमत होंगे कि वहाँ कुछ दिन गुज़ारकर आदमी हर चीज़ का आदी हो जाता है...। मिसाल के तौर पर—मृत सिपाहियों की लाशों को देखना। मैंने सैकड़ों लोगों को लड़ाई के मैदान में मरते देखा है—जवान आदमियों की लाशें। आप विश्वास करेंगे कि कभी-कभी यह अनुभव कितना ख़ौफ़नाक हो सकता है। लेकिन मुझे आपसे यह कहने में कोई शर्म नहीं है कि कुछ अर्सा बाद मेरे लिए इन लाशों का मैले चिथड़ों के गट्ठरों से अधिक महत्त्व नहीं रहा...सिर्फ़ उनकी दुर्गन्ध मुझे परेशान करती थी। उन दिनों मेरे मन में सिर्फ़ एक ख़याल आता था—अगर किसी तरह मैं इस ख़ून-ख़राबे से सुरक्षित निकल आऊँ तो फिर ज़िन्दगी में कोई चीज़ मुझे तंग नहीं कर सकेगी।

"युद्ध को समाप्त हुए छह महीने बीत चले थे। उन दिनों मैं स्लातिना शहर में रहता था...वहाँ मेरा अपना घर है। एक दिन सुबह के समय किसी ने मेरी खिड़की पर दस्तक दी। बाहर एक आदमी चिल्ला रहा था, 'हनाक साहब, ज़रा बाहर आइए। श्रीमती तुर्कोवा का क़त्ल हो गया है।' श्रीमती तुर्कोवा की काग़ज़-कॉपियों और लैस-धागों की एक छोटी-सी दुकान थी। कोई उस महिला की ओर अधिक ध्यान नहीं देता था। कभी-कभार कोई इक्का-दुक्का आदमी धागा-फीता या क्रिसमस-कार्ड ख़रीदने उसकी दुकान में जाता था। दुकान के पीछे शीशे का एक दरवाज़ा था जो रसोई की तरफ़ खुलता था। वहाँ पर सोती थीं। दरवाज़े पर एक पर्दा लगा था। जब कभी दुकान की घंटी बजती, श्रीमती तुर्कोवा रसोई के पर्दे से दुकान के भीतर आनेवाले आगन्तुक को झाँककर देख लेतीं, फिर अपनी स्कर्ट से हाथ पोंछते हुए दुकान के भीतर आतीं। 'क्या चाहिए?' वह सन्दिग्ध भाव से पूछतीं। बेचारे गाहक को लगता मानो दुकान में आकर उसने कोई गुनाह किया है और वह ख़रीद-फ़रोख़्त करके जल्द से जल्द बाहर चला जाता। उसकी दुकान में आकर कुछ वैसा ही महसूस होता जब हम किसी पत्थर को उठाते हैं और उसके नीचे सीलन-भरे गड़हे में इधर-उधर रेंगता हुआ कोई अकेला, भयभीत कीड़ा दिखाई दे जाता है...हम जल्द से जल्द उस

पत्थर को पुरानी जगह रख देते हैं ताकि यह मनहूस जीव अपने कोने में निर्विघ्न रह सके।

"ख़बर सुनते ही मेरे मन में अश्लील क़िस्म का कौतूहल जाग उठा और मैं दौड़ता हुआ घटनास्थल पर पहुँच गया। श्रीमती तुर्कोवा की दुकान के सामने लोग तिलचट्टों की तरह जमा हुए थे। स्थानीय कांस्टेबल ने मुझे पढ़ा-लिखा बाबू समझकर भीतर जाने दिया। दरवाज़ा खोलते ही दुकान की घंटी पूर्ववत् बज उठी...। उस क्षण न जाने क्यों घंटी के साफ़ और उत्सुक स्वर को सुनकर मेरे रोंगटे-से खड़े हो गए। मुझे उसका स्वर उस समय कुछ असंगत-सा जान पड़ा। रसोई की देहरी पर श्रीमती तुर्कोवा मुँह औंधा किये लेटी थीं। उनके सिर के नीचे ख़ून का छोटा-सा चहबच्चा फैला था, जो इस समय तक काला हो चुका था। गर्दन पर उनके सफ़ेद बालों की लटें ख़ून में लिथड़ गई थीं और उन पर ख़ून के स्याह धब्बे उभर आए थे। उस क्षण मुझे कुछ ऐसा महसूस हुआ जो सारी लड़ाई के दौरान मुझे कभी महसूस नहीं हुआ था...एक मृत देह को देखकर मैं सहसा आतंकित हो गया था।

"अजीब बात है कि लड़ाई के बारे में मैं अब प्रायः सब कुछ भूल चुका हूँ। मेरे ख़याल में सब लोग धीरे-धीरे उसके बारे में सब कुछ भूलते जा रहे हैं। शायद यही कारण है कि देर-सवेर अगली लड़ाई अवश्य होकर रहेगी। किन्तु मैं आजीवन उस बुढ़िया की मृत देह को नहीं भूल सकूँगा। जब वह जीवित थी, तो हमारे लिए टुटपुँजिया दुकान की मालकिन से ज़्यादा महत्त्व नहीं रखती थी—एक खूसट बुढ़िया, जो ठीक ढंग से एक पिक्चर-पोस्टकार्ड भी नहीं बेच पाती थी। आप जानते हैं—एक व्यक्ति, जिसकी हत्या कर दी गई हो, एक साधारण मृत व्यक्ति से बिलकुल अलग होता है। उसके सम्बन्ध में एक भयानक रहस्य होता है, जिसके बारे में हम कुछ भी नहीं जानते। बहुत माथापच्ची करने के बाद भी मैं नहीं समझ पाया कि आख़िर सब लोगों को छोड़ श्रीमती तुर्कोवा की ही हत्या क्यों की गई—एक मामूली बूढ़ी औरत, जिसकी ओर कोई ध्यान नहीं देता था। यह विश्वास करना कठिन था कि अब वही बुढ़िया ख़ून में लथपथ देहरी पर गिरी पड़ी है और एक पुलिसमैन सिर

झुकाकर उसकी ओर देख रहा है...और बाहर भीड़ के लोग एक-दूसरे को धक्कामुक्की करते हुए उसकी सिर्फ़ एक झलक पाने के लिए उतावले हो रहे हैं। कितनी अजीब बात थी—जब वह जीवित थी, कोई उसके पास फटकता भी न था किन्तु अब ख़ून के चहबच्चे में मुँह औंधा किये वही बुढ़िया सबका ध्यान अपनी ओर आकर्षित कर रही थी। लगता था मानो सहसा उस क्षण उसका व्यक्तित्व बहुत ही भयावह और रहस्यमय ढंग से महत्त्वपूर्ण हो उठा है। महीने पर महीने गुज़र जाते थे और मैं उसकी शक्ल-सूरत, वेश-भूषा पर निगाह डाले बिना आगे बढ़ जाता था किन्तु अब लगता था, जैसे मैं उसे एक शीशे के माध्यम से देख रहा हूँ, जिसके आर-पार हर चीज़ बीभत्स रूप में बड़ी और विराट हो जाती है। उसका एक पाँव स्लीपर के भीतर था, दूसरा बाहर निकल आया था। मैं एड़ी के पास उसकी जुराब की सीवन देख सकता था...हर धागा साफ़ दिखाई देता था। मुझे वह दृश्य अत्यन्त भयानक-सा जान पड़ा...लगता था, मानो किसी ने उस बेचारी, घिसी-पिटी जुराब की भी हत्या कर दी हो! उसका एक हाथ फ़र्श पर पड़ा था...किसी पक्षी के पंजे-सा शिथिल और सूखा। किन्तु सबसे अधिक भयानक मुझे सफ़ेद बालों का वह जूड़ा दीख रहा था, जो बुढ़िया ने बड़ी सावधानी से बाँधा था...ख़ून के सूखे काले धब्बों के बीच गर्दन पर लटका हुआ वह जूड़ा पुराने टिन के टुकड़े-सा चमक रहा था। ख़ून में लिथड़े हुए उन बालों से अधिक दयनीय दृश्य मैंने ज़िन्दगी में पहले कभी नहीं देखा था। कान के पीछे ख़ून का एक धब्बा जम गया था। उसके ऊपर नीले हीरे में चाँदी का एक छोटा-सा इयरिंग झिलमिला रहा था। मुझसे और अधिक नहीं देखा गया। 'हे भगवान!' मैंने कहा। मेरी टाँगें काँपने लगी थीं।

"रसोई में मेरे अलावा दूसरा व्यक्ति एक पुलिसमैन था, जो फ़र्श पर कुछ ढूँढ़ रहा था। सिर उठाकर उसने मेरी ओर देखा...उसका चेहरा बिलकुल पीला पड़ गया था। लगता था, मानो दूसरे क्षण ही वह बेहोश हो जाएगा।

" 'भले आदमी!' मैंने विस्मय से उसकी ओर देखा, 'क्या तुम लड़ाई के मोर्चे पर नहीं थे?'

" 'था क्यों नहीं!' पुलिसमैन ने रुँधे स्वर में कहा, 'लेकिन यह...यह उससे अलग है। ज़रा उधर देखिए!' सहसा उसने रसोई के पर्दे की ओर इशारा किया।

पर्दे पर जगह-जगह सलवटें और धब्बे पड़े थे...ज़ाहिर था, क़ातिल ने अपने हाथ उससे पोंछे थे। मेरे मुँह से एक लम्बी साँस निकल गई। न जाने क्यों मुझे यह दृश्य अत्यन्त भयंकर और असहनीय-सा जान पड़ा। शायद उस क्षण मेरी आँखों के सामने ख़ून में लिसलिसे हाथ घूम गए, या शायद वे पर्दे...जो कभी साफ़-सुथरे रहे होंगे...अब मेरे सामने उस हत्या के आँखों-देखे गवाह की तरह खड़े थे...मुझे मालूम नहीं, वह कौन-सी चीज़ थी जिसने मुझे इतनी बुरी तरह झिंझोड़ दिया था। उसी क्षण अचानक एक गौरैया रसोई से चहचहाती हुई बाहर उड़ गई। मुझे लगा, अब मैं और अधिक बर्दाश्त नहीं कर सकूँगा। मैं भय से काँपता हुआ दुकान से बाहर निकल गया। उस क्षण शायद मेरा चेहरा पुलिसमैन के चेहरे से भी अधिक पीला पड़ गया था।

"अपने घर के अहाते में एक खुली छकड़ा गाड़ी खड़ी थी...पहिए की धुरी पर बैठकर मैं अपने-आपको कोसने लगा, 'बेवक़ूफ़...डरपोक...इसमें इतना डरने की क्या बात थी? आख़िर यह एक मामूली-सी हत्या है। क्या तुमने पहले कभी ख़ून नहीं देखा? क्या तुम दलदल में लोटते सुअर की तरह अनेक बार अपने ही ख़ून में लथपथ नहीं हुए? क्या तुमने अपने आदमियों को गड़हा खोदने के लिए आदेश नहीं दिया था जिसमें एक सौ तीस लोगों को दबाया जा सके? एक सौ तीस लाशें...अगर तुम उन्हें एक-दूसरे से सटाकर भी रखो, छत पर एक-दूसरे से जुड़ी हुई कड़ियों की तरह—तो भी उनकी एक लम्बी क़तार बन जाएगी। तुम उन लाशों की क़तार के सामने सिग़रेट पीते हुए घूम रहे थे और अपने सिपाहियों पर चिल्ला रहे थे, 'जल्दी करो...सारी रात इन पर खड़े रहना नहीं होगा! क्या तुमने लाशों का ढेर नहीं देखा, लाशों का ढेर!'

" 'हाँ—यह सही है,' मैंने सोचा, 'मैंने लाशों के ढेर देखे हैं, लेकिन मैंने कभी अकेली लाश नहीं देखी। मैंने कभी झुककर किसी लाश का चेहरा

नहीं देखा और उसके बाल नहीं छुए।' एक लाश भयानक रूप से ख़ामोश रहती है, आपको चाहिए कुछ देर बिलकुल अकेले में उसके साथ रहें... साँस भी न लें...अगर आप उसे समझना चाहते हैं। उन एक सौ तीस लाशों में हर लाश उठकर आपसे यह कहने की कोशिश करती, 'जनाब, उन्होंने मुझे मार दिया है। ज़रा मेरे हाथों को देखिए...आप देखते नहीं...ये इनसान के हाथ हैं!' किन्तु हम उनकी तरफ़ से पीठ मोड़कर चल दिये। लड़ाई की घड़ी में मुर्दों की बात कौन सुनता है। मैं सच कहता हूँ...यह काफ़ी अच्छी बात होगी अगर लोग—लड़के, औरतें, बच्चे—सब मधुमक्खियों के झुंड की तरह हर मृत व्यक्ति की देह के इर्द-गिर्द जमा हो जाएँ और उसकी एक झलक पा सकें...जूते में पड़े पाँव या ख़ून में सने बालों की सिर्फ़ एक झलक पाते ही उनकी देह में कँपकँपी छूटने लगेगी। फिर शायद ऐसी चीज़ें नहीं होंगी... कभी हो नहीं सकेंगी।

"मैंने अपनी माँ को क़ब्र में दफ़नाते देखा था। कफ़न में लिपटी हुई वह बहुत गम्भीर, शान्त और गरिमामय दीख रही थीं। वह अजीब-सी ज़रूर लग रही थीं—लेकिन भयानक नहीं। किन्तु हत्या...वह मृत्यु से भिन्न है। जिस आदमी की हत्या होती है, वह मरता नहीं। वह बिलखता है...लगता है, मानो वह पीड़ा से, घनीभूत, असह्य पीड़ा से चीख़ रहा हो। मैं और वह पुलिसमैन... दोनों ही इस बात को समझते थे। हम जानते थे कि वह दुकान भुतैली है। और फिर सहसा मुझे कोई चीज़ समझ में आने लगी। हमारे भीतर आत्मा है या नहीं...मुझे नहीं मालूम। किन्तु हमारे भीतर कुछ ऐसी चीज़ें ज़रूर हैं, जो शाश्वत हैं—मेरे ख़याल में न्याय की भावना उनमें से एक है। मैं दूसरों से बेहतर नहीं हूँ किन्तु मुझमें कोई चीज़ है, जो सिर्फ़ मेरी नहीं है...एक कठोर शक्तिशाली नियम का धुँधला-सा अहसास। मैं जानता हूँ कि मैं अपनी बात काफ़ी गड्डमड्ड ढंग से कह रहा हूँ किन्तु उस क्षण मुझे पहली बार सही-सही पता चला था कि अपराध और अधर्म जैसे शब्दों के क्या मानी होते हैं। मेरे ख़याल में एक व्यक्ति जिसकी हत्या कर दी गई हो, उस मन्दिर की तरह है जिसे किसी ने ध्वस्त और दूषित कर दिया हो।"

" 'क्या उन्होंने उस आदमी को पकड़ लिया जिसने बुढ़िया की हत्या की थी?' श्री दोश ने पूछा।

" 'हाँ,' श्री हनाक ने अपनी बात जारी रखते हुए कहा, 'मैंने उसे दो दिन बाद पुलिस के साथ दुकान से बाहर निकलते हुए देखा था। पुलिस उसे दुकान में लाई थी ताकि घटनास्थल पर उसकी जिरह की जा सके। मैंने उसके चेहरे को मुश्किल से पाँच सेकेंड देखा होगा लेकिन मुझे दोबारा महसूस हुआ था मानो मैं किसी ऐसे शीशे से उसे देख रहा हूँ, जिसके आर-पार हर चीज़ भयानक रूप से बड़ी दिखने लगती है। वह एक नौजवान था...हाथों में हथकड़ी लगी थी और वह इतने तेज़ क़दमों से चल रहा था कि पुलिस के आदमियों को उसके साथ चलने में कठिनाई महसूस हो रही थी। उसकी नाक पर पसीना बह रहा था और उसकी बड़ी-बड़ी आँखें भय से फटी जा रही थीं। डर के कारण उसके होश-हवास गुम हो गए थे मानो किसी ख़रगोश को चीड़फाड़ करने के लिए पकड़ लिया गया हो। जब तक मैं जीवित रहूँगा, उसके चेहरे को नहीं भूल सकूँगा।'

"उस मुठभेड़ के बाद कई दिनों तक मेरा मन काफ़ी खिन्न और उदास रहा। 'अब वे उस पर मुक़दमा चलाएँगे...' मैंने मन-ही-मन सोचा। 'कुछ महीनों तक उसकी छीछालेदर करेंगे और फिर उसे मौत की सज़ा देंगे।' अन्त में मुझे सचमुच उस पर काफ़ी अफ़सोस होने लगा। यदि वह किसी तरह अपने को उनके चंगुल से बचाकर भाग निकलता, तो मुझे काफ़ी ख़ुशी होती। इसलिए नहीं कि वह देखने में आकर्षक था...बात इससे बिलकुल उलटी थी। वास्तव में मैंने उसे बहुत नज़दीक से देखा था...वह भय से काँप रहा था। नहीं, आप मुझे ग़लत न समझें। मेरा दिल कोई ख़ास कोमल नहीं है किन्तु इतने नज़दीक से देखने पर वह मुझे हत्यारा नहीं जान पड़ा। वह एक मामूली-सा आदमी था। मैं आपसे सच कहता हूँ, मैं ख़ुद उस क्षण अपने को समझ पाने में असमर्थ था। मुझे नहीं मालूम, अगर मैं उसका जज होता तो क्या करता। किन्तु उसे देखकर कोई चीज़ मेरे मन को बुरी तरह सालने लगी। मुझे लगा, मानो ख़ुद मेरी आत्मा प्रायश्चित्त करने के लिए तड़प रही हो!"

फ़ैसला

"एक बार मुझे मुक़दमे में अपना मत प्रकट करने का अवसर मिला था।" श्री फिरबास ने संकोच से खाँसते हुए कहा, "मुझे ज्यूरी का सदस्य बनने के लिए आमंत्रित किया गया था। हमारे सामने लुइज़ा कादानिकोवा का केस था। आप शायद जानते हैं, लुइज़ा पर अपने पति की हत्या करने का अभियोग लगाया गया था। ज्यूरी में हम आठ पुरुष थे और चार महिलाएँ। हम पुरुषों के मन में यह सन्देह शुरू से ही बैठ गया था कि ये चार बूढ़ी औरतें उस स्त्री को छुड़ाने में कोई कसर नहीं उठा रखेंगी। शायद यही कारण था कि शुरू से ही लुइज़ा के प्रति हमारे दिल में हल्का-सा विरोध उत्पन्न हो गया था।

"असफल विवाहित जीवन का वह एक सीधा-सादा-सा केस था। कादानिक सिविल इंजीनियर था और उसने एक ऐसी लड़की से विवाह किया था जो उम्र में उससे बीस वर्ष छोटी थी। जब लुइज़ा का विवाह हुआ, वंह खेलने-कूदनेवाली बच्ची ही थी। मुक़दमे के दौरान एक गवाह ने हमें बताया था कि विवाह के दूसरे दिन ही लुइज़ा का चेहरा राख-सा सफ़ेद पड़ गया था,

रोने के कारण आँखें सूज गई थीं और जब नवविवाहित पति उसे छूने की कोशिश करता, तो वह घृणा से काँपने लगती थी। कई बार मैंने ऐसी निरीह और नादान लड़कियों के बारे में सोचा है...जिन्हें विवाह के बाद इस प्रकार का कटु और भयानक अनुभव हुआ होगा। ज़रा सोचिए...पति शायद विवाह से पहले अनेक लड़कियों के सम्पर्क में आ चुका होगा और उसी के अनुसार अपनी नव-विवाहिता वधू के प्रति भी उसका व्यवहार...नहीं जनाब, आप इसकी कल्पना भी नहीं कर सकते। किन्तु सरकारी वकील ने दूसरे गवाहों से पूछताछ करने के बाद लुइज़ा के बारे में कुछ और तथ्य जमा किये थे। पता चला कि विवाह से पहले उसकी किसी छात्र के साथ साँठ-गाँठ थी और विवाह के बाद भी उन दोनों में चिट्ठी-पत्री चला करती थी। सौ बात की एक बात...उनका विवाहित जीवन सुखी नहीं था। श्रीमती लुइज़ा के मन में अपने पति के प्रति गहरी शारीरिक घृणा थी। विवाह के एक वर्ष बाद उनका गर्भ गिर गया और तब से वह किसी-न-किसी स्त्री-रोग से पीड़ित रहने लगीं। इंजीनियर साहब अपनी शारीरिक भूख मिटाने के लिए कहीं और जाने लगे और घर में कौड़ी-कौड़ी के लिए झगड़ा होने लगा। उस अशुभ दिन न जाने किसी रेशमी क़मीज़ या कुछ ऐसी छोटी-मोटी चीज़ को लेकर फिर झगड़ा हो गया। इंजीनियर साहब ने झिड़की दी कि घर में ज़हर खाने से बेहतर बाहर की हवा खाना बेहतर है और वह बाहर जाने के लिए जूता पहनने लगे। उस क्षण लुइज़ा पीछे से अपने पति के पास आई और रिवॉल्वर से उसके गले में गोली मार दी। उसके तुरन्त बाद वह भागी-भागी दहलीज़ में आई और ज़ोर-ज़ोर से चीख़ते हुए पड़ोसियों को बुलाने लगी। रोते हुए उसने सबको बता दिया कि उसने अपने पति की हत्या कर डाली है और वह अपने को पुलिस के हवाले-सुपुर्द करने को तैयार है। इसके बाद वह सीढ़ियों पर मूर्च्छित होकर गिर पड़ी। बस, यही सारा केस था।

"ज्यूरी में हम बारह व्यक्ति थे और हमें लुइज़ा के अपराध पर अपना फ़ैसला देना था। हमने उसे कोर्ट रूम में देखा था। वह काफ़ी सुन्दर और आकर्षक स्त्री थी। लेकिन जैसा आप जानते हैं, ज्यूरी के सदस्यों को स्त्रियों के

सौन्दर्य से कुछ ख़ास लेना-देना नहीं। उसका चेहरा पीला पड़ गया था, किन्तु आँखों में अजीब-सी क्रूर घृणा चमक रही थी। ऊपर कुर्सी पर जज महोदय विराजमान थे...न्याय की साक्षात् मूर्ति। काले गाउन में वह एक पादरी-से दिखाई देते थे। सरकारी वकील का रोबदार व्यक्तित्व देखते ही बनता था। इतना सुन्दर आदमी मैंने पहले कभी नहीं देखा था। साँड की तरह ताक़तवर और शेर की तरह बाँका और लड़ाकू। साफ़ देखा जा सकता था कि अपने शिकार को झपटते समय उसे कितनी ख़ुशी होती थी। नीचे खड़ी अभियुक्ता नफ़रत में जलती आँखों से उसकी ओर घूर रही थी। अभियुक्ता की पैरवी करनेवाला वकील बार-बार उछलकर सरकारी वकील से झगड़ने लगता था। हम ज्यूरी के सदस्यों को उन दोनों का भीषण वाक्-युद्ध काफ़ी असहनीय-सा जान पड़ रहा था। कभी-कभी तो लगता था, मानो रक्षा-वकील और सरकारी वकील हत्या के प्रश्न पर नहीं, बल्कि किसी आपसी झगड़े को लेकर एक-दूसरे से उलझ रहे हों। ज्यूरी के हम सब सदस्य आम-साधारण लोग थे, न्याय और सत्य की अपनी भावनाओं के आधार पर हम अपराधी पर अपना निर्णय देने के लिए वहाँ आए थे, किन्तु कोर्ट की अन्तहीन औपचारिकताओं और वकीलों की बहस ने हमें काफ़ी खिन्न-सा कर दिया। पीछे की तरफ़ कोर्ट रूम के हॉल में लोग ठसाठस भरे थे—लुइज़ा कादानिकोवा के केस की हर तफ़सील सुनने को आतुर। जब कभी किसी प्रश्न का उत्तर देते समय अभियुक्ता संकोच और असमंजस में चुप हो जाती, हॉल में बैठे दर्शक ख़ुश होकर चहकने लगते।"

श्री फिरबास ने रूमाल से माथे का पसीना पोंछते हुए कहा, "आपसे क्या कहूँ! ऐसे क्षणों में मुझे महसूस होता था मानो मैं ज्यूरी का सदस्य न होकर स्वयं एक अभियुक्त हूँ। मन में इच्छा होती थी कि अपनी कुर्सी से उछलकर सबके सामने चीख़कर कह दूँ कि मैं 'हाँ...सालो! मैंने अपराध किया है। जो जी में आए, सो करो!'

"फिर गवाहों की बारी आई। हर गवाह बड़े महत्त्वपूर्ण ढंग से यह जतलाने की कोशिश करता कि उसे कोई बड़ा रहस्य मालूम है।

उनके जवाबों को सुनकर आपके सामने क़स्बाती ज़िन्दगी का जीता-जागता नक़्शा घूम जाता—छोटी-बड़ी दुश्मनियाँ, अफ़वाहें, ख़ुशामदें, कानाफूसियाँ, ईर्ष्या, द्वेष, षड्यंत्र, राजनीतिक जालसाज़ियाँ, ऊब। इन गवाहों के अनुसार इंजीनियर एक सीधा-सादा, क़ानूनपसन्द नागरिक था और उसके सदाचार की ख्याति चारों तरफ़ फैली थी। दूसरी तरफ़ उनके वक्तव्यों से यह भी पता चलता था कि वह एक लौंडियाबाज़ और मक्खीचूस शख़्स था...क्रूर और निर्दयी, अपने व्यवहार में अशिष्ट और गँवार। मतलब यह कि इन दोनों तसवीरों में आप जो चाहें चुन लें। श्रीमती लुइज़ा का चरित्र ज़्यादा बदतर साबित हुआ...गवाहों के विचार में वह एक चरित्र-भ्रष्ट, ख़र्चालू औरत थी... भड़कीले कपड़ों में बनी-ठनी रहती थी, घर-गृहस्थी का कोई ख़याल नहीं था, दूसरों से पैसे उधार लिया करती थी...।

"सरकारी वकील ने अभियुक्ता की ओर झुककर मुस्कराते हुए प्रश्न किया, 'क्या यह सच है कि विवाह से पहले आपका किसी अन्य पुरुष के साथ गहरा सम्बन्ध था?'

"अभियुक्ता ख़ामोश खड़ी रही...सिर्फ़ उसके कपोल हल्के-से गुलाबी हो उठे।

"रक्षा-वकील अपनी सीट से उछलकर खड़ा हो गया, 'कृपया अमुक स्त्री को बुलाया जाए...वह इंजीनियर कादानिक के घर काम करती थी। कादानिक ने अपनी पोज़ीशन का नाजायज़ फ़ायदा उठाया था...और उससे उसे एक बच्चा भी हुआ था...'

"प्रधान जज का मुँह लटक आया। 'क्या यह बहस द्रौपदी के चीर की तरह बढ़ती जाएगी?' वह दुखी होकर सोच रहे थे। दूसरी तरफ़ बहस के दौरान हर छोटी-से-छोटी घरेलू तफ़सील के बखिए उधेड़े जा रहे थे—दोनों में से घरेलू अशान्ति के लिए कौन अधिक ज़िम्मेवार था, श्रीमती लुइज़ा को अपने पति से घरेलू ख़र्च के लिए कितने क्राउन मिलते थे, क्या उसके पति को किसी अन्य पुरुष के प्रति ईर्ष्या थी? कभी-कभी मुझे ऐसा प्रतीत होता था मानो वे मृत व्यक्ति कादानिक और उसके दाम्पत्य-जीवन के बारे में नहीं,

बल्कि मेरे अथवा ज्यूरी के किसी दूसरे सदस्य के बारे में...या किसी भी साधारण आदमी के वैवाहिक जीवन पर बहस कर रहे हैं। मैं विस्मय से सोचने लगा कि वे जो मृत व्यक्ति के बारे में कह रहे हैं, वह मुझ पर लागू होता है...ऐसी चीज़ें कमोबेश हर परिवार में होती हैं। उनके बारे में इतना बोलने की क्या ज़रूरत है? मुझे लगा, जैसे बहस का हर शब्द हमें...पुरुषों और स्त्रियों को...धीरे-धीरे नंगा करता जा रहा है; मानो वे हमारे दाम्पत्य जीवन के कलह-क्लेश, हमारी व्यक्तिगत दिनचर्या की गन्दी-से-गन्दी तफ़सीलों, हमारे बिस्तर-सम्बन्धी भेदों और आदतों का एक-एक करके पर्दाफ़ाश कर रहे हों। ऐसा जान पड़ता था मानो कोर्ट रूम में हमारी अपनी ज़िन्दगी की कहानी दोहराई जा रही हो...इतने कमीने और क्रूर ढंग से कि लगता था, जैसे हम किसी दोज़ख में आ घुसे हों, देखा जाए तो वह इंजीनियर कादानिक बिलकुल ही गया-बीता शख़्स नहीं था। माना कि उसमें थोड़ा-सा गँवारूपन था...अपनी पत्नी को परेशान और अपमानित किया करता था; सख़्त मिज़ाज और कंजूस भी था क्योंकि उसकी आमदनी काफ़ी कम थी। मौक़ापरस्त था और अपनी नौकरानी को भी जाल में फँसाने से बाज़ नहीं आया था। किसी एक विधवा से भी उसकी साँठ-गाँठ थी किन्तु इसमें अस्वाभाविक कुछ भी न था। श्रीमती लुइज़ा के व्यवहार से उसके पौरुष-अभिमान को गहरी चोट लगी थी और वह जानबूझकर इस तरह के काम किया करता था। उसकी पत्नी उसे एक आँख नहीं देख सकती थी...जैसे वह कोई घिनौना कीड़ा हो। एक और विशेष चीज़ यह थी कि जब रक्षा-वकील के गवाह मृत व्यक्ति को झगड़ालू, कमीना, वहशी, यौन-सम्बन्धों में क्रूर और स्वार्थी घोषित कर रहे थे, ज्यूरी के हम पुरुष सदस्यों को लग रहा था मानो इन सब दोषों के लिए हमें भी गोली से मार देना चाहिए। किन्तु ज्योंही कोई दूसरा गवाह श्रीमती लुइज़ा की बुराइयाँ गिनाते हुए कहता कि उसका चाल-चलन अच्छा नहीं था और सबके सामने आत्म-प्रदर्शन करने में उसे मज़ा आता था, इत्यादि-इत्यादि...तब उस समय बेंच पर बैठे हुए हम पुरुषों के मन में श्रीमती लुइज़ा के प्रति सद्भावना उत्पन्न हो जाती,

मानो हम उसका संरक्षण कर रहे हों। किन्तु ज्यूरी की वे चार महिलाएँ होंठ भींचकर चुपचाप बैठी थीं। उनकी आँखों में सहानुभूति या सद्भावना का अंशमात्र भी हमें दिखाई नहीं दिया।

"कई घड़ियों और दिनों तक हम नौकरानियों, डॉक्टरों, पड़ोसियों और चुगलख़ोर लोगों की आँखों से श्रीमती लुइज़ा के दाम्पत्य जीवन का नरक देखते और भोगते रहे...झगड़े, क़र्ज़, छोटे-मोटे रोग, घरेलू काट-मार। एक दम्पती के जीवन में जो भी गन्दगी, हाय-हाय, एक-दूसरे को यातना देने का प्रलाप होता है, वह सब हमारे सामने खुलकर आने लगा। कभी-कभी मुझे लगता था, मानो मानवीय जीवन के अन्दरूनी स्थलों में जो कुछ भी काई-कीचड़ जमी है, वह अपनी समूची भयावह दुर्गन्ध और बीभत्सता समेटकर हमारे सामने बह आई हो। ज़रा देखिए...मेरी अपनी पत्नी बहुत नेक और सुशील स्वभाव की स्त्री है। किन्तु कभी-कभी ऐसे क्षण आते थे जब मुझे लगता था कि कोर्ट-रूम के कठघरे में लुइज़ा नहीं, मेरी पत्नी, मेरी अपनी लिडा खड़ी है...उसने रिवॉल्वर से अपने पति फिरबास के गले में गोली मारी है। लगता था, मानो मैं ख़ुद...उसका पति...उस ज़ख़्म की भयावह और असह्य पीड़ा में तड़प रहा हूँ। मुझे ऐसा लगता था मानो कठघरे में खड़ी मेरी पत्नी का पीला चेहरा भद्दे ढंग से सूज आया है, उसके होंठ रह-रहकर काँप उठते हैं और घृणा और अपमान में भरी उसकी भयानक, पगली आँखें मुझे कोस रही हैं। वह कोई अन्य स्त्री न होकर मेरी लिडा है, जिसे वे नंगा करके चीड़फाड़ रहे हैं। वहाँ मेरी पत्नी थी, मेरा शयनकक्ष था, मेरे गुह्य भेद थे, मेरी गन्दगी थी, मेरा वहशीपन था। मुझे लगा, जैसे मैं सुबकता हुआ कह रहा हूँ, 'मेरी प्यारी लिडा, हमारी ज़िन्दगी हमें किस नरक में खींच लाई है!' मैंने अपनी आँखें मूँद लीं ताकि मैं इस भयावह दुःस्वप्न से छुटकारा पा सकूँ। किन्तु गवाहों के उत्तर बार-बार मेरे दिल को मथने लगते। जब मैं कनखियों से कठघरे में खड़ी लुइज़ा को देखता, मेरा हृदय काँप उठता—प्यारी लिडा, तुम कितनी बदल गई हो!

"जब मैं कोर्ट-रूम से वापस घर लौटा, लिडा मेरी प्रतीक्षा कर रही थी। 'क्या उसे सज़ा दी जाएगी?' उसने छूटते ही पूछा। उन दिनों उस मुक़दमे ने सारे शहर में सनसनी-सी फैला दी थी...ख़ास कर घर की औरतें उसमें गहरी दिलचस्पी ले रही थीं। 'अगर कोई मुझसे पूछे,' मेरी पत्नी ने उत्सुक, चिन्तित स्वर में घोषणा की, 'तो मैं उसे अवश्य सज़ा देकर छोड़ूँगी।'

" 'अरे छोड़ो भी!' मैं उस पर ग़ुस्से में झल्ला उठा। इस सम्बन्ध में मुझे उससे बातचीत करते हुए बहुत बेचैनी-सी महसूस हो रही थी। जिस दिन फ़ैसला होना था, उससे एक दिन पहले की शाम को मेरा मन सचमुच काफ़ी उद्विग्न-सा हो उठा। अपने कमरे में चहलक़दमी करता हुआ मैं समूचे केस के बारे में सोच रहा था। सम्भव है, लुइज़ा छूट जाएगी। आख़िर ज्यूरी में चार औरतें किसलिए हैं? अपराध के विपक्ष में सिर्फ़ एक और वोट चाहिए...फिर लुइज़ा पर आँच नहीं आएगी। वह निर्णयात्मक वोट क्या मेरी होगी? किन्तु इस प्रश्न का मुझे कोई उत्तर नहीं मिला। सहसा मेरे मन में एक अप्रिय-सा विचार कौंध गया...मेरे मेज़ की दराज़ में भी कारतूस से भरी पिस्तौल रखी है...मिलिटरी ट्रेनिंग के दिनों में जो आदत पड़ गई थी, वह अब तक चली आ रही थी। कितनी आसानी से कोई व्यक्ति इसे मेरी पत्नी लिडा पर चला सकता है! मैंने पिस्तौल को अपने हाथ में उठा लिया। क्या मुझे इसे कहीं छिपा देना चाहिए? या शायद इससे छुटकारा पाना ही बेहतर होगा? नहीं...अभी नहीं! मेरा मुँह विकृत-सा हो आया। जब तक लुइज़ा के भाग्य का फ़ैसला नहीं हो जाता, मैं इसे अपने पास रखूँगा। और तब फिर मैं अपने ख़यालों के गोरखधन्धे में उलझ गया...न जाने क्या फ़ैसला दिया जाएगा। हे ईश्वर...कम-से-कम मुझे तो अपने निर्णय के बारे में कुछ सोचना चाहिए! मैं किस तरह वोट दूँगा?

"अन्तिम दिन कोर्ट में सरकारी वकील ने अपना भाषण दिया था। हर बात उसने बहुत सख़्ती और सफ़ाई से सामने रखी थी। वह बड़े अधिकार से पारिवारिक जीवन के मानवीय सम्बन्धों के बारे में अपने विचार प्रस्तुत कर रहा था। मुझे लग रहा था मानो कहीं बहुत दूर से मुझे उसके शब्द सुनाई दे रहे हैं...कितने महत्त्वपूर्ण और विचित्र ढंग से वह परिवार, घरेलू जीवन,

वैवाहिक सम्बन्ध, पुरुष और स्त्री, स्त्रियों का कर्तव्य और दायित्व-जैसे शब्दों पर ज़ोर डाल रहा था। कहते हैं...जज के सम्मुख इतना ओजपूर्ण भाषण पहले कभी नहीं दिया गया। उसके बाद श्रीमती लुइज़ा के वकील ने अपना वक्तव्य दिया जिसमें उसने एक भारी ग़लती की। वह रुग्ण यौन-सम्बन्धों का विस्तृत विश्लेषण करने लगा। यह स्वाभाविक है—उसने कहा—जिस स्त्री में किसी कारण से यौन-वासना नष्ट हो गई है, वह अपने पति के वहशी-व्यवहार का कड़ा विरोध करेगी। किस तरह यह विरोध धीरे-धीरे घृणा में बदल जाता है। ऐसी स्थिति में यदि आदमी वासना में अन्धा होकर एक राक्षस की तरह अपनी पत्नी के साथ ज़ोर-ज़बरदस्ती करे, तो उस स्त्री की हालत बलि के बकरे से भी अधिक दयनीय हो जाएगी। ज़ाहिर है, वकील के इन तर्कों ने ज्यूरी के सदस्यों पर उलटा असर डाला। श्रीमती लुइज़ा के प्रति उनकी सहानुभूति नष्ट हो गई। हर सदस्य के अवचेतन में ऐसी स्त्री के अप्राकृतिक आचरण के प्रति घृणा उत्पन्न हो गई जिसके कारण मानवीय नस्ल का अस्तित्व ख़तरे में पड़ सकता है। ज्यूरी में बैठी चारों महिलाओं के चेहरे पीले पड़ गए थे, उनकी भाव-भंगिमा से साफ़ ज़ाहिर होता था कि उन्हें ऐसी स्त्री से कोई सहानुभूति नहीं है जिसने अपने कर्तव्य के प्रति उपेक्षा दिखाई है। इसके बावजूद वह अहमक वकील बराबर बड़े जोश-खरोश के साथ अपनी यौन-सम्बन्धी थीसिस बघारे जा रहा था।

"ज्यूरी के सदस्यों में जो आक्रोश-भाव फैल गया था, जज उसे अच्छी तरह पहचान गया था। अपने अन्तिम भाषण में उसने स्थिति को सँभाल लिया। परिवार अथवा यौन-सम्बन्धों की पराधीनता पर कुछ न कहकर वह सिर्फ़ उस मृत व्यक्ति के बारे में बोलता रहा, जिसकी हत्या कर दी गई थी। ज्यूरी के सदस्यों ने चैन की साँस ली। ईमानदारी की बात कहूँ तो जज के भाषण के बाद हमारे लिए वह केस पहले से कहीं अधिक रोचक, सीधा-सादा और सहनीय हो गया था।

"किन्तु मुजरिमा के अपराध के बारे में मैं अन्तिम क्षण तक अपनी कोई राय नहीं बना सका। हमारे सम्मुख यह प्रश्न सीधे-सीधे पेश किया गया—

क्या लुइज़ा कादानिकोवा इस अपराध के लिए दोषी है कि जानबूझकर हत्या करने के लिए उसने अपने पति यानी कादानिक पर गोली चलाई? ज्यूरी की पंक्ति में मेरा नम्बर सबसे पहला था। जब मुझसे यह प्रश्न पूछा गया तो मैंने बेझिझक कह दिया—हाँ, दोषी है। यह सच था कि उसने जानबूझकर हत्या करने के लिए गोली चलाई थी। ज्यूरी के समस्त बारह सदस्यों ने इस प्रश्न का उत्तर 'हाँ' में दिया।

"उसके बाद अदालत के कमरे में असमंजस-भरा सन्नाटा घिर आया। मेरी दृष्टि अनायास ज्यूरी की उन चार महिला-सदस्यों पर पड़ गई। उनके चेहरों पर एक कठोर, विज़योल्लास का-सा भाव दमक रहा था—मानो मनुष्य के पारिवारिक हितों की रक्षा करने में उन्हें अभी-अभी कोई भारी सफलता मिली हो।

"जब मैं घर वापस आया, मेरी स्त्री लिडा भागते हुए मेरे पास आई। उत्तेजना से उसका चेहरा पीला पड़ गया था, 'क्या फ़ैसला दिया गया?'

" 'लुइज़ा के बारे में पूछ रही हो?' मैंने यंत्रवत् उत्तर दिया।

" 'सब-की-सब बारह वोटें उसके ख़िलाफ़ गईं...फाँसी की सज़ा।"

" 'कितनी भयानक बात है!' उसने सहज-क्रूरता से उत्तर दिया। 'लेकिन वह इसी योग्य थी।'

"उस क्षण मेरे भीतर कोई चीज़ फट पड़ी...एक अजीब-सा तनाव मुझमें फैलने लगा...मैंने कोर्ट रूम में जो 'हाँ' कहा था, वह रह-रहकर सालने लगा। सहसा मैं ग़ुस्से में लिडा पर फट पड़ा...एक अजीब-सा ग़ुस्सा, जिसे मैं आज तक नहीं समझ सका।

"हाँ...वह इसी योग्य थी क्योंकि उसने महान मूर्खता की," मैं चिल्ला उठा, "लिडा, एक बात याद रखो। अगर वह उसके गले में गोली मारने के बजाय कनपटी पर गोली मार देती, तो वह आसानी से कह सकती थी कि उसके पति ने आत्महत्या की है, समझीं? तब उसके अपराध पर कोई सन्देह नहीं करता और वह आसानी से छूट जाती। याद रखो लिडा...कनपटी पर!"

"खटाक से दरवाज़ा बन्द करके मैं अपने कमरे में चला आया। मैं कुछ देर अकेले में रहना चाहता था। मैं आपसे कहना चाहता हूँ कि आज तक मेरी वह पिस्तौल मेज़ के खुले दराज़ में पड़ी है। मैंने उसे वहाँ से हटाया नहीं।"

नींद

यह मुसिल असाधारण रूप से सुसंस्कृत और गहरा आदमी है—बुद्धिवादी टाइप। हर चीज़ में उसे एक समस्या दिखाई देती है और उसमें वह अपना दृष्टिकोण ढूँढ़ता है। उदाहरणत: उसका स्वयं अपनी बीवी के प्रति एक दृष्टिकोण है। लगता है, अपनी ज़िन्दगी दाम्पत्य जीवन में बिताने के बजाय उसकी ज़िन्दगी दाम्पत्य जीवन की समस्या में बीत रही है। इसके अलावा वह सामाजिक समस्या, सेक्स के प्रश्न, अवचेतन मन की समस्या, शिक्षण-पद्धति की समस्या, आधुनिक संस्कृति का संकट इत्यादि अनेक इसी तरह की समस्याओं में विश्वास रखता है। ऐसे लोग जिन्हें हर चीज़ में समस्या दिखाई देती है, उन्हीं लोगों की तरह असहनीय है, जिनके अपने सिद्धान्त होते हैं। मुझे ये समस्याएँ क़तई पसन्द नहीं। मेरे लिए अंडा, अंडा ही रहेगा और यदि कोई मुझसे अंडे की समस्या पर बहस करने लगे तो मेरे मन में यह शंका उत्पन्न हो जाएगी कि अंडा ख़राब है। अब आप जान गए होंगे कि यह मुसिल कैसा शख़्स है!

एक दफ़ा क्रिसमस शुरू होने से पहले उसके मन में कर्कोनोशे पर्वतों पर स्लेजिंग करने का विचार आया। जाने से पहले उसे कुछ ज़रूरी सामान

ख़रीदना था, अतः उसने दफ़्तर के अपने साथियों से यह कह दिया कि वह बाद में उनसे यथापूर्वक विदा लेने आएगा।

इस बीच अचानक उसे ढूँढ़ते हुए डॉ. मंडल हमारे दफ़्तर आ पहुँचे। डॉक्टर मंडल को तो आप जानते ही होंगे—बड़े नामी प्रकाशक हैं। उन्होंने हमें बताया कि किसी बहुत ज़रूरी काम के सिलसिले में उन्हें श्री मुसिल से बात करनी है।

"मुसिल तो यहाँ नहीं है," मैंने उनसे कहा, "किन्तु आप यहाँ प्रतीक्षा कीजिए। पहाड़ों पर जाने से पहले वह यहाँ एक बार आएँगे।"

डॉ. मंडल का चेहरा उतर-सा गया। "मेरे पास प्रतीक्षा करने का समय नहीं है," उन्होंने जल्दी में कहा, "किन्तु चिट्ठी में मैं उन्हें वह सब कुछ लिख देता हूँ, जो उनसे कहने आया था।" यह कहकर वह मेज़ के सामने बैठ गए और लिखने लगे।

मैं नहीं जानता, आपने कभी ऐसी अपठनीय लिखावट देखी है, जैसे डॉक्टर मंडल की थी। उनके शब्दों की बनावट सिसमोग्राफ़ के नोट्स-से जान पड़ते थे। मैं उस लिखावट से भली-भाँति परिचित था। काग़ज़ पर चलते उनके हाथ को मैं देर तक देखता रहा। आख़िर डॉ. मंडल कुछ खीज-से उठे; अधीर-भाव से काग़ज़ को तोड़-मरोड़कर उन्होंने उसे टोकरी में फेंक दिया और दरवाज़े की ओर लपक गए।

"इसमें तो बहुत समय लगेगा," वह धीरे-से बुड़बुड़ाए और पलक मारते ही आँखों से ग़ायब हो गए।

यह तो आप जानते ही हैं कि क्रिसमस के एक दिन पहले कोई भी आदमी गम्भीरता से काम नहीं कर सकता। मैं मेज़ के सामने बैठा हुआ काग़ज़ पर 'सिसमोग्राफ़' जैसी रेखाएँ खींचने लगा। कुछ देर तक इसी तरह काग़ज़ पर चीत-बिलाव बनाता हुआ मैं अपना मन बहलाता रहा। फिर मैंने काग़ज़ का वह पुरज़ा मुसिल की मेज़ पर रख दिया।

उसी समय मुसिल हड़बड़ाहट में तेज़ी से दरवाज़े पर आता दिखाई दिया। उसने पहाड़ी पोशाक पहन रखी थी...कन्धों पर स्कीइंग करने की लकड़ियाँ और लाठियाँ अटक रही थीं।

"अच्छा भाई, मैं अब चला," उसने देहरी पर खड़े-खड़े प्रसन्न भाव से कहा।

"आपको ढूँढ़ते हुए यहाँ एक सज्जन आए थे," मैंने तनिक औपचारिक स्वर में कहा, "आपके लिए एक चिट्ठी छोड़ गए हैं। कहते थे, यह बहुत ज़रूरी है।"

"दिखाओ तो!" मुसिल ने उत्सुकता से पूछा। मेरी उस 'रचना' को देखकर वह तनिक चौंके, "यह तो डॉ. मंडल की चिट्ठी है! उन्हें मुझसे क्या काम आ पड़ा?"

"यह मैं नहीं जानता," मैंने लापरवाही-भरे स्वर में कहा। "कम-से-कम मैं उनकी लिखावट को समझने में अपना सिर खपाना पसन्द नहीं करूँगा।"

"मैं उनकी 'कीड़ाकाड़ी' समझ लेता हूँ," मुसिल ने हल्के भाव से कहा और अपनी स्कीइंग की लाठियों को कोने में रखकर वह मेज़ के सामने आकर बैठ गया।

कुछ देर बाद उसके होंठों के 'हूँ' की आवाज़ सुनाई दी और उसका चेहरा अत्यन्त गम्भीर हो गया। आध घंटे तक कमरे में क़ब्र की-सी शान्ति छाई रही...आख़िर एक लम्बी साँस खींचकर मुसिल उठ खड़ा हुआ, "पहले एक-दो शब्द तो मैं पढ़ सका हूँ...शुरू में लिखा है, 'प्रिय श्रीमान'...लेकिन अब मुझे ट्रेन पकड़ने भागना होगा। यह चिट्ठी मैं अपने साथ ले जा रहा हूँ—ट्रेन में ज़रूर इसका अर्थ पकड़ सकूँगा।"

नये वर्ष के दिवस बाद वह पहाड़ों से लौट आया।

"कैसा रहा भाई मुसिल?" मैंने छूटते ही उससे पूछा, "इन दिनों तो पहाड़ों की शोभा देखते ही बनती होगी!"

मुसिल ने सिर्फ़ हवा में हाथ हिला दिया।

"मैं कुछ भी नहीं जानता। तुमसे सच कहता हूँ कि सारी छुट्टियाँ मैंने होटल के कमरे में गुज़ार दीं...दरवाज़े के बाहर अपनी नाक भी बाहर नहीं निकाली। यों लोगों से कहते सुना है कि पहाड़ सचमुच ख़ूबसूरत थे।"

"क्या बात हुई?" मैंने तनिक चिन्तित स्वर में पूछा, "क्या बीमार पड़ गए थे?"

"नहीं," मुलिस के स्वर में कृत्रिम-सा विनय भाव झलक उठा, "लेकिन इन छुट्टियों में मैं सारे समय डॉक्टर मंडल की चिट्ठी पढ़ने की कोशिश करता रहा और अब तुम्हें बताता हूँ कि आख़िर मैंने उसे समझ लिया है।" उसने विजयोल्लास में घोषणा की, "सिर्फ़ दो या तीन शब्द अभी तक नहीं पढ़ पाया हूँ। पिछली कितनी रातें मैंने जागकर बिता दी हैं...मैं इस चिट्ठी के सामने बैठा रहा करता था। मैंने अपने मन में ठान ली थी कि इसे पढ़कर ही छोड़ूँगा—और आख़िर मैंने पढ़ ही लिया।"

उस क्षण मुझमें इतना साहस नहीं हुआ कि उससे कह सकूँ कि उस चिट्ठी पर मैंने ही अटपटी रेखाएँ खींच दी थीं।

"क्या उसमें डॉ. मंडल ने कोई ज़रूरी बात लिखी थी?" मैंने उत्सुकता से पूछा, "तुम्हारी इतनी मेहनत बेकार तो नहीं गई?"

"उसकी चिन्ता मत करो," मुसिल ने गर्व से उत्तर दिया, "मुझे तो उस चिट्ठी के शब्दों की बनावट में ज़्यादा दिलचस्पी थी। डॉ. मंडल ने उसमें मुझसे प्रार्थना की है कि मैं उनके 'रिव्यू' के लिए पन्द्रह दिन तक कोई लेख भेज दूँ। वह लेख किस विषय पर हो, यह अभी तक मैं नहीं पढ़ सका हूँ। अन्त में उन्होंने आशा प्रकट की है कि पहाड़ों पर मैं आनन्द से छुट्टियाँ बिता सकूँगा। किन्तु भाई, दोनों बातें एक साथ तो हो नहीं सकतीं!"

"आपको ऐसा मज़ाक़ नहीं करना चाहिए था," श्री पौलुस ने तनिक विरोध-भरे स्वर में कहा। "दिन तो ख़ैर भाड़ में जाए, किन्तु बिना नींद के रातें बिताना यह सचमुच शोचनीय बात है। क्योंकि मेरे दोस्त, नींद सिर्फ़ शारीरिक विश्राम ही नहीं है, नींद एक तरह से बीते हुए दिन का प्रायश्चित्त

और शुद्धीकरण है। वह क्षमादान है। अच्छी नींद के पहले कुछ मिनटों में हर व्यक्ति की आत्मा बच्चे की तरह निर्मल और पवित्र हो जाती है।"

मैं यह जानता हूँ क्योंकि अर्सा पहले एक बार मेरी नींद बिलकुल उड़ गई। ऐसा क्यों हुआ—मेरे अनियमित जीवन अथवा किसी अन्य गड़बड़ के कारण—मैं नहीं जानता। उन दिनों जैसे ही मैं बिस्तर पर लेटता और पलकों पर नींद की पहली थपथपाहट महसूस होती, त्योंही मुझे झटका-सा लगता और मैं उठ बैठता। घंटों पर घंटे बीत जाते, रात गुज़र जाती, दिन निकल आता और मेरी आँख न लगती। एक वर्ष ऐसे ही गुज़र गया—पूरा एक वर्ष बिना नींद के।

जब आदमी सो नहीं पाता, तो शुरू-शुरू में वह किसी के बारे में कुछ नहीं सोचना चाहता। वह या तो गिनती गिनने लगता है, या प्रार्थना करने लगता है। फिर अचानक उसे बीच में ही ख़याल आता है—हे ईश्वर, कल मैं अमुक काम करना भूल गया। और बाद में एक नया ख़याल तंग करने लगता है कि शायद कल सौदा ख़रीदते समय दुकानदार ने उसे ठग लिया था। फिर उसे सहसा याद आता है कि उस दिन उसकी पत्नी या मित्र ने कितने अजीब ढंग से उससे बातचीत की थी। ख़यालों के बीच में अचानक फ़र्नीचर की कोई चीज़ चरमरा जाती है और उसे लगता है, जैसे कोई चोर उसके घर में घुस आया है। डर और शर्म से वह पसीना-पसीना हो जाता है। भयाक्रान्त-सा होकर वह अपने थरथराते पसीने में लथपथ शरीर को देखने लगता है और तब सहसा उसे अँतड़ियों की सूजन, कैंसर इत्यादि बीमारियाँ याद आने लगती हैं। अकारण ही स्मृति के किसी अज्ञात कोने से उसे बीस वर्ष पहले की कोई लज्जास्पद घटना याद हो आती है...कैसी भद्दी मूर्खता की थी उसने! उसका ख़याल आते ही शर्म से उसका चेहरा सुर्ख़ हो जाता है। हर क़दम पर उसे एक अजीब, असंगत और अपराधी 'मैं' का सामना करना पड़ता है...अपनी कमज़ोरियों, अपनी क्षुद्रताओं और कुटिलताओं, अपने जघन्य कामों, अपनी पंगुता, मूर्खता और लज्जास्पद स्कैंडलों का...अपनी समूची पीड़ा का सामना करना पड़ता है, जिनसे बहुत पहले कभी वह भागा था। उसकी स्मृति बार-बार

उन चीज़ों पर लौट आती है, जो कभी उसकी ज़िन्दगी में अत्यन्त पीड़ायुक्त, यातनामय और अपमानजनक रह चुकी हैं। जो आदमी सो नहीं पाता, वह किसी भी चीज़ से छुटकारा नहीं पा सकता। आपकी सारी दुनिया अजीब-सी बेडौल और विकृत हो जाती है...उसके परिप्रेक्ष्य घनीभूत पीड़ा से भर जाते हैं। जिन चीज़ों को आप अर्सा पहले भूल चुके होते हैं, वे अब आपको मुँह चिढ़ाती हुई-सी प्रतीत होती हैं...मानो आपसे कह रही हों, 'मूर्ख...उन दिनों तेरी हालत देखने लायक़ थी। तुझे अपना पहला प्रेम याद है? तेरी उम्र चौदह वर्ष की थी और वह नियत स्थान पर तुझसे मिलने नहीं आई...मालूम है, तुझसे मिलने के बजाय वह तेरे दोस्त वोयता के साथ चूमाचाटी कर रही थी और बाद में वे दोनों तुझ पर ख़ूब हँसे थे? गधे, बेवक़ूफ़, भोंदे!' आपको लगता है, आपका बिस्तर जल रहा है। करवटें लेते हुए आप अपने को फुसलाने की कोशिश करते हैं कि जो बीत गया, सो बीत गया...मुझे अब उससे कुछ लेना-देना नहीं। लेकिन आप जानते हैं, यह सच नहीं है। वह सब कुछ, जो कभी था, अब भी मौजूद है। वह भी मौजूद है, जिसके बारे में तुम्हें अब कुछ याद नहीं। मैं समझता हूँ कि स्मृति मृत्यु के बाद भी मौजूद रहती है।

दोस्तो, आप मुझे थोड़ा-बहुत जानते हैं। आप जानते हैं कि मैं कोई छाती पीटनेवाला, हाय-हाय करनेवाला शख़्स नहीं हूँ जो अपने दुःख को देह से चिपकाकर शोकमग्न बैठे रहते हैं। न ही मैं निराशावादी, लोगों से दूर-दूर रहनेवाला, छोटी-छोटी बात पर मुँह फुला लेनेवाला आदमी हूँ। मुझे ज़िन्दगी, दूसरे लोग और अपना आपा पसन्द है। हर काम में बैल की तरह जुट जाता हूँ। जहाँ सींग समाएँ, वहीं दाएँ-बाएँ देखे बिना घुस पड़ता हूँ। मेरी खाल काफ़ी सख़्त है, जैसी एक जवाँमर्द की होनी चाहिए। किन्तु उन दिनों जब मेरी नींद उड़ गई, मेरी स्थिति कुछ विचित्र-सी हो गई। दिन के समय मैं हर घड़ी किसी-न-किसी काम में जुटा रहता। आप जानते हैं, मुझे एक कामकाजी आदमी की व्यावहारिक और चुस्त ज़िन्दगी अच्छी लगती है। किन्तु जैसे ही मैं रात को अपने बिस्तर पर लेटता, मेरी ज़िन्दगी दो अलग-अलग खंडों में बँट जाती। एक तरफ़ एक सक्रिय, सफल, आत्मतुष्ट और स्वस्थ

आदमी की ज़िन्दगी होती, जिसने अपनी शक्ति, कार्यकुशलता और भाग्य के कारण कामयाबी हासिल की है...दूसरी तरफ़ बिस्तर पर एक थका-माँदा आदमी करवटें बदल रहा होता, जिसे अपनी समूची ज़िन्दगी असफलताओं, ग्लानि, गन्दगी और लांछनाओं से भरी जान पड़ती। मैं दो ज़िन्दगियाँ जी रहा था, जिनमें कोई समानता नहीं थी, जो एक-दूसरे को छुए बिना साथ-साथ चल रही थीं। एक रोज़मर्रा की दैनिक ज़िन्दगी जो सफलताओं, दिलचस्प व्यवधानों, कार्यकलापों, मानवीय रिश्तों और विश्वासों तथा छोटे-मोटे झगड़ों से भरी थी—एक ऐसी ज़िन्दगी, जिसमें मैं अपने ढंग से सुखी और सन्तुष्ट था। किन्तु रात होते ही दूसरी ज़िन्दगी शुरू हो जाती, पीड़ा और दुविधा से भरी हुई—एक ऐसे आदमी की ज़िन्दगी,जो किसी काम में सफल नहीं हुआ, जिसे हमेशा दूसरे लोगों ने धोखा दिया और वे जिसने स्वयं दूसरे लोगों के साथ काफ़ी कमीना, ओछा और मूर्खतापूर्ण व्यवहार किया। एक ऐसा दयनीय, बेवक़ूफ़ आदमी, जिसे सब छलते हैं, उल्लू बनाते हैं, घृणा करते हैं, धोखा देते हैं। एक दुर्बल, ढुलमुल प्राणी जिसे हर जगह मुँह की खानी पड़ी, हर क़दम पर शर्मिन्दगी और बेइज़्ज़ती का बोझ उठाना पड़ा। ये दोनों ज़िन्दगियाँ ही अपने में निर्णयात्मक, नियोजित और सम्पूर्ण थीं। जब मैं एक ज़िन्दगी जी रहा होता, मुझे लगता कि वह दूसरी ज़िन्दगी किसी दूसरे आदमी की है, उसका मुझसे कोई सम्बन्ध नहीं है—सिर्फ़ एक विडम्बना है। मुझे तब वह दूसरी ज़िन्दगी महज़ एक आत्म-छलना और रुग्ण मस्तिष्क की छाया-सी प्रतीत होती। दिन के समय मैं दूसरों से प्यार करता, रात के समय मेरा मन सन्देह और घृणा से भर जाता। दिन के समय मैं लोगों की दुनिया में जीवित रहता, रात के समय केवल अपनी दुनिया में। जो आदमी अपने बारे में सोचने लगता है, वह दुनिया को खो देता है।

मुझे लगता है, नींद एक गहरे, अँधेरे पानी की तरह है। उसमें वह सब कुछ बह जाता है, जिसके बारे में हम कुछ नहीं जानते और जिसके बारे में हमें कुछ नहीं जानना चाहिए। हमारे भीतर जो अजीब-सी कीचड़ जमा हो जाती है, नींद उसे बहाकर उस अचेतन में डुबो देती है, जो अपने में असीम है।

हमारी नीचता और कायरता...रोज़मर्रा के हमारे कुलबुलाते पाप, हमारी लज्जास्पद मूर्खताएँ और असफलताएँ, अपने प्रिय लोगों की आँखों में झूठ और घृणा देखने की पीड़ा, वे लोग जिन पर हम लांछना लगाते हैं और वे लोग, जो हम पर लांछन लगाते हैं...ये सब चीज़ें रात की सुप्त घड़ियों में चुपचाप चेतना के नीचे बह जाती हैं। नींद की दया असीम है...वह.न केवल हमें क्षमा कर देती है बल्कि उन सबको भी, जो हमारे प्रति गुनहगार हैं।

मैं आपसे एक बात कहना चाहता हूँ—जिसे हम अपनी ज़िन्दगी कहते हैं, यह वह सब कुछ नहीं है, जो हमने जिया-भोगा है...वह सिर्फ़ चयन है। जो कुछ हमने जिया-भोगा है, वह बहुत ज़्यादा है, हमारी बुद्धि के घेरे में वह नहीं समा सकता। अत: हम उसमें से कुछ चीज़ें चुन लेते हैं, जो हमें अपने लिए ठीक और उपयुक्त जान पड़ती हैं, और फिर उन्हें एक सूत्र में गूँथकर जो एक सीधी-सादी-सी रचना तैयार हो जाती है, उसे हम अपनी ज़िन्दगी का नाम दे डालते हैं। काश, आदमी कभी उन अजीबोग़रीब, भयानक चीज़ों के बारे में सोच पाता, जिन्हें वह चुनने-सँवारने के दौरान कूड़ा-कर्कट समझकर बाहर फेंक देता है! किन्तु हम सिर्फ़ एक सीधी-सादी ज़िन्दगी ही जी सकते हैं। उससे अधिक जी पाना हमारी शक्ति के बाहर है। यदि हम रास्ते में ज़िन्दगी का बड़ा भाग नहीं फेंक देते, तो अपनी ज़िन्दगी को ढोने की ताक़त हममें नहीं रह सकेगी।